루시골드이야기

WILLIAM TREVOR
The Story of Lucy Gault

루시골드이야기

윌리엄 트레버 장편소설
정영목 옮김

한겨레출판

제인에게

1부

1

에버라드 골트 대위는 1921년 6월 21일 밤에 청년의 오른쪽 어깨에 부상을 입혔다. 어둠 속에서 침입자들의 머리 위를 겨냥하고 위층 창문에서 한 발을 쏘았고 세 형체가 허둥지둥, 부상자는 동행자들이 부축하면서 달아나는 것을 지켜보았다.

그들은 집에 불을 지르러 온 것이었는데, 전에도 왔었기 때문에 이렇게 또 올 것이라고 예상하고 있었다. 그때는 이번보다 늦게, 이른 새벽에, 막 1시를 넘겼을 때 왔다. 양치기 개들이 그들을 쫓아냈지만 일주일이 채 지나기도 전에 개들이 독을 먹고 마당에 뻗어 있었기에 골트 대위는 침입자들이 다시 올 것임을 알았다. "우리는 막사에서 다 뻗어 있습니다, 대위님." 에니실라에서 온 탈티 경사가 말했다. "아, 완전히 뻗었어요, 대위님." 위협을 받는 집은 라하단만이 아니었다. 경찰관들이 어떤 식으로 퍼져 있든 매주 어딘가에서 집이 불에 타버렸다. "제발 끝이 좀 보였으면 좋겠네요." 탈티 경사는 그렇게 말하고 갔다. 나라가 소요 상태, 전쟁에 준하는 상태에 처해 있었기 때문에 계엄령이 시행되고 있었다. 개의 독살에 대해서는 어떤 조치도 취해지지 않았다.

총격 뒤 아침에 날이 밝았을 때 집 앞 원형 진입로에 깔린 바닷자갈에 피가 보였다. 나무 뒤에서는 휘발유 통 두 개가 발견되었다. 자갈에 갈퀴질을 하고, 사고 때문에 변색된 자갈은 양동이로 두 개 정도를 갖다 버렸다.

골트 대위는 그때는 괜찮을 것이라고 생각했다. 뭔가 배운 게 있을 것이라고. 그는 에니실라의 모리시 신부에게 편지를 써서, 부상당한 사람이 누구인지 혹시 듣게 되면 동정과 유감의 뜻을 전해달라고 부탁했다. 상해를 입히려던 것이 아니라 그저 누군가가 계속 지켜보고 있다는 것을 알리고 싶었을 뿐이다. 모리시 신부가 답장을 보냈다. 그 집안에서는 그 아이가 늘 제멋대로였지요, 신부는 그 사건에 대한 의견을 그런 식으로 마무리했지만 그의 편지에는 어색한 데가, 구절이나 단어의 선택에 어색한 데가 있었다. 벌어진 일에 관해 자기 의견을 이야기하기 어렵다고 생각하는 것 같기도 했고, 죽이거나 부상을 입히려는 의도가 없었음을 이해하지 못하는 것 같기도 했다. 그쪽에 대위의 뜻을 전했다, 신부는 그렇게 썼지만 신부가 언급한 가족으로부터는 그런 뜻을 전달받았다는 아무런 표시도 없었다.

골트 대위 자신도 부상을 당한 적이 있었다. 참호에서 환자가 되어 돌아온 후 6년 동안 그는 포탄 파편을 몸 안에 지니고 다녔으며 그 파편들은 이제 언제까지나 거기에 있을 터였다. 당시 입은 부상으로 그의 군 경력은 끝이 났다. 그는 영원히 대위에 머물 수밖에 없었는데 이는 무척이나 실망스러운 일이었던 것이, 그는 늘 훨씬 더 높은 계급까지 올라갈 것이라고 상상하고 있었기 때문이다. 그러나 그는 다른 면에서는 실망하지 않았다. 행복한 결혼, 그의 아내 헬로이즈가 낳아준 자식, 집이 그에게 큰 위안이 되었다. 이 회색의 3층 건물을 덮은 슬레이트 지붕 밑보다 그가 더 행복하게 살 수 있을 곳은 달리 없었다. 창문의 하얀 나무 세공과 하얀 현관문 위의 우아한 부채꼴 채광창 때문에 석조 건물의 차가운 느낌은 한결 누그러졌다. 집의 오른쪽 옆으로는 자갈 마당에 넓고 높은 아치형 입구가 있었는데, 여기에서 사과 과수원과 정원으로 통하는 자갈길들이 뻗어 나갔다. 집 앞쪽 방들에서 내다보이는 원형의 공간 가운데 반은 자갈이 깔린 넓은 땅이었다. 나머지 반은 약간 높게 조성된 잔디밭으로, 잔디밭 가장자리에 호를 그리며 자리 잡은 파란 수국 너머로는 가파르게 비탈진 숲이 위치해 있었다. 위층 뒷방들에서는 멀리 수평선까지 바다가 보였다.

수백 년 전 골트 집안이 아일랜드에 자리를 잡은 유래는 어슴푸레했다. 그 전에는 노퍽*에 있다가—그다지 확실치는 않지만 집안 내에서는 그렇게 믿었다 — 일단 코크** 서단에 정착했다. 한 용병이 단출한 왕조를 세운 뒤, 알 수 없는 이유로 눈에 띄지 않게 그곳에 은신한 것이다. 18세기 초 언젠가 가문은 동쪽으로 이주했는데 그 무렵에는 품위를 갖추고 부유해졌으며 각 세대마다 아들 한두 명은 집안의 군인 전통을 계속 이어갔다. 이들은 라하단의 땅을 샀고 집을 짓기 시작했다. 길고 곧은 진입로를 만들고 양쪽에 밤나무를 나란히 심었으며 골짝에 삼림지대를 조성했다. 후세대들은 아마(Armagh)에서 접본接本을 가져와 과수원을 만들었다. 정원은 작게 유지하며 조금씩 꾸며나갔다. 1769년에는 아일랜드 총독 톤젠드 경이 라하단에 묵고 갔다. 1809년에는 대니얼 오코넬***도 스튜어트 집안의 드로마나에 빈방이 없자 라하단에 머물렀다. 역사는 이 장소를 그런 식으로 스쳐 지나갔지만 출생과 결혼과 죽음, 집안의 사건들, 이 방이나 저 방의 개조와 증축, 분노나 화해의 드라마들도 그 못지않게 잘 기억되고 자주 이야기되었다. 어떤 골트는 1847년 뇌졸중에 걸려 3년을 앓아누웠지만 정신을 놓지는 않았다. 1872년에는 여섯 달 동안 참담한 카드놀이가 벌어져 밭이 차례차례 이웃의 오라일리 집안으로 넘어갔다. 1901년에는 디프테리아가 창궐하여 너무나 빠르게, 너무나 무참하게

---

* 영국 동부의 카운티.
** 아일랜드 남서부의 카운티.
*** 아일랜드의 민족운동 지도자.

번져가는 바람에 다섯 가족 가운데 현재의 에버라드 골트와 형만 살아남았다. 응접실의 책상 위에는 먼 조상의 초상화가 있었는데 그의 정체는 현재 남아 있는 누구도 기억하지 못했다. 얼굴에서 구레나룻으로 덮이지 않은 부분은 여위고 엄숙해 보였고, 파란 눈에서는 힘이 느껴지지 않았다. 사진이 등장한 이후로 라하단의 골트 집안 사람들만이 아니라 친척과 친구들의 모습도 들어 있는 앨범은 여럿 생겨났지만, 집 안에 초상화는 이것 한 점뿐이었다.

이 모든 것―집과 남아 있는 목초지, 옅은 점토 절벽 밑의 해변, 그곳으로부터 해변을 따라 어촌 킬로런에 이르는 길, 이제는 밤나무의 높은 가지들이 공중에서 서로 만나는 라하단 진입로―이 응접실 초상화에서 보이는 것과 몇 군데가 꼭 닮아 가문의 특징이라고 할 만한 그의 이목구비, 또 부드럽고 거무스름한 머리카락만큼이나 에버라드 골트의 일부를 이루고 있었다. 키가 크고 등이 꼿꼿한 그는 자신의 어떤 것도 감추지 않는 남자, 이제는 야심이 작아진 남자로, 오래전에 자신의 운명은 선한 마음으로 자신의 유산이었던 것을 지키고, 벌을 벌통으로 모으고, 약해지는 사과나무의 뿌리를 뽑고 다른 나무를 새로 심는 것이라고 받아들였다. 그는 직접 집의 굴뚝을 청소했으며, 모르타르 줄눈을 다시 칠하거나 창유리를 갈 수 있었다. 그는 지붕을 여기저기 기어 다니면서 납에 가끔 생기는 작은 구멍을 때웠는데 그가 구멍 안에 짜 넣은 세코틴은 한동안 효력을 발휘했다.

이런 일을 할 때면 헨리, 움직임이 느리고 몸이 크고 묵직하며 낮에는 머리에서 모자를 벗는 일이 거의 없는 사내의 도움을 받는 일이 많았다. 헨리는 오래전 결혼을 하면서 문간채에 들어와 살았는데 이제 그 집에는 그와 브리짓뿐이었다. 자식은 태어나지 않았고 브리짓의 부모는 이 세상 사람이 아니었기 때문이다. 그녀의 아버지는 밑에 두 사람을 두고 말을 돌보고 지금 헨리가 혼자서 챙기는 마당이나 밭 일을 관리했다. 그녀의 어머니는 집 안에서 일했고 그 전에는 그녀의 할머니가 그곳에서 일했다. 브리짓은 남편처럼 몸이 실팍하여 어깨는 튼튼하니 널찍했고 솜씨가 좋았다. 부엌일은 그녀가 온전히 도맡았다. 침실 담당 하녀 키티 테리사는 헬로이즈 골트를 도와 한때 집안 하인 몇 사람이 하던 일을 했다. 늙은 해나는 일주일에 한 번씩 킬로런에서 걸어와 옷과 시트와 식탁보를 빨고 홀의 타일과 뒤쪽 돌바닥을 닦았다. 라하단에서는 이제 과거의 생활 방식이 가능하지 않았다. 긴 진입로는 카드 테이블에서 오라일리 집안으로 넘어가버린 땅을 통과했는데 그 시기에 골트 집안에는 홀스타인 젖소를 약간 기를 만한 목초지만 남았다.

밤의 충격 사건 사흘 뒤 헬로이즈 골트는 모리시 신부가 보낸 편지를 읽고 이윽고 뒤집어서 처음부터 다시 읽었다. 그녀는 30대 후반의 호리호리하고 자그마한 몸집의 여자였으며 긴 금발은 그녀의 이목구비를 보완하는 스타일로 꾸며놓아 이 차분한 미녀에게서는 어딘지 엄격한 분위기가 느껴졌다. 그녀의 웃음은 이런 분위기와 늘 모순을 일으켰다. 그러나 총소리에 잠을 깼던 밤 이후로 그녀에게서는 웃음을 자주 찾아보기 힘들었다.

헬로이즈 골트는 일상적인 상황에서는 소심한 사람이 아니었지만 지금은 무서웠다. 그녀 또한 군인 집안 출신으로, 결혼 몇 년 전에 보어 전쟁 동안 홀로된 어머니가 죽어 세상에 거의 혼자 남겨진 듯했던 힘든 시기도 잘 넘겼다. 격변이나 슬픔의 시기에는 용기가 자연스럽게 찾아왔지만 자신과 아이와 하녀가 자고 있던 집에 누가 불을 지르려 했던 일을 생각할 때면 상상했던 것만큼 용기가 나지 않았다. 거기에 개들이 독살당한 일, 청년의 가족에게 메시지를 보냈지만 답이 없는 상황, 자갈에 묻은 피도 있었다. "무서워요, 에버라드." 그녀는 감정을 혼자 묻어두지 않고 마침내 고백했다.

그들은, 대위와 그의 아내는 서로를 잘 알았다. 그들은 어떤 생활 방식, 중요한 일과 관심사의 순서를 공유했다. 젊은 시절에 죽음을 겪었다는 공통된 경험 때문에 둘은 가까워졌으며 결혼하고 나서는 아이가 태어나면서 생겨난 가족의 느낌을 귀중하게 여기게 되었다. 헬로이즈는 한때 자신이 당연히 자식을 더 낳게 될 것이라고 생각했으며 지금도 적어도 하나는 더 낳게 될 것이라는 희망을 버리지 않았다. 그러나 라하단을 물려받을 아들이 없는 것은 그녀의 잘못이 아니라고 그동안 남편이 설득력 있게 이야기해왔기 때문에 그녀도 그 말을 받아들여 ―하나뿐인 자식이 커갈수록― 자식을 하나만 낳은 것과 세 식구가 애정으로 유지되는 것에 대한 고마움을 느낄 수 있었다.

"무서워하는 건 당신답지 않은데, 헬로이즈."

"내가 여기 있기 때문에 이 모든 일이 일어난 거예요. 내가 라하단에 사는 잉글랜드인 아내이기 때문에."

헬로이즈는 이 집이 관심을 끄는 것은 자기 때문이라고 강조했으나 남편은 그렇게 생각하지 않았다. 그는 라하단에서 일어날 뻔한 일은 아일랜드 전역에서 되풀이되고 있는 어떤 경향의 일부라고 설명했다. 집의 특성, 줄어들기는 했지만 땅을 소유하고 있다는 사실, 가족이 군軍과 관련을 맺고 있다는 점 등이면 밤에 그런 문제가 생길 만하다. 게다가 그는 파괴하고자 하는 충동, 유래가 무엇이든 그런 충동이 그가 그날 버텼다고 해서 완전히 진압되었다고 볼 수는 없다는 사실을 인정할 수밖에 없었다. 에버라드 골트는 한동안 오후에 자고 밤에 보초를 섰다. 아무도 그의 철야 경계를 뚫고 들어오지는 않았지만 보호에 대한 이런 염려, 아내의 걱정 때문에 집안의 불안은 더 깊어졌고 모두가, 결국에는 집안의 아이까지 과민 상태에 빠지고 말았다.

*

아직 여덟 살이지만 아홉을 코앞에 두었던 그해 여름 루시
는 오라일리 집의 개와 친구가 되었다. 이 즐겁게 뛰노는 커
다란 동물─반은 세터 혈통이고, 반은 리트리버 혈통이었
다─은 한 달 전쯤 버려진 집에서 나와 배회하다가─그것
이 헨리의 추측이었다─오라일리의 마당으로 기어들었고 오
라일리 집에서 일하는 개들에게 약간의 적대적 태도를 겪은
뒤 결국은 받아들여졌다. 헨리는 그 개가 쓸모없는 짐승이라
고 말했고, 루시의 아빠는 성가신 녀석이라고 말했다. 특히 벼
랑을 기어 내려가 바닷가에 있는 누구에게나 동무를 해주겠
다고 나서는 점 때문에 더 그랬다. 오라일리 집 사람들은 개
에게 이름을 지어주지도 않았고 설사 다시 집 밖을 떠돈다 해
도 알아채지 못할 것이다, 헨리가 그렇게 말했다. 루시와 아빠
가 아침 일찍 수영을 하러 나갔을 때 개가 조약돌 해변을 뛰어
오는 것이 보이면 아빠는 늘 돌려보냈다. 루시는 아빠가 좀 심
하다고 생각했으나 내색은 전혀 하지 않았다. 또 혼자 멱을 감
을 때─그것은 금지된 일이었다─그 이름 없는 개가 절대 물
에 들어오지는 않고 가장자리에서만 흥분해서 날뛰며 가끔은
아이의 샌들 한 짝을 입에 물고 달려가기도 한다는 사실도 입
밖에 내지 않았다. 이미 늙은 개다, 헨리는 그렇게 말했다. 하
지만 바닷가에서 루시의 동무가 될 때는 다시 강아지가 되다

17

시피 했으며 그러다 결국 지쳐서 긴 분홍색 혀를 턱 밖으로 축 늘어뜨리고 누워 있었다. 한번은 아침 내내 찾았음에도 개가 갖고 놀던 샌들을 찾아내지 못했다. 아이는 옷장 바닥에서 낡은 샌들 한 켤레를 끄집어내며 아무도 눈치채지 못하기를 바랄 수밖에 없었고 실제로 아무도 눈치채지 못했다.

라하단의 양치기 개들이 독살당하자 루시는 이 개가 진짜로 오라일리 집의 개가 된 적은 없으니 그 대신 데려다 놓자고 제안했다. 하지만 이 제안에 대한 반응은 시큰둥했으며 일주일이 지나기도 전에 헨리는 킬로런 근처에 사는 농부가 싼값에 가져가게 해준 양치기 개의 새끼 두 마리를 훈련하기 시작했다. 부모 모두에게 애정이 깊었음에도—아버지는 보통은 태평한 태도 때문에, 어머니는 상냥함과 아름다움 때문에—루시는 그해 여름 오라일리네 개에 대한 자신의 애정을 공유하지 않았다는 이유로 두 사람에게 짜증이 났고, 같은 이유로 헨리에게도 짜증이 났다. 돌이켜보면 이 모든 것은 그해 여름이 지나면 잊혀야 할 것이었고 그날 밤 사건만 아니었다면 실제로도 그렇게 되었을 것이다.

루시는 그 사건 이야기를 듣지 못했다. 아버지가 쏜 총알 한 발은 아이를 잠에서 깨우지 못하고 꿈속에서 바람에 가지가 부러지는 소리가 되었다. 헨리는 양치기 개들이 독毒이 있는 땅에 들어갔던 게 틀림없다고 말했다. 그러나 몇 주가 지나면서 여름은 다르게 느껴지기 시작했고 아이는 엿듣는 이야기에서 정보를 얻게 되었다.

"잠잠해질 거야." 아빠는 말했다. "지금도 휴전 이야기가 나오고 있어."

"휴전이든 아니든 문제는 계속될 거예요. 당신도 그걸 알고 있잖아. 느낄 수 있잖아. 우리는 보호받을 수 없어요, 에버라드."

루시는 복도에서 귀를 기울이다가 엄마가 어쩌면 떠나야 할지도 모른다고, 어쩌면 선택의 여지가 없을지도 모른다고 말하는 것을 들었다. 아이는 그 말이 무슨 뜻인지, 또 뭐가 잠잠해진다는 것인지 이해하지 못했다. 목소리가 낮아졌기 때문에 아이는 약간 열린 문으로 더 다가갔다.

"우리 생각만 할 수는 없잖아요, 에버라드."

"알아."

또 부엌에서는 브리짓이 말했다.

"클래시모어의 모렐 부부가 떠났다던데요."

"나도 들었어." 헨리의 느리고 분명한 말이 개 통로라고 부르던, 부엌에서 뒷문으로 통하는 통로에 있던 루시의 귀에 들려왔다. "나도 들었지."

"그 사람들은 이제 일흔이 넘었어요."

헨리는 잠시 아무 말도 하지 않다가, 이런 때는 늘 최악을 가정해야 하며 그렇지 않으리라고 생각하면 불행이 닥쳤을 때 엉뚱한 길로 가는 결과만 얻는다고 말했다. 구버네이네도 아글리시를 떠났다, 그가 말했다. 프라이어네도 링빌을, 스위프트네, 보이스네도. 어디를 가나 들리는 이야기라고는 떠난다는 것뿐이었다.

그제야 루시는 이해했다. 이름 없는 개가 왜 '버려진 집'을 떠나 배회하게 된 것인지 이해했다. 아이는 사람들이 두고 간 가구와 물건을 상상했다. 그 이야기도 나왔기 때문이다. 아이는 이해했기 때문에 통로에서 달려 나왔다. 자신의 발소리가 들리는 것도 상관하지 않았고, 마당으로 통하는 문이 큰 소리를 내며 닫히는 것도 상관하지 않았다. 그 소리가 들리면 자신이 듣고 있었음을 그들이 알게 된다는 것도 상관하지 않았다. 아이는 숲으로 달려 들어가 개울로 내려갔다. 바로 며칠 전 아빠를 도와 징검다리를 가지런히 놓은 곳이었다. 그들은 라하단을 떠날 것이다. 골짝과 숲과 해변을, 새우 웅덩이가 있던 넓적한 바위들을, 날마다 잠에서 깨는 방을, 마당에서 암탉들이 재잘거리던 소리를, 칠면조들이 골골 우는 소리를, 킬로런의 학교까지 걸어갈 때 모래에 처음 남기던 발자국을, 날씨를 알기 위해 매달아놓은 해초를. 방의 창가 탁자에 늘어놓은 조개껍데기를 담을, 전나무 열매와 단검처럼 생긴 막대기를 담을, 부시를 대신할 수 있는 조약돌을 담을 상자를 찾아야 했다. 어떤 것도 두고 갈 수 없었다.

어디로 가게 될지 궁금하면서도 상상할 수 없는 어딘가에 대한 생각을 견딜 수가 없었다. 아이는 개울에서 몇 미터 떨어진 곳에 덤불을 이루어 자라고 있는 양치류 사이에서 혼자 울었다. "그럼 우리는 끝이야." 아이가 엿듣고 있을 때 헨리는 그렇게 말했고 브리짓도 그럴 거라고 답했다. 아일랜드에서 과거는 적이다, 아빠는 그렇게 말한 적이 있었다.

그날 하루 종일 루시는 골짝 숲의 비밀 장소들을 떠나지 않았다. 아빠가 어린아이였을 때 발견했다고 한 샘의 물을 마셨다. 해가 숲 안으로 들어오는 곳의 풀밭에 누웠다. 패디 린던의 허물어져가는 오두막을 찾아보았다. 지금까지 내내 찾아다녔지만 찾아내지 못한 곳이었다. 패디 린던은 미친 사람 같은 모습으로 숲 밖으로 나오곤 했다. 눈은 충혈되고, 머리카락은 빗이 무엇인지도 모르는 것 같았다. 그러나 단검 모양의 막대기를 찾아주고, 부싯돌에서 불꽃을 일으키는 방법을 알려준 사람이 패디 린던이었다. 오두막의 지붕 일부는 내려앉았다, 그는 아이에게 말했다, 하지만 일부는 괜찮다. "이러다 내가 비 때문에 죽지 않겠냐?" 그는 말하곤 했다. "지붕의 오래된 뗏장들 사이로 비가 뚝뚝 떨어지는데 그러다 갈 때가 되기도 전에 무덤에 들어가지 않겠냐?" 비는 그를 비웃고 괴롭힌다, 마치 하늘에 올라가 있는 악마처럼, 그는 말했다. 그러다 어느 날 아빠가 "가엾은 패디가 죽었어"라고 말했고 그때도 아이는 울었다.

아이는 전에도 여러 번 그랬듯이 그가 살던 곳을 찾기를 포기했다. 슬슬 배가 고팠기 때문에 다시 숲을 뚫고 아래로 내려가 개울에 이르렀고 거기에서 라하단으로 돌아가는 오솔길에 올라섰다. 오솔길에는 아이의 발소리, 아이가 전나무 열매를 걸어차는 소리뿐이었다. 집으로 돌아가는 길은 내내 오르막이었지만 그래도 아이는 오솔길을 걷는 것이 다른 어느 곳에 있는 것보다 좋았다.

"네 꼴 좀 봐라!" 브리짓은 부엌에서 날 선 목소리로 아이를 책망했다. "애야, 애야, 너 아니어도 골치 아픈 일은 충분해!"

"나는 라하단을 떠나지 않을 거예요."

"어머나, 점점."

"난 절대 안 떠나요."

"당장 위층에 올라가서 무릎 씻어, 루시. 눈에 띄기 전에 씻으라고. 아직 아무것도 결정되지 않았어."

위층에서 키티 테리사는 틀림없이 괜찮을 거라고 말했다. 그녀는 늘 밝은 면을 보곤 했다. 그녀는 루시의 어머니가 에니실라에서 몇 푼에 사다 주는 로맨스 이야기에서 그런 것을 찾아냈으며, 재난이나 방해받던 사랑이 결국에는 행복하게 끝나는 이야기를 종종 루시에게 전해주었다. 신데렐라는 무도회에 도착하고, 칼싸움은 더 잘생긴 쪽이 이기고, 겸손은 부_富라는 보답을 받았다. 그러나 이 경우에는 밝은 면도 키티 테리사를 구해줄 수 없었다. 환상이 무너지면서 그녀는 틀림없이 괜찮을 거라는 말만 되풀이할 수밖에 없었다.

*

"나는 다른 곳에서 산다는 건 생각할 수 없어." 에버라드 골
트가 말했고 헬로이즈 역시 이제는 자기도 다른 곳에서 산다
는 건 생각할 수 없다고 말했다. 그녀는 다른 어느 곳에서도
라하단에서만큼 행복한 적이 없었다. 그러나 총격에 대한 복
수가 있을 것이다, 어떻게 그렇지 않을 수가 있겠는가?

"그 사람들은 싸움이 끝날 때까지 기다릴지는 몰라도 그날
밤을 절대 잊지는 않을 거예요."

"내가 그 아이 가족에게 편지를 쓰지. 모리시 신부도 그렇게
해보라고 했어."

"우리는 내가 가진 것으로 먹고살 수 있어요, 알잖아요."

"그 사람들한테 편지를 쓸게."

그녀는 더 토를 달지 않았다. 나중에, 몇 주가 지나도록 답장
이 오지 않고, 또 더 나중에 남편이 조랑말이 끄는 2륜마차를
타고 에니실라로 들어가 그가 비위를 거스른 가족을 찾아냈을
때도 마찬가지였다. 그들은 그에게 차를 내놓았고 그는 그것
을 화해의 표시라 생각하며 받아 들었다. 그는 일을 해결하기
위해서라면 무엇을 요구하든 대가를 치를 용의가 있었다. 그
들이 이 제안에 귀를 기울이는 동안 맨발의 아이들이 부엌을
들락거렸고 한 아이가 이따금씩 풀무의 바퀴를 돌려 토탄에서
불꽃이 튀었다. 하지만 눈앞에서 예의만 지킬 뿐 아무런 답도

나오지 않았다. 부상을 당한 아들도 팔을 삼각건에 건 채 탁자 앞에 앉아, 찾아온 사람을 멸시의 눈으로 지켜볼 뿐 아무런 말이 없었다. 결국 골트 대위는 대니얼 오코넬이 한창때 라하단에 묵은 적이 있다는 이야기를 했지만 말하면서도 민망하고 어색했다. 대니얼 오코넬이라는 이름은 전설적이었다. 그 사람은 억압당하는 자들에게 사랑받는 전사였다. 그러나 적어도 이 자그마한 집에서는 시간이 과거의 마법을 빼앗아가버렸다. 그 세 청년은 토끼 사냥에 나섰다가 길을 잃은 것이었다. 물론 남의 땅을 침범하는 것은 안 될 일이었다. 그것은 의심의 여지가 없다, 그 점은 인정했다. 골트 대위는 휘발유 통을 언급하지 않았다. 그는 라하단으로 돌아갔고 다시 불침번이 시작되었다.

"당신 말이 옳아." 그는 며칠 뒤에 아내 앞에서 인정했다. "어떻게 해도 늘 결국은 당신이 옳군, 헬로이즈."

"이번에는 내가 옳다는 게 싫어요."

에버라드 골트는 1915년에 실종 상태였다. 아무 소식도 듣지 못한 채 그를 기다리며 헬로이즈는 가장 외로운 시간을 보냈다. 두 살 난 아기가 가장 큰 위로였다. 그러다가 전보가 왔고, 그 직후 남편이 부상으로 전역하게 되었다는 소식을 들었을 때 그녀는 이기적인 안도감에 눈을 감았다. 그녀는 살아 있는 한, 두 번 다시 그와 헤어지지 않겠다고 맹세했다. 그녀의 결심은 이런 친절한 불행에 대한 감사의 표현이었다.

"거기 있는 동안 내내 그 사람들이 내가 자기네 아들을 죽일 작정이었다고 생각한다는 걸 느낄 수 있었어. 내가 하는 말은 한마디도 믿어주지 않더라고."

"에버라드, 우리에게는 서로가 있고 또 우리에게는 루시가 있어요. 우리는 다시 시작할 수 있어요, 어디 다른 곳에서. 우리가 원하는 어디에서나."

아내는 늘 에버라드 골트에게 힘을 주었다. 그녀의 위로는 작은 패배들로 인한 피곤한 고통을 지워버리는 진통제였다. 이제 이런 더 큰 곤경에서도 그들은 버틸 것이었다. 그녀가 말한 대로 그녀 자신이 물려받은 것으로 살 터였다. 결코 땅을 잃기 전 골트 집안이 그랬던 것만큼 부유해질 수는 없겠지만 그래도 가난해지는 않았다. 라하단이 아닌 어딘가에서도 그들의 환경은 지금과 크게 다르지 않을 것이었다. 마침내 휴전이 찾아왔지만 거의 주목받지 못했고 사람들은 대개 믿지도 않았다.

응접실과 부엌에서 대화가 계속되었는데 같은 주제였지만 이해관계가 다른 두 관점에서 언급되고 있었다. 위층 하녀는 자신의 귀에 들려오는 것 때문에 수심에 잠겨 질문을 했고 답을 들었다. 라하단은 키티 테리사의 집이기도 했다. 20년 이상 그래왔다.

"오, 마님!" 그녀는 작은 소리로 말했다. 얼굴이 붉어졌고 손가락은 앞치마 가두리를 꼬고 있었다. "오, 마님!"

하지만 그것이 키티 테리사에게는 모든 것의 끝이었을지 몰라도 상상과 달리 헨리와 브리짓에게는 꼭 그렇다고 할 수 없었다. 계획을 짜게 되면서, 본채의 관리인으로서 계속 문간채에 살 수도 있다, 생계를 유지하기 위해 적어도 당분간은 가축을 그들에게 넘기겠다는 이야기가 나왔기 때문이다.

"낙농품 공장에서 받는 돈으로 생활하는 게 나을 거예요." 헬로이즈는 그렇게 계산했다. "우리가 줄 수 있는 임금으로 사는 것보다는요. 우리는 그게 공정하다고 생각해요." 대위는 오직 세월이 흘러야만 이 모든 혼란이 가라앉을 것이라고 덧붙였다.

잉글랜드로 갈 거다, 헬로이즈는 마침내 아이에게 그렇게 말했다. 키티 테리사에게 다른 자리를 알아봐주겠다고 약속하고 늙은 해나에게도 통지한 뒤의 일이었다.

"오랫동안이죠, 그렇죠?" 루시는 그렇게 물었지만 이미 답을 알고 있었다.

"그래, 오랫동안."

"영원히요?"

"그렇게 되기를 바라지는 않아."

하지만 루시는 그렇게 될 것임을 알았다. 모렐 부부와 구버네이 가족에게는 영원히가 되었다. 보이스네는 북쪽으로 갔다, 헨리는 그렇게 말했다. 집은 경매에 넘어갔다, 아이는 헨리의 목소리를 듣고 그 말의 의미를 짐작했지만 그는 상관하지 않고 아이에게 그렇게 말했다.

"미안하다." 아빠는 말했다. "미안해, 루시."

아이 어머니의 잘못이기도, 그의 잘못이기도 했다. 늙은 해나가 가여운 표정으로 입을 다물고 있는 것도, 키티 테리사의 눈이 충혈된 것도, 뺨과 목으로 줄줄 흘러내리는 눈물로 앞치마가 흠뻑 젖는 바람에 브리짓이 하루에도 스무 번씩 그만 좀 그치라고 말하게 된 것도, 두 사람 모두의 책임이었다. 헨리는 뚱해서 어깨를 웅크린 채 마당을 배회했다.

"오, 누가 최신 유행 옷을 입고 다니는 거지!" 아빠가 소리쳤다. 어느 날 아침 식당에서 아이가 빨간 드레스를 입은 것을 보고 짐짓 그렇게 말한 것이었다.

탁자에서 엄마는 차를 따르고 찻잔과 받침을 식탁으로 가져왔다. "기운 내, 달링." 엄마가 말하며 고개를 한쪽으로 기울였다. "기운 내." 엄마가 다시 간절하게 말했다.

헨리가 큰 우유 통들을 달구지에 싣고 창 옆을 지나갔다. 루시는 전혀 기운을 내지 못한 채 진입로를 따라 점점 희미해지는 말발굽 소리에 귀를 기울였다. 2분이 걸렸다. 전에 아침을 먹으며 아빠가 회중시계로 잰 적이 있었다.

"가엾은 집시 아이를 생각해봐." 엄마가 말했다. "머리를 가릴 지붕도 없잖니."

"너에게는 늘 지붕이 있을 거야, 루시." 아빠가 약속했다. "우리 모두 새로운 것에 익숙해져야 해. 그래야 합니다, 레이디."

루시는 아빠가 레이디라고 불러주는 것을 아주 좋아했지만 오늘 아침은 달랐다. 왜 새로운 것에 익숙해져야 하는지 알 수가 없었다. 부모님이 루시에게 배고프냐고 물어보았을 때 루시는 배가 고팠지만 그렇지 않다고 대답했다.

잠시 후 바닷가에 밀물이 들어와 갈매기가 자국을 남긴 모래를 쓸고 갯지렁이가 만든 작은 둔덕들을 덮었다. 아이는 오라일리네 개를 향해 해초 줄기를 던지며 며칠이나 남았을까 생각했다. 아무도 그 이야기는 하지 않았다. 아이도 묻지 않았다.

"너는 이제 집에 가." 아이는 개에게 명령하며 절벽을 가리켰고 개가 말을 듣지 않자 아빠 목소리를 흉내 냈다.

아이는 혼자 걸었다. 손가락처럼 바다를 향해 튀어나온 바위 많은 곳을 지나 징검다리가 있는 개울을 건넜다. 좁은 골짜기의 숲으로 조금 올라가자 바닷소리도, 갈매기의 갑작스럽고 짧은 비명도 들리지 않았다. 밝은 빛의 조각들이 나무들이 만든 어둠 사이로 미끄러져 들어왔다. "나는 옛 골짝의 반도 보지 못했어." 패디 린던은 말하곤 했다. 매년 오두막 옆에 빈터를 만들어 감자를 기른다, 그는 그렇게 말한 적이 있지만 오늘 아침에는 다시 그곳을 찾으러 나설 마음이 나지 않았다.

"누가 나하고 에니실라에 갈까?" 아빠가 그날 오후에 권유했고 물론 아이는 네 하고 대답했다. 아빠는 2륜마차에 등을 기대 그 둥근 곡선 안으로 몸을 말아 넣었다. 손가락에 걸린 고삐가 느슨해졌다. 처음 에니실라에 갔을 때 난 다섯 살이었는데 설소대를 자르는 곳에 이끌려 간 거였다, 아빠는 말했다.

"설소대가 뭐예요?"

"혀 밑에 작게 튀어나온 거. 너무 팽팽하면 혀짤배기가 돼."

"혀짤배기가 뭐예요?"

"말을 분명하게 못하는 거야."

"아빠가 그랬어요?"

"그랬다고 하더라고. 별로 아프진 않았어. 나중에 바가텔*
공 한 세트를 주더구나."

"아플 것 같아요."

"너는 그런 거 할 필요 없어."

바가텔 공은 뚜껑을 밀어 여닫는 납작한 나무 상자에 담겨
있었다. 상자는 지금도 거기, 응접실의 바가텔 테이블 옆에 있
었다. 아이는 바가텔을 할 때 발판 위에 올라서야 했지만 아빠
가 전에 한번 이야기해준 적이 있었기 때문에 그것이 아빠가
받은 공임을 알고 있었다. 아빠는 자기가 그 이야기를 해주었
다는 것을 잊어버렸다. 아빠는 가끔 뭘 잊어버렸다.

"킬로런에는 말을 전혀 못하는 어부가 있어요." 아이가 말했다.

"나도 알아."

"손가락으로 말을 해요."

---

* 핀볼 게임과 비슷한 놀이 또는 놀이 도구를 말한다.

"그래, 그러지."

"그러는 걸 한번 보세요. 다른 어부들은 알아들어요."

"아, 깜빡했구나! 고삐 쥐고 싶니?"

에니실라에서 아빠는 돔빌네 가게에 들어가 새 옷 가방들을 샀다. 지금 있는 것으로는 충분하지 않기 때문이다. 점원 한 사람이 사무실에서 나와 안타깝다고 말했다. 믿어지지가 않는다, 그는 그렇게 말했다. 살아서 이런 날을 보게 될 거라고는 생각도 못했다. "정말이지, 꼭 돌아오시게 될 겁니다, 대위님."

아이 아빠는 아무 말 없이 계속 고개를 주억거리다가 마침내 보스웰 씨에게 손을 내밀며 인사를 했다. 새 옷 가방들은 2륜 마차에 잘 들어가지 않았지만 결국은 집어넣을 수 있었다. "됐구나." 아빠는 말하고 마차에 타는 것이 아니라, 아이가 어디로 가려는지 궁금해지게끔 손을 잡았다.

아빠는 종이 울리지 않게 앨런네 가게 문을 열 수 있었다. 약간 연 다음 손을 뻗어 위의 걸쇠를 잡고 안으로 걸어 들어갈 수 있도록 문을 더 미는 것이다. 아빠는 카운터 너머로 손을 뻗어 선반에서 유리 단지를 잡은 다음 아가리를 기울여 사탕을 저울의 접시에 쏟았다. 사탕을 하얀 종이봉투에 넣고 봉투를 저울에 올린 다음에 유리 마개로 다시 단지를 막았다. 아빠는 감초 토피와 누가를 좋아했고 아이도 마찬가지였다. 감초 토피의 은색 껍질에는 레먼스 퓨어 스위츠라고 적혀 있었다.

아빠가 사탕의 무게를 재는 동안 아이는 늘 그러듯 깔깔 웃음을 터뜨리고 싶었으나 그랬다가는 모든 것을 망칠 터였기 때문에 그러지 않았다. 마침내 아빠가 문을 안으로 잡아당겨 종을 울렸다. "4펜스 반 페니네." 머리를 땋은 젊은 여자가 뒤에서 나오자 아빠가 말했다. "짓궂으셔요!" 여자가 말했다.

도로에 나섰을 때는 늘 아빠가 직접 고삐를 쥐었다. 아빠는 고삐를 꽉 쥔 채 허리를 곧게 폈고 한쪽, 다음에는 반대쪽 고삐를 당기다가 이따금씩 누군가에게 손을 흔들기 위해 한쪽을 놓았다. "'과 카운티'가 무슨 뜻이에요?" 상점들을 모두 지났을 때 아이가 물었다.

"과 카운티?"

"드리스콜과 카운티, 브로더릭과 카운티."

"Co.는 카운티(County)가 아니라 회사(Company)를 가리키는 거야. '과 유한회사(and Company Limited)'. Ltd는 유한이라는 뜻이고."

"학교에서는 카운티예요. 코크 카운티, 워터퍼드 카운티."

"약자는 똑같이 써. 지도나 가게 간판에는 너무 많이 쓸 수 없으니까 말을 줄이는 거지."

"똑같으니 재밌네요."

"이제 고삐 잡고 싶니?"

새 가방들의 가죽 냄새는 2륜마차에서도 났지만 집에 도착해 여니 더 심했다. 트렁크들은 벌써 반쯤 차 있었다. 뚜껑은 띠를 이용해 수직으로 세워둘 수 있었고, 뚜껑을 닫으면 띠는

접혔다. 헨리는 판자로 덮을 요량으로 창문 크기를 쟀다.

"기차를 한 번도 안 타본 사람이 누구지?" 아이가 아직도 서너 살인 것처럼 아빠가 말했다. 아빠는 기차를 타고 멀리, 1년에 세 번 멀리 학교로 떠나곤 했다. 지금도 그때 쓰던 트렁크와 상자가 있었는데 거기에는 검은색으로 아빠 이름의 머리글자가 적혀 있었다. 아이가 아빠에게 학교 이야기를 해달라고 하자 아빠는 나중에 기차에서 해주겠다고 대답했다. 지금은 다들 바쁘다, 아빠는 말했다.

"가고 싶지 않아요." 아이는 안방에서 엄마를 발견하고 말했다.

"아빠하고 나도 가고 싶지 않아."

"근데 왜 가요?"

"어떤 때는 하고 싶지 않은 일도 해야 돼."

"아빠는 그 사람들을 죽이려 한 게 아니잖아요."

"헨리가 그렇게 말했니?"

"헨리는 아니에요. 브리짓도 아니에요."

"너는 뿔났을 땐 착하지 않구나, 루시."

"착하고 싶지 않아요. 엄마랑 함께 가고 싶지 않아요."

"루시……"

"안 갈 거예요."

아이는 방에서 뛰어나가 징검다리로 달려 내려갔다. 그들이 아이를 찾으러 나가 숲속에서 소리를 질렀다. 하지만 돌아오는 길에 아이가 그들에게 한 모든 말을 그들은 흘려들었다. 그들은 듣고 싶지 않았다. 귀 기울이고 싶지 않았다.

"나하고 낙농품 공장에 갈래?" 헨리가 다음 날 말했고 아이는 쓸쓸한 표정으로 고개를 저었다. "밖에서 차 마실까?" 아이 엄마가 말하며 아이에게 웃음을 지었다. 고양이가 혀를 가져갔느냐며 아이 아빠는 잔디에 식탁보를 펼쳤다. 거기에는 레몬 케이크, 아이가 가장 좋아하는 케이크가 있었다. 아이는 아빠하고 에니실라에 간 것을, 아버지한테 설소대에 관해, 가게 간판에 적힌 것에 관해 물어본 것을 후회했다. 내내 그들은 아무 일도 없는 척 연기하고 있었다.

"봐라." 아빠가 말했다. "매가 떠 있네."

아이는 그럴 마음이 아니었음에도 고개를 쳐들었다. 매는 하늘을 배경으로 점 하나에 지나지 않았는데 그 점이 뱅글뱅글 원을 그렸다. 아이는 그것을 지켜보았고 아빠는 아이에게 울지 말라고 말했다.

*

이제 침실에서 키티 테리사의 울음소리는 들리지 않았다. 키티 테리사가 떠나버렸기 때문에, 다른 자리를 찾지 못해 던가번의 집으로 돌아가버렸기 때문이었다. 그들이 돌아오는 날 자신도 돌아오겠다, 떠나기 전에 그녀는 그렇게 약속했다. 어디에 있든 반드시 돌아오겠다.

"두 분이 살 곳을 빌렸다네요." 브리짓이 부엌에서 말했고 헨리가 레인지 위의 선반에서 주소가 적힌 종잇조각을 집어 들었다. 그는 처음에는 한마디도 하지 않다가 그럼 된 거라고 말했다. "완전히 자리 잡을 때까지만이죠." 브리짓이 말했다. "집을 살 거예요, 아마."

마당에서 헨리는 창문을 가릴 판자로 쓰려고 나무에 톱질을 했다. 루시는 마당 동쪽의 긴 담을 따라 가지를 펼친 배나무 밑의 선반에 앉아 그를 지켜보고 있었다. 루시는 얼마 전부터 학교 갔다 오는 길에 혼자 멱을 감기 시작했다. 아이는 책가방으로 옷을 눌러놓고 얼른 바다에 뛰어 들어갔다 나와서 되는대로 몸을 말렸다. 헨리는 알고 있었다. 어떻게 알았는지 루시는 몰랐지만 어쨌든 알고 있었다. 지금 아이가 슬그머니 자리를 뜰 때도 그는 아마 어디 가는지 짐작했을 것이다. 그러나 아이는 상관하지 않았다. 설사 헨리가 아이 일을 일러바치러 간다 해도 상관없었다. 그러는 것은 그답지 않은 일이었지만 지금 상황이 상황인지라 그럴지도 몰랐다.

절벽 위 밭에서 아이는 킬로런의 삼종기도 종이 울리는 소리를 들었다. 그 소리는 가끔 들리기도 하고 들리지 않기도 했다. 그 소리는 아이가 바닷가에서 옷을 벗고 있을 때도 들려왔다. 바다로 경중경중 뛰어 들어갈 때는 사라졌다. 늘 이때가 가장 좋았다. 파도를 헤치며 천천히 걸어가면 차가운 기운이 위로 올라와 피부에 짜릿짜릿 생기가 돌고 밑의 저류는 발을 잡아당길 때. 아이는 두 팔을 활짝 펼치고 키를 넘는 곳까지 헤엄쳐 나가 조수에 몸을 맡기고 둥둥 떠 있었다.

아이가 물로 들어갈 때 바닷가는 텅 비어 있었다. 헤엄쳐 돌아올 때 또렷하게 보이지는 않았지만 아이는 지금 그곳에서 움직이는 것처럼 보이는 것이 모래밭에서 자기 그림자를 쫓아다니는 오라일리네 개라는 것을 알아차렸다. 녀석이 자주 하는 짓이었다. 지켜보고 있으니 개는 잠시 가만히 서서 아이가 있는 곳을 내다보다가 다시 놀기 시작했다.

아이는 몸을 뒤집어 누운 자세로 둥둥 떠 있었다. 만일 달아난다면 패디 린던이 이야기하곤 했던 지름길을 택할 것이었다. "가파른 비탈을 따라 높은 숲으로 가." 그는 말하곤 했다. "한참 올라가면 길이 나타날 거야."

다시 바닷가를 향해 헤엄을 치다 물이 얕아지자 나머지 파도는 걸어서 건너갔다. 개는 조약돌 해변에 코를 박고 돌아다니고 있었다. 아이는 개가 자신의 옷가지를 훔쳐 갔고 그게 무엇이건 이미 조약돌이나 해초 안에 묻어놓았다는 걸 알았다. 옷을 입으면서 여름 조끼가 사라진 것을 알게 되었지만 해초가 들쭉날쭉 자란 곳이나 조약돌 해변을 보아도 눈에 띄지 않았다.

절벽을 올라가는 내내 꾸지람을 들어 수치감에 맥이 빠진 이름 없는 개는 애처롭게 굽실거렸고, 받을 만큼 벌을 받았다. 개는 털이 헝클어진 지저분한 머리를 루시의 두 다리에 들이대

며 쓰다듬고 토닥이고 안아달라고 했다. "이제 집에 가." 아이
는 다시 매섭게 명령하고 개를 지켜보며 머릿속으로 부모에
대한 불복종을 생각해보다가 이내 마음을 고쳐먹었다.

아이는 방에 들어가자 이미 싸놓은 옷가지 가운데서 잃어버
린 조끼를 대신할 것을 찾았다. 자신은 한 번도 다른 길로 간
적이 없다, 패디 린던은 그렇게 말하곤 했다. 던가번의 행렬을
보러 갈 때나 일요일 헐링을 보러 갈 때나. 운이 좋을 때는 달
구지가 길을 지나갔고 그러면 패디 린던은 손을 들곤 했다.

*

"이건 너 주려고 특별히 구한 거야." 아이 아빠가 말했다.

아빠는 그것을 구하러 돔빌네 가게에 다시 갔다 왔다. 다른
옷 가방들과는 달리 파란색이었고 다른 것보다 작았다. 아이
가 작았기 때문이다. 가죽이다, 파란색인데도, 아빠는 그렇게
말하고 아이에게 자물쇠에 맞는 열쇠를 보여주었다. "열쇠 잃
어버리면 안 돼." 아빠가 말했다. "내가 하나 갖고 있을까?"

아이는 웃음을 지을 수 없었지만 울고 싶지는 않았다. 네 모
든 것, 아빠는 말했다. 너의 귀중한 모든 것이 거기 다 들어갈
수 있을 거다, 부싯돌, 단검 작대기.

"언젠가는 뚜껑에 L.G.*라고 적을 거야."

"고맙습니다, 아빠." 아이가 말했다.

"가서 네 물건을 안에 넣어."

그러나 파란 옷 가방은 텅 빈 채 아이의 방 창문 밑 의자에 놓여 있었다. 뚜껑은 닫혀 있고 자물쇠를 열었던 열쇠 중 하나는 여전히 손잡이에 묶여 있었다.

＊

"이해해요." 두고 가는 물건 가운데 일부라도 가지러 오라고 사람을 보내기까지 시간이 좀 걸릴 수도 있다는 말을 들었을 때 브리짓은 말했다. 헨리와 그녀에게는 이따금씩 방들을 둘러보라는 지침이 주어졌다. 빈집에서는 가끔 뭔가가 잘못되기도 하니까. 루시는 그 이야기를 모두 들었다.

홀에는 가구에 덮을 시트가 준비되어 있었다. 위층 쪽 첫 층계참에는 바자회에 내다 팔 것들이 쌓여 있었다. 가져가고 싶지 않은 옷가지였다. 루시 것도 몇 개 있었다. 이제 모든 것이 당연하게 여겨지는 듯했다.

"오 이런, 이럼 안 돼, 달링." 아이 엄마가 아이의 방 문간에 있었지만 아이는 얼굴을 베개에 푹 파묻은 채 고개를 들지 않았다. 엄마가 들어와 아이를 끌어안았다. 엄마는 눈물을 닦아 냈고 엄마의 손수건에서는 예전 같은 냄새가 났다. 늘 똑같은

＊ 루시 골트(Lucy Gault)의 머리글자.

냄새였다. 괜찮을 거다, 아이 엄마는 그렇게 말했다. 괜찮을 거라고 장담했다.

"에일워드 씨한테 작별 인사를 해야 돼." 아빠가 나중에 아이를 사과 과수원에서 발견하고 말했다.

아이는 고개를 저었지만 아빠는 아이 손을 잡고 밭을 여러 개 가로지른 다음 바닷가를 따라 킬로런에 갔다. 오라일리네 개는 절벽 꼭대기에서 그들을 지켜보았지만 따라올 만큼 어리석지 않았다. 아이 아빠가 있었기 때문이다.

"저는 헨리하고 브리짓하고 함께 남으면 안 돼요?" 아이가 물었다.

"아, 안 돼, 안 돼." 아빠가 말했다.

어부들이 그물을 펼치고 있었다. 그들은 깍듯이 인사를 했고 아이 아빠도 깍듯이 마주 인사를 했다. 아빠가 뭐라고 날씨 이야기를 했고 어부 한 사람이 요즘에는 전체적으로 훌륭하다고 말했다. 루시는 손가락으로 이야기하던 어부를 찾아 두리번거렸지만 그 자리에 없었다. 아이는 아빠에게 물었고 아빠는 그 사람은 아직 배를 타고 나갔다가 돌아오지 않았는지도 모르겠다고 대답했다.

"헨리하고 브리짓하고 함께 있어도 전 괜찮을 텐데." 아이가 말했다.

"아, 안 돼, 달링, 안 돼."

아이는 아빠 손을 찾아 손을 위로 뻗고는 자신이 울지 않으려 애쓰고 있음을 아빠가 알지 못하도록 고개를 돌렸다. 교실에 도착하자 아빠는 아이가 창문 안을 들여다볼 수 있도록 안아 올렸다. 방학이었기 때문에 모든 게 단정했다. 모든 게 에일워드 씨가 그래야 한다고 말한 대로 유지되고 있었다. 빈 탁자 네 개, 탁자 밑으로 밀어 넣은 장의자, 벽에 걸린 도표. 총검(Bayonet)은 바욘(Bayonne)에서 처음 만들었다. 사이더는 사과 주스다. 칠판은 깨끗했고 잘 갠 걸레는 분필 상자 옆에 있었다. 반짝거리는 지도—강과 산, 잉글랜드와 아일랜드의 카운티들—는 둘둘 말려 선반에 놓여 있었다.

"우리한테는 시간이 좀 필요합니다." 에일워드 씨 집에서 아이 아빠가 말했다. 고개는 아이 쪽으로 기울이고 있었다. 아이는 아빠가 우리라고 할 때 그들 셋 전부를 말하는 것이 아니라고 생각했다.

"아, 네, 당연하죠." 에일워드 씨가 말했다. "당연합니다."

"가슴이 찢어지는 듯합니다." 아빠가 말했다. "솔직히 말씀드리면."

하지만 달리 어떻게 할 수 있었겠는가, 아빠는 에일워드 씨에게 물었다. 거기 서 있는 그림자들을 내려다보면서, 거기 어딘가에 휘발유도 있다는 걸 알고 있는데? 거기 있는 사람이 누구든 개를 독살했다는 것을 알고 있는데? 그래서 신경이 곤두서서 어둠에 대고 총을 쏘았다, 아빠는 말했다. 자신이 예전에 군인 노릇을 제대로 할 수 없었던 것도 당연한 일이다.

"가족이 있는 남자라면 누구나 그런 경우에 똑같이 했을 없을 겁니다." 에일워드 씨가 말했다.

라하단의 양치기 개 한 마리가 전에 독이 있는 땅에 들어간 적이 있다, 헨리는 그렇게 말했다. 그렇다고 그 개가 죽은 것은 아니었지만 어쨌든 들어갔다. 헨리는 모든 것이 괜찮기를 바랐고 또 그런 척했다.

"계속 시를 써라, 애야." 에일워드 씨가 말했다. "아이가 시를 짓는 걸 정말 잘 배우더군요, 대위님."

"착한 아이죠."

에일워드 씨는 아이에게 입을 맞추고 작별 인사를 했다. 아이 아빠는 주인이 준 잔에 남은 것을 마저 마셨다. 그는 에일워드 씨와 악수를 했고 에일워드 씨는 일이 이 지경이 되고 말았다고 말했다. 이윽고 그들은 그곳을 떠났다.

"그 사람들이 왜 휘발유를 가져왔던 거예요?" 아이가 물었다.

"언젠가는 다 말해주마."

그들은 어부들 옆을 지나갔다. 이제 어부들은 아까 펼쳐놓은 그물을 수선하는 중이었다. 그곳은 메리 넬 호가 돌아오지 않았을 때 여자들이 서서 바다를 내다보던 곳이었다. 여자들은 아이가 학교 갈 때도 그곳에 있었고, 돌아올 때도 검은 숄을 꼭 여며 얼굴을 거의 가린 채 그곳에 있었다. 그때는 메리 넬 호를 부수어버린 폭풍이 끝나고 심지어 해가 빛났다. "축복을 내려주시어……" 아이들은 학교에서 에일워드 씨와 함께 기도했다. "그들을 바다의 온갖 위험에서 안전하게 지켜주소서." 그러나 바로 그날 여자들이 곡하는 소리가 들렸다. 어부는 한 명도 돌아오지 않았다, 한 명도 구조되지 않았다. 밸리코튼 구명정이 질풍에 부서져버렸기 때문이다. 박살 난 널빤지나 갈기갈기 찢어진 캔버스 천 조각과 함께, 돛대나 활대의 부서진 조각과 함께 떠밀려 온 익사체조차 없었다. "저 바다는 한 사람도 돌려주지 않지." 헨리가 말했다. "지금 살아 있는 사람들의 기억에 그런 일은 없었고, 그 전에도 없었어." 배가 난파하면 먼 곳으로부터 상어들이 빠르게 몰려들었다.

아버지와 함께 어부들을 지나칠 때 곡소리, 작은 집들의 반을 쓸고 가던 애도하는 울음소리가 다시 루시에게 들려오는 듯했다. 이 끔찍한 시기에 역시 끔찍했던 시절의 메아리가 쓸쓸하게 울려 퍼지고 있었다. 이따금씩 라하단에 찾아오는 명랑함은 진짜가 아니었으며 그런 척해야 한다고 기억하는 동안만 지속되었다.

"저는 라하단을 떠나고 싶지 않아요." 아이가 바닷가에서 말했다.

"우리 누구도 원치 않지요, 레이디."

그는 허리를 굽혀 아이가 어렸을 때 하던 것처럼 안아 올렸다. 아이를 품에 안고 잔잔한 바다 저 먼 곳을 내다보게, 손가락으로 이야기하던 사람을 찾아보게 해주었지만 고기잡이배도 보이지 않았고 그도 보이지 않았다. 그는 아이를 다시 내려놓고 조약돌로 모래 위에 썼다. 루시 골트, 그렇게 썼다. "이야, 예쁜 이름이네."

그들은 편한 길로 절벽을 올라 오라일리의 무 밭 옆으로 올라갔다. 작년에 보리를 심었던 곳이었다. 오라일리 씨는 뭔지 몰라도 거기 있던 작물을 베어내면서 아이에게 손을 흔들곤 했다.

"왜 가야 하는 거예요?" 아이가 소리쳤다.

"사람들이 우리가 여기 있는 걸 원치 않거든." 아빠가 말했다.

*

헬로이즈는 잉글랜드의 거래 은행에 편지를 써, 곧 생길 일을 설명하고 자산에 관한 조언을 구했다. 그녀의 자산은 모두 히우베르지 철도 회사 내부의 다양한 사업 영역에 들어가 있었다. 그녀의 집안과 이 유명한 철도 회사는 몇 세대에 걸쳐 관계를 가져왔지만 현재 상황—적어도 한동안은 그녀의 유산이 그녀의 삶, 그리고 남편과 자식의 삶에서 예전보다 큰 역할을 할 상황—에서 그녀는 어떤 결정을 내려야 했고, 그 전에 문의를 하는 것은 부적절하지 않았으며 은행의 답변은 그런 문의가 지혜로웠음을 확인해주었다. 거의 80년 동안 꾸준하게 번창해오던 히우베르지 철도는 마침내 상업적 피로의 시작이라고 불러도 좋을 만한 조짐을 드러내고 있었다. 헬로이즈는 아주 오랫동안 그녀의 집안에 큰 도움을 주었던 투자의 전부, 또는 많은 부분을 처분하는 문제를 고려해보라는 권고를 받았다.

에니실라에서 대위는 오랜 세월 그의 변호사이자 친구였으며 법만이 아니라 재정적인 문제에 관해서도 식견이 있는 앨로이시어스 설리번에게 이에 대한 확인 내지는 대안을 구했다. 변호사도 은행과 의견이 같았다. 풍부한 상업적 감각이 남아 있고 축적된 자금에 의지할 수 있기 때문에 히우베르지 철도가 하룻밤 새에 무너질 일은 분명히 없겠지만, 그렇다 하더라도 더 다양한 투자를 하라고 그는 조언했다.

"떠나기 전에 미리 생각할 필요는 없어." 골트 대위는 라하단에 돌아와 전했다. 변호사는 은행의 견해에 동의하면서도 이것이 서둘러 결정할 문제가 아니라는 점 또한 강조했기 때문이다.

그들은 이어 잉글랜드에 사는 것에 관해, 감정 때문에 흐트러진 정신을 어느 정도 수습했을 때 처리해야 할 다른 많은 실제적인 일에 관해 이야기했다. 그들의 삶이 얼마나 달라질 것인지! 각자 그런 생각을 했지만 둘 다 입을 열지는 않았다.

*

짚으로 엮은 생선 바구니들이 저온실 옆의 긴 보조 주방에 한 줄로 걸려 있었다. 바구니가 납작해서 많이 들어가지 않았

기 때문에 루시는 날을 골라 하루에 하나씩, 총 두 개를 가져
갔다. 식료품 창고의 궤에서 빵도 챙겼다. 처음에는 흰 빵 한
쪽, 다음에는 갈색이나 소다 빵 한 쪽 등, 뭐든 비어도 눈에 띄
지 않을 것을 집었다. 부엌 장 서랍에 보관하는 기름종이로 그
것을 쌌다. 아이는 한 바구니, 이어 다음 바구니에 이 빵, 그리
고 사과와 골파와 식당에서 아무도 안 볼 때 자신의 접시에서
챙긴 음식을 담았다. 아이는 아무도 들어가지 않는 마당 헛간
에 바구니들을 보관했다. 망가진 외바퀴 손수레 뒤에 감추어
두었다.

아이는 층계참에 모아놓은 바자회용 옷가지 가운데서 치마
와 스웨터를 찾아냈다. 그것을 어머니의 낡고 검은 외투로 싸
서 둘둘 말았다. 밤이면 추울 터였기 때문이다. 층계참에서는
자신이 바스락거리는 소리 외에는 아무 소리도 들리지 않았다.
옷가지를 물건 감추어두는 곳으로 가져갈 때도 뒤 계단에서
아무도 만나지 않았고 개 통로에서도 아무도 만나지 않았다.

*

떠나기 전날 골트 대위는 서류를 뒤적였다. 자신이 해야 할
일이라고 느꼈기 때문이다. 그러나 너무 짜증이 나서 일을 치
워버리고 그 대신 그날 밤 쏘았던 소총을 분해했다. 소총을 가
져갈 생각이 없으면서도 장차 쓸 일을 예상하듯 결의에 찬 표

44

정으로 부품을 닦았다.

"아, 이 모든 건 다 제자리를 찾아갈 거야." 그는 여러 번 중얼거렸고 그렇게 자신을 안심시키면서 자신감을 얻어갔다. 떠나고, 도착하고, 가구들이 언젠가 그들 주위에 다시 자리 잡을 것이었다. 시간과 환경이 그들의 삶을 배치할 것이었다. 타향으로 떠난 다른 수많은 삶이 이미 배치되었듯이.

그는 다시 서류 뒤적이는 일로 돌아와 최선을 다해 꼼꼼하게 일을 했다.

*

헬로이즈는 떠날 준비가 된 트렁크의 가죽 띠를 묶고, 써놓은 레이블을 붙였다. 뒤에 남겨두고 가는 것을 다시 볼 날이 있을지 의문을 품으면서 둥근 장뇌를 서랍과 옷장, 소매와 호주머니에 집어넣었다.

하루 가운데 텅 빈 시간이었다. 앞선 시간에 어떤 흥분이 있었다 해도, 그때까지의 하루가 다른 날들과 달랐다 해도, 이제 집은 고요했다. 저녁이 오기 전까지는 프라이팬이 달가닥거리는 소리도 그 시간을 방해하지 않았고, 응접실의 축음기에서 음악 소리도 나지 않았고, 두런거리는 목소리도 들리지 않았다. 이런 일을 할 수밖에 없는 쓰라린 마음을 전혀 드러내지 않은 채 헨리는 싸놓은 트렁크와 옷 가방을 아래층으로 들고 내려갔다. 브리짓은 부엌 탁자의 다림질용 담요에 대위가 여행할 때 필요한 셔츠 칼라들을 펼쳐놓고 다리고 있었다. 레인지 깊은 곳에서 다리미를 달굴 열선이 막 빛을 발하기 시작했다.

*

루시가 부엌의 열린 문 옆을 지나갈 때 브리짓은 고개를 들지 않았다. 헨리는 마당에 없었다. 과수원만 시끄러웠다. 아이가 나타나 방해를 받은 떼까마귀들이 사과나무 가지들 사이에서 흩어졌다.

아이는 패디 린던이 알려준 대로 가파른 길을 갔다. 혹시 헨리가 나와 있을지 몰라 골짝을 통과하는 쉬운 길을 피했다. 아이는 던가번까지 가는 데 얼마나 오래 걸리는지 몰랐고 패디 린던도 그 점은 정확하게 말해준 적이 없었다. 거기 가서도 어디에서 키티 테리사의 집을 찾아야 할지 알지 못했지만 누구든 자신을 태워줄 사람은 있을 터였다. 키티 테리사는 아이를 집에 다시 데려다줄 수밖에 없다고 말하겠지만 그때는 이미 모든 게 달라져 있을 것이기 때문에 상관없을 터였다. 루시는 달아날 궁리를 하는 동안 내내 그렇게 될 것임을 알고 있었다. 그들이 아이가 없다는 것을 아는 순간, 무슨 일이 일어났는지 깨닫는 순간, 모든 것이 달라질 터였다. "나도 가슴이 찢어지는 것 같아." 아이 엄마는 말한 적이 있었다. "그리고 아빠도.

누구보다도 아빠가." 키티 테리사가 아이를 데리고 돌아오면 그들도 사실은 떠날 수 없다는 걸 줄곧 알고 있었다고 말할 것이었다.

아이는 이끼로 덮인 바위를 지났다. 전에 이곳에 왔을 때 본 기억이 있었다. 이어 완전히 낯선 쓰러진 나무를 지났다. 나무는 꺾인 곳이 못처럼 튀어나와 있어 어두웠다면 몸이 걸릴 수도 있었다. 지금은 어둡지 않았다. 높은 나무가 있는 숲에 오면 늘 그렇듯이 어스레한 정도였다. 하지만 이제 한 시간 정도면 어둠이 찾아올 것이고 그러기 전에 도로에 이르러야만 했다. 물론 그래도 아침이 오기 전에는 달구지가 지나다닐 가능성이 없었다. 아이는 서둘러야겠다고 마음먹은 순간 비틀거리다 엎어졌다. 발이 구멍에 걸린 것이다. 발을 움직이려 하자 통증이 발목에서부터 퍼져 나갔다. 일어설 수가 없었다.

*

"루시!" 골트 대위가 마당에서 소리쳤다. "루시!"

아무런 대답이 없자 그는 착유장으로 들어가 반대편 끝에 있는 헨리에게 소리쳤다.

"루시를 보면 지난번에 우리가 만나지 못했던 어부들한테 작별 인사를 하러 갔다고 말해줘요." 진입로를 거쳐 도로를 따라 갔다가 바닷가로 돌아오겠다, 그가 말했다. "길동무할 사람이 있으면 좋겠다고 말해줘요."

그는 집 앞에서 다시 아이의 이름을 부르다 혼자 떠났다.

*

"아까는 여기 있었어요." 브리짓이 말했다. "돌아다니는 걸 봤어요."

특이한 일은 아니었다. 루시는 집에 없을 때가 많았다. 헬로이즈는 층계에서 만난 브리짓에게 불안한 마음 없이 물어보았다. 뭐, 브리짓은 추측했다, 오라일리네 개한테 작별 인사를 하러 갔을 수도 있다.

"그간 나한테 큰 힘이 되어주었어요, 브리짓." 헬로이즈는 그 조용하고 마음이 어지럽지 않은 순간, 침실의 옷 가방들로 돌아가기 전에 발을 멈추었다. "이 긴 세월 동안 나한테 힘이 되어주었어요."

"떠나시지 않았으면 하는 마음이네요, 마님. 이렇게 되지 않았더라면 좋았을 텐데."

"알아요. 나도 알아요."

*

진입로에 들어선 골트 대위는 상황이 어떻게 바뀌어야 자신이 그 길의 그림자들 속을, 빛을 대부분 훔쳐가는 나뭇가지들로 이루어진 긴 아치 밑을 다시 오갈 수 있게 될까 생각했다. 양옆의 궁핍해 보이는 풀은 여름에도 크게 자라지 못했고, 여기저기 핀 민들레꽃은 노란빛이었으며, 디기탈리스는 한때 번성했던 그늘에서 시들어가고 있었다. 그는 문간채에 이르렀을 때 잠시 발을 멈추었다. 이곳은 라하단이 버려진 후에도 삶이 계속될 것이다. 이제 끝이 와버렸다고, 다시는 가족을 라하단에 데리고 돌아와 살지 못할 것이라고 오늘 저녁 그는 생각했다. 지난 며칠 동안 그는 속으로 부인해왔지만 이런 예측은 느닷없이 찾아와 달갑지 않게 되풀이되었다.

대문 너머 창백한 흙길에서 그는 왼쪽으로 방향을 잡았다. 열매를 맺은 인동덩굴은 이제 향기가 나지 않았고 산울타리에는 9월의 푸크시아가 피어 있었다. 헬로이즈의 유산에 오래 의지할 필요는 없을 터였다. 그는 막연하게 선적 담당 부서에서 일하는 자신의 모습을 상상해보았다. 그런 곳에서 이루어지는 작업에 어떤 일들이 포함되는지는 거의 알지 못했지만. 상관없었다. 괜찮은 직업이기만 하면 그만이었다. 그들은 이따금씩 이곳에 돌아올 터였다. 어떻게 돌아가는지 살펴보고 기존의 관계를 계속 유지하는 방문. "영영 가는 건 아니에요." 헬로이즈는 어젯밤에 그렇게 말하면서 창문을 다시 열고, 먼지막이 시트를 걷고, 불을 지피고, 꽃밭에서 잡초 뽑는 이야기를 했다. 그도 영원히 떠나는 건 아니라고, 당연히 아니라고 말했다.

킬로런에서 그는 귀도 들리지 않고 말도 하지 못하는 어부와 어린 시절에 배운 대로 대화를 나누었다. 손짓을 하고, 입모양을 읽을 수 있도록 입을 크게 벌려 말했다. 그들은 작별 인사를 했다. "그렇게 오래 있지는 않을 겁니다." 그는 소리 없는 약속을 남기고 떠나면서, 여기에서도 거짓을 꾸며댔다고 생각했다. 그는 아르메리아 덤불이 덮인 바위들 위에 잠시 서 있었다. 석양의 마지막 희미한 잔광이 바다의 표면에 번쩍이는 줄무늬를 남겼다. 파도는 부드럽게 다가왔으며 거품은 거의 묻어 있지 않았다. 바다 위 어디에도 다른 움직임은 없었다.

헬로이즈에게 또는 아이에게, 자신이 감지하기 시작한, 이곳을 떠나면 이제 마지막이라는 느낌을 드러내지 않은 게 옳은 일이었을까? 에니실라의 그 가족에게 다시 가서 조금 더 간청해봤어야 했을까? 그날 밤 불법행위는 자신이 저질렀지 집에 왔던 침입자들이 저지른 게 아니었음을 받아들이고, 지난번에 했던 것보다 더, 얼마가 되었든, 자신이 저지른 못된 짓에 대해 합의를 볼 수 있으리라고 느껴지는 액수를 제시했어야 했던 것일까? 바위들을 따라 조약돌 해변으로 내려가 발을 질질 끌며 모래밭으로 다가가면서도 그는 답을 알 수가 없었다. 계속 걸어가다 이따금씩 멈춰 서서 텅 빈 바다를 물끄러미 내다볼 때도 알 수가 없었다. 이 마지막 밤에 그는 너무 경솔하게 과거를 팔아넘겼고, 이어서 손쉬운 위안으로 딸과 아내를 배신했다고 자신에게 말할 수도 있을 것 같았다. 그는 이 장소와 사람들에게 가장 가까이 다가가 있었고, 남은 땅, 집과 과수원과 정원, 바다와 해변에 대한 사랑으로 본능과 예감을 길러왔었다. 그러나 지금 자신의 감정들을 뒤져보았을 때 거기에는 그를 안내해줄 것이 아무것도 없었다. 혼란과 모순뿐이었다.

그는 절벽을 향해 몸을 돌려 다시 부드득 소리를 내며 조약돌 해변을 걸어갔다. 한동안 나무들 속으로 사라져 있었던 그의 집이 다시 나타났다. 위층 창문 한 곳에 불이 켜졌다. 발이 돌 사이의 뭔가에 걸렸고 그는 허리를 굽혀 그것을 집어 들었다.

*

"루시!" 헬로이즈가 아이의 이름을 불렀다. 헨리는 아이가 아버지를 뒤따라갔을지도 모른다고 말했다. 아이를 보지 못해 대위의 말을 전해주지는 못했지만 아이가 요즘 엇나갔기 때문에 마당 어딘가에 숨어 있다가 아버지가 말하는 소리를 직접 들었을지도 몰랐다. 아이는 사흘간 헨리에게 한마디도 하지 않았고 브리짓에게도 마찬가지였다. 현재 상황으로 볼 때 아이가 차를 마시러 들어오지 않았다 해도 놀랄 일은 아니었다.

헬로이즈는 마당 헛간에서 헨리가 루시의 이름을 외치는 소리를 들었다. "루시!" 그녀 자신도 사과 과수원과 소 떼가 있던 들에서 소리쳤다. 그곳은 오라일리네 쪽에서 집으로 돌아오는 길목이었다. 그녀는 밭과 집 앞 원형 진입로를 나누는 하얀 울타리에 달린 문을 통과했다. 자갈밭을 건너 수국 잔디밭을 가로질렀다.

라하단의 밭들이 전에는 롱 메도와 클로버힐과 존 조스와 강 밭이라고 불렸다는 것을 발견한 사람은 그녀였고, 그것을 처음 그렇게 부른 사람도 그녀였다. 그녀는 늘 그 이름들이 다시 사용되는 것을 듣고 싶었지만 그녀가 제안을 해도 모두 귀찮아했다. 묵직하게 꽃이 핀 수국 다발은 회색 돌담을 따라 반원을 그렸다. 그 파란색은 짙어가는 어스름 속에서도 여전히 또렷했다. 이게 라하단의 모든 특징들 가운데서도 가장 사랑스럽다, 그녀는 늘 그렇게 생각했다.

"루시!" 그녀는 나무들 사이에 대고 소리쳤고, 가만히 서서 정적 속에 귀를 기울였다. 숲속으로 더 들어가서 20분 뒤에 개울과 징검다리로 급하게 내려가는 좁은 길에 올라섰다. "루시!" 그녀는 소리쳤다. "루시!"

그녀는 집으로 돌아와서도 아이의 이름을 부르며 사용하지 않는 방들의 문을 열고 다락까지 올라갔다. 다시 아래층으로 내려왔다. 열린 현관문 옆에 서자 곧 남편이 돌아오는 소리가 들렸다. 다른 목소리가 들리지 않았기 때문에 그녀는 남편이 혼자라는 것을 알았다. 자신이 앞서 통과했던 바깥문이 그가 열고 닫으면서 삐걱거리는 소리가 들렸다. 걸쇠가 걸렸다.

"루시하고 같이 있어요?" 그녀가 다시 목소리를 높여 물었다.

자갈밭에서 그의 발걸음이 멈추었다. 그는 거무스름한 그림자로만 보였다.

"루시?" 그녀가 말했다.

"루시 여기 없어?"

그는 걸음을 멈춘 곳에 그대로 서 있었다. 그의 손에 뭔가 하얀 것이 들려 있었다. 열린 현관문에서 나온 램프 빛줄기가 그 위로 쏟아져 내렸다.

2

"성모님!" 브리짓이 작게 말했다. 얼굴이 창백해졌다.

"그렇다니까." 헨리는 천천히 고개를 끄덕였다. 그들은 바 닷가에 내려가 있다, 그가 말했다. 대위는 밭을 지나 올라왔고 나중에 둘이 함께 바닷가로 다시 갔다.

"주인님이 아이 옷을 발견했어. 물이 빠질 때였고 주인님은 킬로런에서 이쪽으로 오고 계셨어. 그게 들은 전부야."

그럴 리가 없다, 브리짓이 소곤거렸다. 그의 말이 진짜일 리 가 없다. "성모님, 그럴 리가 없어요!"

"조수는 뭐든지 쓸고 가. 돌 틈에 걸려 있는 것만 빼고. 그런 데 주인님은 손에 옷가지를 쥐고 계셨어." 헨리는 말을 끊었 다. "한참 전에 나는 혹시 아이가 혼자 바다에 먹을 감으러 다 니는 게 아닌가 생각했어. 그러는 걸 내 눈으로 봤다면 그때 말을 했을 텐데."

"저 건너 바위들로 가지 않았을까? 루시는 내내 축 처져 있었잖아요. 새우를 잡으러 간 게 아닐까?"

헨리가 아무 말도 하지 않자 브리짓은 고개를 저었다. 바다에 들어가 멱을 감으려는 것, 떠나기 전 마지막으로 그 바다에서 멱을 감으려는 것이 아니라면 어떤 아이가 바닷가에 옷을 벗어두겠는가?

"나도 그런 생각 했어요." 그녀가 말했다. "머리카락이 몇 번 좀 젖어 있더라니까."

"내려가볼게. 두 분한테 램프를 가져가야겠어."

혼자 남자 브리짓은 기도를 했다. 맞잡은 두 손이 차갑게 느껴졌다. 그녀는 눈물을 억누르며 소리 내어 기도했다. 몇 분 뒤 그녀는 남편을 따라 마당과 사과 과수원을 지나 목초지로 들어가 바닷가로 내려갔다.

*

그들은 어둠 너머 텅 빈 바다를 내다보았다. 아무 말도 하지 않았지만 혼자 있는 것이 두려운 것처럼 서로 가까이 붙어 있었다. 부드럽게 파도가 찰싹이고 바다가 앞으로 나아갔다. 조수가 바뀔 때마다 조금씩 더.

"오, 마님, 마님!" 브리짓이 외치는 소리는 날카로웠고 그녀의 발걸음은 모래밭에 이르기 전 돌 위에서 시끄러운 소리를 냈다. 얼마 전에 그런 생각을 했다, 그녀는 외쳤지만 단어들은 서로 걸려 넘어졌고 헨리가 든 램프의 깜빡거리는 빛에 비친 그녀의 이목구비는 그녀의 것처럼 보이지 않았다.

무슨 말을 해야 할지 몰라 골트 대위와 그의 아내는 바다에서 몸을 돌렸다. 희망이 있을까, 어떻게든, 브리짓의 이런 흥분속에? 조금 전까지 아무것도 없던 곳에 어떤 희망의 낱알이라도 생길 수 있을까? 혼란스러운 가운데 잠시 그 생각뿐이었다. 둘 다 마찬가지였다.

"그렇다고 아이가 한마디라도 했다는 건 아니에요, 마님. 그냥 헨리하고 제가 그런 생각을 했다는 것뿐이에요. 그때 말씀 드렸어야 했는데, 주인님."

"뭘 말해요, 브리짓?" 대위의 목소리는 정중했지만 피로가 섞여 있었다. 그는 참을성을 가지고 아무런 관련이 없는 이야기를 기다렸다. 기대는 이미 오그라들어 완전히 사라진 뒤였다.

"제 눈에 띈 것이라고는 아이가 들어올 때 머리가 약간 젖어 있었다는 것뿐이에요."

"멱을 감아서?"

"그게 확실하다고 생각했으면 말씀드렸을 거예요."

정적이 흘렀다. 이윽고 골트 대위가 말했다.

"브리짓 잘못이 아니에요. 아무도 그렇게 생각하지 않을 거예요."

"아이는 물망초 드레스를 입고 있었어요, 주인님."

"드레스가 아니었어요."

아이의 여름 조끼다, 헬로이즈가 말했다. 그들은 말없이 다시 조끼가 발견된 곳으로 걸어갔다.

"우리는 아이에게 거짓말을 했어." 그 장소에 도착하기 전에 대위가 말했다.

헬로이즈는 이해하지 못했다. 그러다가 다짐과 반#약속을 기억했고, 그 약속이 지켜지지 않을 수도 있다는 것을 알았음을 기억했다. 불복종은 아이의 반항이었고 기만은 그들 스스로 아이에게 건네준 동전이었다.

"내가 언제든 함께 떠날 감을 거라는 걸 알고 있었는데." 대위가 말했다.

대위가 집어 든 옷이 걸려 있던 유목流木의 지저깨비는 여전히 그곳에 있었지만 어둠 속이라 하얗고 부드러운 겉면만 눈에 간신히 보였다. 헨리는 램프를 움직여 혹시 다른 것이 있나 찾았지만 아무것도 발견할 수 없었다.

환경과 사건들을 먹이로 독자적인 힘을 얻은 것인지 대위, 그리고 그의 아내와 하인들을 현혹하고 있는 거짓에는 의문이 제기되지 않았고 거부되지도 않았다. 집은 이미 샅샅이 뒤졌다. 마당의 헛간들도, 정원도, 과수원도. 사라진 아이가 그런 늦저녁에 숲에 있을 수도 있다고 암시하는 것은 전혀 없었지만 거기에서도 아이의 이름을 소리쳐 불렀다. 오라일리네 부엌에도 찾아갔다. 바다가 유일하게 남은 곳이었다. 널려 있는 사실들로 그렇게 완강하게 뒷받침되고 있는 바다의 주장을 받아들이지 않는 것은 우스꽝스러운 소망적 사고에 지나지 않는 것처럼 보였다.

"킬로런에 가서, 헨리, 나하고 보트를 가지고 나가보겠소?"

"가겠습니다, 주인님."

"램프는 여기 있는 사람들에게 맡기고 갑시다."

두 사람은 떠났다. 몇 시간 뒤 남은 여자들은 길게 뻗은 모래밭과 조약돌 해변을 가르며 튀어나온 바위 곶의 새우 웅덩이들 사이에서 샌들 한 짝을 발견했다.

*

킬로런의 어부들은 고기를 잡고 새벽에 노를 저어 들어왔을 때 실종 이야기를 듣게 되었다. 그들은 밤새 배에서 아무것도 보지 못했지만 오래전 그들의 이야기를 장식했던 미신이 다시 그들 사이에서 중얼중얼 흘러나왔다. 비극을 먹고 사는 상어들은 파괴의 잔재만 남기는데 그나마도 많이 남기지 않는다는 것. 어부들도 살아 있는 아이의 죽음을 애도했다.

*

해변의 바위들이 파도에 파이고 삿갓조개로 덮이면서 밑에 깔린 것이 더욱더 가려지듯이 시간은 겉으로만 그렇게 보였던 것을 진실로 만들었다. 며칠이 흘러 몇 주가 되었지만 가정假定이 만들어낸 표면은 여전히 흔들림이 없었다. 아름다운 여름의 날씨가 계속되었지만 그 믿음이 잘못되었다는 징후도 암시도 나타나지 않았다. 바위들 사이에서 발견된 샌들 한 짝은 죽음의 흠뻑 젖은 이미지가 되었다. 킬로런의 부두에서는 곡소리가 바다가 안겨준 고통의 표시이듯이, 라하단에서는 정적이 그런 표시였다.

골트 대위는 이제 위층 창가에서 밤을 보내는 것이 아니라 절벽에 홀로 서서 어둡고 잔잔한 바다를 내다보며 자신을 저주했고, 번창하던 시절 이곳에 집을 지은 조상을 저주했다. 가끔 오라일리네 이름 없는 개가 용기를 끌어내 그의 옆에 다가섰지만 대위의 우울을 느끼고 그 나름의 공감을 표현하듯 고개를 푹 숙이고 있었다. 대위는 개를 쫓아버리지 않았다.

이곳과 집에서의 모든 기억은 곧 후회였고, 모든 생각에는 위안이 빠져 있었다. 파란 옷 가방에 딸의 머리글자를 새길 여유조차 없었다지만, 어떻게 시간이 없을 수가 있었을까? 지금은 시간이 이렇게 끝없이 뻗어 있는데. 길고 느린 밤들과 함께 오는 나날에 100년의 무게가 실려 있는데.

"오, 달링!" 골트 대위는 중얼거리며 또다시 찾아오는 새벽을 지켜보았다. "오, 달링, 나를 용서해다오."

*

헬로이즈에게는 고통이 조금 달랐다. 행복했던 결혼 생활이 과거로부터 긁혀 나와 괴로워하는 과정 속에 생생하게 펼쳐져 그 시절이 이기적으로 느껴졌다. 그녀가 신부로서 찾아왔던 이 집의 모든 방에는 아주 탐욕스럽게 그녀의 소유로 끌어안고 있던 것들의 기억이 있었다. 에버라드의 품에 가볍게 안긴 채 춤출 때 흘러나오던 축음기 음악, 난롯가에서 책을 읽는 동안 응접실 벽시계가 느리게 똑딱이던 소리, 난롯가로 당겨놓은 등받이 높은 소파, 벽난로의 장작이 딱딱거리던 소리. 그는 실망감에 사로잡힌 상태이기는 했어도 전쟁에서 무사히 돌아왔다. 태어난 아이는 자라고 있었다. 라하단은 생활 방식만이 아니라 생계도 제공했다. 하지만 에버라드가 다른 식으로 결혼했다면 상황들의 연쇄 작용에 따른 이런 용서할 수 없는 결말은 나오지 않았을 것이다. 늘 그렇게 결론이 났다.

"아니, 아니야." 그는 이의를 제기하며 다른 곳에 책임을 물었다. "그자들이 다시 온다면 나는 쏴 죽일 거야."

다시 그들 둘의 눈앞에 양치기 개들은 독살당해 마당에 누워 있었고, 자갈 위의 사체들은 차가웠다. 다시 헨리는 피 묻은 바닷자갈을 갈퀴로 긁어냈다.

"우리로서는 이 이상 설명할 방법이 없을 거예요." 헬로이즈는 작은 소리로 그렇게 말했지만 죄책감은 줄지 않았다. 그들의 아이에게는 충분히 설명해주지 못했기 때문이다.

*

"하지만 궁금해, 저분들이 지금도 가려 할까?" 브리짓은 떠날 준비가 다시 시작되지 않자 추측했다. "자기들한테 무슨 일이 일어나든 상관하지 않을 것 같거든."

"정해진 거 아닌가, 역시?"

"정해진 게 이제는 달라졌죠."

"그러니까 키티 테리사도 다시 데려온다는 거야? 키티 테리사와 함께 해나도?"

"내가 알지도 못하는 이야기를 하려는 게 아니에요. 일이 어떻게 되더라도 놀라지는 않을 거라는 얘기일 뿐이지."

그전부터 브리짓은 골트 대위 부부는 이곳에 대한 애정이 있으니 나라가 조용해지고 부상에 관해 어떤 합의를 볼 수 있다면 돌아오리라고 믿었다. 그런 희망 섞인 추측을 할 때면 가축을 팔지 않았다는 사실에서 특별한 의미를 찾기도 했다.

"나는 간다고 봐." 헨리가 말했다. "지금이야말로 가고 싶어 할 거라고 봐."

*

　형식적인 관련 업무들은 최대한 완전히 마무리를 지었다, 상황이 허락하는 한. 골트 대위의 신고에는 감정이 완전히 빠져 있었지만 그것을 받아 적으러 라하단에 온 기록원 직원은 가슴이 뭉클했고 대위에게 동정심을 느꼈다.

　"왜 더 기다려야 하는 거예요?" 남자가 떠나자 헬로이즈가 물었다. "킬로런의 어부들이 믿고 있는 게 옳다면 이제 남은 일은 아무것도 없어요. 옳지 않다면, 나한테는, 알고 싶지 않은 무시무시한 일밖에 없어요. 내가 세상 모든 어머니들과 다르다면, 그 어머니들 같으면 기억에 남을 수도 있는 리본 조각을 찾아 조약돌 해변과 웅덩이들을 영원히 기어 다닐 거라면, 그래요, 그럼 나는 달라요. 내가 몰인정하고 또 약하고 내가 이해 못하는 두려움으로 가득 찬 사람이라고 한다면, 그래요, 나는 몰인정한 사람이에요. 하지만 나는 이렇게 무자비한 후회에 사로잡힌 채 아이의 살 없는 뼈를 내려다볼 수는 없어요. 너무 많은 것을 알게 되는 일은 도저히 견딜 수 없어요."

　슬픔은 그들 공통의 기반이었지만 동시에 그들을 나누기도 했다. 한쪽은 말을 했지만 다른 쪽은 거의 듣지 않았다. 둘 다 쓸모없는 동정심으로부터는 고개를 돌렸다. 이제 어떤 예감도 그들에게 도움이 되지 않았다. 꿈속의 목소리도, 어떤 갑작스러운 본능도. 헬로이즈는 마지막 짐을 쌌다.

모진 시간이 흐르던 시기에 은행에 전보를 보내 그녀는 히우베르지 주식 증서를 에니실라의 남편 은행으로 보내달라고 요청했다. 그녀는 남편이 앨로이시어스 설리번과 마지막으로 마무리할 필요가 있는 일을 정리하고 있을 때 그 이야기를 했다.

"하지만 대체 왜 지금 그걸 우리한테 보내라고 한 거야?" 그는 당황해서 그녀를 물끄러미 바라보았다. "이제 곧 떠날 건데 왜 멀리 여기로 보내라고 했어?"

헬로이즈는 대답하지 않았다. 그 대신 그가 그녀를 대리하여 증서를 받을 수 있도록 위임하는 메모를 썼다.

"이게 내가 바라는 거예요." 메모를 쓴 뒤에 그녀가 말했다.

골트 대위는 아내 말대로 하면서도 내내 이 기묘한 일이 마음에 걸렸다. 여름의 사건들로 인한 충격, 그리고 그렇게 괴로워하던 시간들이 그 사건 자체만큼이나 끔찍한 후유증을 남긴 것일까? 귀중한 서류들이 불필요하게 우체국에 맡겨졌고, 이제 자신들이 떠나온 섬으로 돌아가는 여행으로 인한 위험에 노출될 판이었다. 주식은 서류를 일절 전달하지 않고도 처리할 수 있었다. 헬로이즈의 지시만 있으면 그만이었다. 철도 회사의 미래에 관한 우려를 간략하게 설명한 은행 편지에 그렇게 적혀 있었다.

에니실라에서 그는 손에 받아 든 묵직한 봉투를 돌려주면서 보낸 곳으로 안전하게 반송해달라고 부탁하고 싶은, 착오가 있었다고 말하고 싶은 유혹을 느꼈다. 상황이 상황인지라 아마 양해가 될 것이었다. 그러나 그는 그렇게 하지 않았다. 만들어 붙인 핑계를 들고 라하단으로 돌아오지 않았다. 대신 그는 받은 서류를 아내에게 건네주고 앨로이시어스 설리번의 인사도 전했다. 아내는 봉투의 내용물을 꼼꼼히 살폈고 변호사의 인사에는 아무런 관심도 없는 양 고개를 한 번 끄덕여 받아 넘겼다. 늘 앨로이시어스 설리번을 무척 좋아했음에도.

그날 저녁 그들은 집 안을, 과수원과 정원을, 밭들을 함께 걸어 다닐 수도 있었다. 그러나 골트 대위는 전과 달리 그런 제안을 하지 않았고 그렇다고 혼자 나서지도 않았다. 사과나무, 벌통의 벌, 그의 자랑이었던 가축이 여전히 마음을 끌어당겼지만 더 중요한 것은 아내였다. 겉으로 그렇게 보이는 것이 실제로도 그렇다면 그것은 잔인한 마지막 지푸라기였다.

그는 침울하게 혼자 술을 마시면서 지금 벌을 받고 있는 것인가 하는 의문은 품지 않으려 했다. 사실 민중이 들고 일어난 것, 그것이 지옥의 시작 아닌가? 그 지옥이 이 작은 변두리에서 너무 빠른 속도로 완성되었을 뿐. 진실이 그릇된 가정 안에 자리를 차지할 수 없는 것만큼이나 분명하게, 그런 무시무시한 저주의 추측 안에도 자리를 차지할 수 없는지는 알 수 없었다. 그러나 이 여름에 골트 가족의 운명을 정한 것은 진노가 아니라 우연이었다.

더블린으로 가는 기차에서 헬로이즈는 말이 없었다. 그녀
는 그들이 떠나온 해변만큼이나 그들이 지나가는 밭과 언덕,
숲과 잡목림, 고요한 폐허가 싫었다. 그녀는 그저 한때 그녀를
즐겁게 해주던 풍경으로부터, 친절하게 웃음 짓던 얼굴들과
부드럽게 말하던 목소리들로부터 영원히 떠나게 해달라고 빌
었다. 서식스 교외에 세낸 빌라는 충분히 멀게 느껴지지 않았
다. 며칠 전부터 그 사실을 알고 있었지만 말은 하지 않았다.
그러나 이제 말을 했다.

대위는 귀 기울였다. 그가 13년 전 라하단으로 데려온 아내
가 그곳을 떠나면서 계속 여행하고 싶다고, 더 더 멀리 가고
싶다고, 어떤 기차를 타고 가다 낯선 사람을 봐도 이러쿵저러
쿵 말을 하거나 호기심을 느끼지 않는 곳에서 내렸으면 좋겠
다고 말하는 것은 이해 못하거나 공감 못할 일이 아니었다. 한
때는 유쾌하고 편안한 잉글랜드에서의 미래를 상상했지만 이
제는 그럴 수 없었다.

"우리는 이 서식스 주소를 남겨두고 왔잖아." 그는 뭔가 말
을 해야 하기 때문에 그렇게 말했다. 그러나 사실 그는 서식스
에도, 그 교외에도, 빌라에도, 잉글랜드의 고요에도 관심이 없
었다. 관심 있는 것은 아내의 얼굴이 여위고 창백해졌다는 것,
아내가 무감각해진 눈으로 풍경을 물끄러미 보고 있다는 것,

목소리에서 특유의 음색이 사라졌다는 것, 맞잡은 두 손이 조각상의 손 같다는 사실이었다. 그렇다 해도 그는 안도감 또한 느꼈다. 그녀는 혼란에 빠져 은행에 전보를 보낸 것이 아니라 더 단호하게 과거를 마감하겠다는 결의에 따라 행동했을 뿐이었다. 그가 그녀 대신 받은 서류는 짐 속에 들어가 그들과 함께 움직이며 그들의 여행이 어디에서 끝나든 그곳에서 그들의 생계가 될 것이었다.

"어디든." 그녀가 말했다. "어디든 좋아요."

더블린의 킹스 브리지 역에서 골트 대위는 잉글랜드의 주택 임대를 취소한다는 전보를 보냈다. 그가 그 일을 마쳤을 때 그들은 짐과 함께 섬처럼 서 있었다. "우리는 하나야." 그가 말했다. 아직도 헬로이즈의 부서질 듯 약한 모습이 두렵기는 했지만 그들은 자신들의 출발의 성격에 반영된 분위기를 공유했고, 자신들을 잊어버리고 기억을 없애버리고 싶은 욕망을 공유했다. 그녀를 위로하고자 그는 그 모든 이야기를 했다.

헬로이즈는 대답하지 않았다. 그러나 도시를 가로질러 부두로 가면서 입을 열었다.

"떠나는 것이 조금도 슬프지 않다는 게 이상해요. 한때는 견딜 수 없을 거라고 생각했는데."

"그래, 이상하네."

이런 식으로, 1921년 9월 22일 목요일, 골트 대위 부부는 집을 버렸고 자신들도 모르는 사이에 자식을 버렸다. 잉글랜드에서는 그들이 알아채지 못하는 사이 도시와 시골이 빠르게 지나갔다. 교회 첨탑들과 마을 주택들, 작은 뒤뜰의 마지막 스위트피, 세심하게 엮은 철망 위로 제멋대로 뻗어 나간 강낭콩, 마지막 순을 틔운 제라늄은 다른 것들이었더라도 상관없었을 것이다. 다가온 프랑스는, 거기에서 여러 밤을 보내기는 했지만, 또 다른 나라에 불과했다. 우리는 내처 여행을 했습니다. 골트 대위는 에니실라의 변호사에게 그렇게 적어 보냈다. 호텔 메모지에 적어 보낸 세 문장 가운데 하나였다.

3

브리짓은 간직해두었던 낡은 침대 시트로 가구를 덮기 전 가구에 광택을 냈다. 판자를 대고 못질하기 전에 창문도 닦았다. 카펫을 깔지 않은 뒤쪽 층계의 단들과 개 통로의 판석도 닦았다. 솜털오리 깃이불과 담요는 싸서 치웠다.

아직 햇빛의 지배를 받는 부엌과 보조 주방을 제외하면, 다른 곳에서 할 일은 이제 남지 않은 아침이었다. 헨리는 램프 하나를 들고 어두워진 집의 위층을 돌아다녔다. 이미 공기에서 곰팡내가 났다. 그날 저녁 그 방들은 잠글 예정이었다.

두 사람은 우울했다. 골트 부부가 떠난 뒤 며칠 동안 매일, 어부가 와서 그물이나 노에 뭐가 걸렸다는 소식을 전하리라고 예상하며 지냈다. 그러나 아무도 오지 않았다. 누가 온다 해도 골트 부부가 알고 싶어 할까? 브리짓은 생각했고 헨리는 대답을 할 수 없어 고개를 저었다.

홀에 내려온 헨리는 램프의 둥근 등피를 들어 올리고 심지의 불을 껐다. 낙농장으로 들어가 아까 낙농품 공장에서 가져온 우유 통을 씻었다. "담을 좀 손봐야 돼." 그는 브리짓이 집 뒷문에 나타나자 소리쳤고 그녀가 고개를 끄덕이는 것을 보았다. 그는 이때 돌아가 마지막으로 부엌 탁자에 앉으면 기분이 어떨지 궁금했다. 브리짓은 베이컨 약간을 준비하고 있었다.

헨리가 휘파람을 불자 양치기 개들이 서둘러 마당 안으로 들어왔고, 브리짓은 그가 출발하자 개들이 뒤에서 서로 미는 것을 지켜보았다. "여긴 잘 유지될 거예요." 그녀는 목소리를 높여 한마디 했다.

"나도 괜찮을 거라고 생각해." 그가 말했다.

브리짓은 하느님이 자신의 기대를 저버렸다고는 생각하지 않았다. 기도한 것으로 충분했고 하느님이 기도를 들어주지 않은 것은 하느님의 뜻이었다. 그들은 이제 되어가는 대로 맞추어 적응할 터였다. 그럴 수밖에 없기 때문에 받아들이게 될 터였다. 늙은 해나는 이따금 문간채에 찾아올 것이고 언젠가는 키티 테리사도 올지 몰랐다. 물론 키티 테리사는 못 와도 이해할 만큼 멀리 살았지만. 하지만 그녀는 아마도 이곳을 찾아오고 싶어 하지 않을 것 같았다. 이곳을 떠나야 했을 때 그녀가 겪은 꼴사나운 일을 생각하면 이곳에 다시 오는 것은 그녀가 감당할 수 없는 일일 수도 있었다.

무엇보다도 이 크고 오래된 부엌이 그리울 거다, 브리짓은 다시 부엌으로 들어서면서 생각했다. 닭이 있는 한은 계속 마당에 와서 모이를 줄 것이었다. 밖에서도 새로운 일거리를 찾을 것이었다. 처음 어머니와 함께 이 부엌에 왔을 때 그녀는 마당에서 놀곤 했다. 비가 내리면 하인용 식당의 난롯가에 앉아 바퀴 달린 풀무로 토탄에 바람을 불어 넣으며 불꽃을 지켜보았다.

개수대에서 프라이팬을 문질러 닦자 팬의 에나멜 조각이 떨어져 나갔다. 오래전부터 익숙한 일이었다. 그녀는 팬을 닦아내고 말린 다음 제자리에 돌려놓으며 그걸 다시 사용할 날이 올까 하는 생각을 했다. 그러다 갑자기 낙관의 파도가 밀려들면서, 있을 거라고, 세월이 치유해주면 그들은 돌아올 거라고 믿게 되었다. 그녀는 베이컨 조각을 레인지로 가져와 삶았다.

*

헨리는 검은 코트를 보고도 기억을 하지 못했다. 오래전 그것을 입은 모습은 자주 보았지만 지금은 알아보지 못했다. 전에는 거기에 없었다는 것이 그의 생각이었다. 오라일리네 양 담장의 구멍을 메울 돌을 구하러 이곳에 마지막으로 왔을 때에는 그쪽 모퉁이에 높이 자란 잡초밖에 없었다. 그는 폐허 쪽으로 더 들어가지 않고 멈춰 서서 외투를 보며, 양치기 개들에게 물러서 있으라고 말했다. 그는 천천히 담뱃불을 붙였다.

그가 구하러 온 돌은 거기에, 전에도 그랬던 것처럼 담에서 떨어져 나와 쐐기풀 사이에 놓여 있었다. 그는 패디 린던이 좁은 널 하나만 남은 탁자 앞에 앉아 있던 모습을 기억했다. 지금 그 주위의 쐐기풀은 밟혀서 코트가 있는 모퉁이로 좁은 길이 나 있었다. 짚 생선 바구니 두 개가 놓여 있고 갈색 사과 웅어리에 앉은 파리들을 볼 수 있었다.

헨리는 눈에 보이는 것을 이해하려 했다. 한 가지 짚이는 것이 있었다. 하지만 더 가까이 다가가고 싶지 않았다. 양치기 개 한 마리가 낑낑거렸고 그는 입을 다물라고 했다. 그는 외투를 들어 올려 살피고 싶지 않았지만 결국 그렇게 했다.

*

마당에서 개 한 마리가 한 번 짖었다. 브리짓은 헨리가 돌아왔다는 것을 알았다. 그 개는 마당으로 돌아오면 늘 한 번 짖었다. 헨리가 없애버리고 싶어 하는 습관이었다. 레인지 앞에선 그녀는 감자가 든 냄비를 불 쪽으로 밀고 썰어놓은 양배추에 끓는 물을 부었다. 그녀가 탁자에 나이프와 포크를 늘어놓았을 때 통로에서 헨리의 발소리가 들렸다. 고개를 돌리자 그가 문간에 서 있었다. 품에 꾸러미를 안고 있었다.

"그게 뭐예요?" 그녀가 물었지만 그는 아무런 대답도 하지 않고 부엌으로 들어왔다.

*

숲을 헤치며 내려오는 길 내내 그는 서둘렀고, 아직 완전히 이해가 되지 않는 것을 그 나름대로 이해하려는 노력을 그만두려 애썼다. 혹시 그가 안고 가는 것의 고요함이 죽음의 고요함일까? 그는 여러 번 내려놓고 보았고 심지어 자신을 물끄러미 보는 눈을 감기려고 손을 뻗기도 했다. 그 어두운 곳에서 그렇게 오랜 시간이 지났는데 어떻게 여전히 생명이 있을 수 있었을까?

현실이 꿈의 조각들을 가라앉히듯 부엌에서 베이컨 삶는 냄새가 그의 혼란을 뚫고 스며들었다. 시계가 찬장 위에서 명랑하게 째깍거렸고 김이 냄비 뚜껑을 흔들어댔다.

"성모님!" 브리짓이 소리쳤다. "오, 성모님!"

*

아이의 입술은 블랙베리 즙에 물들어 있었다. 전체적으로 병든 몰골이어서 뺨은 움푹 꺼지고, 눈 밑은 시커멓게 쑥 들어가고, 머리카락은 집시처럼 텁수룩했다. 헨리의 품에 안긴 아이는 어머니의 낡은 코트로 싸여 있었다. 더러웠다, 코트는.

헨리가 마침내 입을 열었다. 그는 돌을 구하러 패디 린던의 오두막에 갔다고 말했다. 종종 그렇듯 말하는 동안 얼굴에 표정은 없었다. "햄이 차라리 표정이 있겠다." 브리짓의 아버지는 헨리의 얼굴을 두고 그렇게 말한 적이 있었다.

"마음씨 고운 성모님!" 브리짓이 작은 소리로 말하며 성호를 그었다. "마음씨 고운 자비의 성모님!"

헨리는 천천히 의자로 갔다. 아이는 굶주렸고 너무 약해서 살지 못할 것도 같았다. 입 밖에 내지 않은 그 말이 앞서 헨리의 머릿속에서 그랬던 것처럼 브리짓의 생각 속을 굴러다니며 똑같은 혼란을 일으켰다. 아이가 바다에서 어떻게 나올 수 있었을까? 도대체 어떻게 지금 이 자리에 있을 수 있을까? 브리짓은 힘이 빠진 무릎을 지탱하려고 자리에 앉았다. 날수를 헤아려보려 했지만 계속 셈이 미끄러졌다. 바닷가의 밤 이후로 오랜 세월이 지나고 골트 부부가 떠나기 전까지 오랜 세월이 지난 것 같았다.

"아이가 집에서 가져간 음식이 있었어." 헨리가 말했다. "아마 설탕 샌드위치를 먹고 살았나 봐. 그리고 정말 다행히도 그곳에 물이 있었어."

"아이가 숲에는 들어간 적이 없는 거죠, 헨리?"

매일 아침 브리짓은 문간채에서 부엌으로 묵주를 들고 가레인지 위의 선반에 올려놓았다. 그녀는 탁자에서 몸을 일으켜 묵주를 찾아내 손가락들 사이에 그러쥐었다. 묵주 알을 굴리지는 않고 그냥 만지는 것에서 위안을 얻었다.

"아이는 달아난 거야." 헨리가 말했다.

"오, 얘야, 얘야……"

"아이는 자기가 한 짓에 겁을 먹었어."

"왜 그런 짓을 한 거야, 루시?"

자기 목소리가 멍청하게 들린다, 브리짓은 생각했고, 자신의 목소리를 들으면서 어리석음에 대한 죄책감을 느꼈다. 먹 감는 이야기를 하지 않은 건 그녀의 잘못 아닐까? 아이는 늘 골짝이나 그 위의 숲에서 무언가를 하고 놀았는데, 왜 그들한테 그 이야기를 하지 않았을까? 왜 그게 다 상상이라고, 어부들이나 믿는 것이라고 말하지 않았을까?

"뭐에 사로잡혔던 거니, 루시?"

발목 한쪽이 상태가 아주 나쁘다, 헨리가 말했다. 마당에 들어왔을 때 아이는 자기 발로 서고 싶었지만 그는 아이를 내려주지 않았다. 발목이 언제 그렇게 되었는지 알 수 없다. 뼈가 부러졌을 수도 있지만 알 수 없는 일이다. 헨리는 닥터 카니한테 가보겠다고 말했다.

"일단 아이를 위로 안고 갈까?"

저 사람은 더 말하지 않을 거다, 브리짓은 속으로 생각했다. 옷이 흙투성이인 아이를 위층에 올려다 놓기 전에는. 그 전에는 아무것도 전해주지 않을 거고 그다음에야 어떻게 아이를 보게 되었는지, 아이가 무슨 말을 했는지 말해줄 거다. 아이가 뭔가 한 이야기가 있다면. 아이는 이제 다시는 입을 열지 않을 것처럼 입을 꽉 다물고 있었다.

"침대에 갖다 놓을 탕파 두어 개 채울 동안 좀 기다려요."

브리짓은 묵주를 벽난로 선반 위에 다시 갖다 놓고 아까 물을 끓였던 주전자를 다시 레인지 불에 올려놓았다. 주전자는 바로 김을 뿜으며 칙칙 소리를 냈다. 대위와 부인과 헨리는 바닷가를 돌아다니며 조약돌 해변을 이곳저곳 뒤졌다. 악마에 홀려 바보가 된 사람들은 모든 걸 더 나쁘게 만들었다. 자신 역시 마찬가지였다. 빛이 환한 부엌에서 브리짓은 그들의 모습을 보았다. 터무니없게도 그곳에 그들이 있었다.

"배고프니, 루시? 배 많이 고파?"

루시는 고개를 저었다. 헨리도 앉아 있었다. 그의 갈색 모자는 앞으로 기울어져 있었다. 숲을 통과해 오는 길에 어딘가에 부딪혔지만 안고 온 것을 의자에 내려놓고도 바로잡는 걸 잊은 듯했다.

"하느님 이 아이를 도와주소서." 브리짓이 작은 소리로 말했다. 자신이 울고 있다는 것을 알기도 전에, 어리석으냐 아니냐는 이제 상관없다는 것을 알기도 전에, 눈물이 두 뺨을 따뜻하게 적시는 것을 느꼈다. "하느님 감사합니다." 그녀가 작은 소리로 말하다 갑자기 두 팔로 루시의 여윈 어깨를 끌어안았다. "하느님 감사합니다."

"이제 괜찮다, 루시." 헨리가 말했다.

브리짓이 탕파 두 개를 채웠다. 아이의 눈에는 기진한 기색이 있었다. 죽음의 고통처럼 보이는 것, 그런 것이 그곳에 둔하게 머물고 있었다.

"아프니, 루시? 다리에 통증이 있어?"

두 눈에 순간적으로 부인하는 듯한 표정이 스쳤지만 여전히 대답은 없었다. 아무 말도 하지 않았고 아무런 움직임도 없었다. 헨리는 일어서서, 저항하지 않는 몸을 다시 품에 안았다. 위층에 올라가 브리짓이 불을 밝힌 램프 두 개를 들고 있는 동안 아이를 일주일 전에 시트와 담요를 치운 침대에 눕혔다.

"가서 기다렸다가 닥터 카니를 직접 만나요." 브리짓이 명령했다. "얼른 그이를 이리 데려와요. 마차를 타고 가요, 걷지 말고. 여기는 이제 내가 알아서 할 테니까."

그녀는 층계참의 가열 압착기에 접어 넣었던 침구를 뒤져 잠옷을 하나 찾아냈다.

"이제 목욕을 해야겠다." 그녀는 누워 늘어진 형체를 최대한 방해하지 않으면서 침대를 정리한 뒤에 말했다. 그러나 목욕은 의사가 올 때까지 기다려야 했기 때문에 그녀는 욕실에서 대야에 뜨거운 물을 받아 돌아왔다. 밖에서 덜걱덜걱하는 소리를 듣고 헨리가 닥터 카니를 부르러 가기 전에 사다리를 세우고 루시 방의 창문 판자를 뜯고 있다고 짐작했다. 저런 일에 시간을 낭비할 정도로 멍청하진 않을 줄 알았다. 그런 짜증이 오히려 안도감을 주었다.

"씻은 다음에 달걀 하나 삶아줄까? 컵에 담긴 달걀 줄까, 루시?"

다시 루시는 고개를 저었다. 발목은 눈에 보이는 대로 뼈가 부러진 것일 수도 있었다. 퍼렇다기보다는 시커멨고, 커다란 공처럼 부어 있었다. 다리 전체가 쓸모없어진 것처럼 뭔가 죽은 것을 끌듯 질질 끌었다.

"열 좀 잴 테니 기다려." 브리짓이 말했다. 체온계가 어딘가에 있었지만 어디인지 알 수가 없었고 혹시 집에서 사라진 게 아닌가 하는 생각도 들었다. 열을 재는 것은 닥터 카니에게 맡겨야 했다. "의사 선생님이 오실 테니 예쁘고 깨끗하게 하고 있자."

아이는 전신이, 발이고 손이고 전부 더러웠고 머리는 헝클어졌으며 팔과 얼굴에는 긁힌 상처가 있었다. 갈비뼈는 툭 튀어나왔고 뱃살은 그 밑으로 늘어져 있었다. 삶은 달걀을 으깨어 토스트와 함께 컵에 넣은 것은 아이가 늘 무척 좋아하던 음식이었다. "닥터 카니가 오면 식욕이 돌아올지도 모르지."

대야의 물은 바로 잿빛이 되었다. 브리짓은 물을 욕실에 버리고 다시 대야를 채웠다. 헨리의 말이 무슨 뜻일까, 설탕 샌드위치라니? 그 오두막은 이미 무너졌다. 그런데 아이가 쭉 그 안에 있었다는 말인가? 무슨 아이들 장난 같은 거였나, 떠나고 싶지 않으니 영원히 거기 그대로 있고 싶다는 거였나? 겨우 그것 때문에 이런 끔찍한 소동, 평생 가도 한 번이나 목격할까

말까 한 슬픔이 생겼단 말인가? 헨리에게 그들이 남기고 간 주소로 전보를 보내라고 말했어야 했다. 하지만 다시 생각해 보니 그러려면 헨리는 그 종잇조각을 가지러 문간채에 들러야 할 터라 그가 스스로 그런 생각을 하지 못했기를 바랐다. 그러면 늦어질 테니까.

"엄마하고 아빠는 떠났어." 브리짓이 말했다. "하지만 이제 돌아오실 거야."

그녀는 차가운 시트를 덥히려고 탕파 하나를 중간쯤에 놓고 또 하나는 맨 아래 두었다. 창문 걸쇠를 풀고 위쪽 창을 조금 내렸다. 헨리가 판자 몇 장은 뜯어냈지만 몇 장은 그대로 남아 있었다.

"닥터 카니가 오래 걸리지는 않을 거야." 그녀는 달리 할 말을 몰라 그렇게 말했다.

*

"네, 그게 답니다." 홀에서 헨리는 고갯짓을 하여 창문 판자를 떼어낸 방 쪽을 대충 가리켰다. "더는 아무것도 없습니다. 아이가 선생님에게 뭔가를 말할지는 몰라도."

"더는 아무것도 없다니? 아이가 죽은 자들 가운데서 걸어 돌아왔는데!"

아이는 조금도 더 걸을 수가 없었을 거다, 헨리는 말했다. 그가 아이를 발견한 곳까지 오느라 이미 너무 많이 걸었기 때문에. 양 담장의 구멍을 고칠 생각을 하지 않았다면 아이를 발견하지도 못했을 거다.

"설탕 샌드위치는 어떻게 된 건가?"

신문지 조각 안에 작은 버터 덩어리들이 있고 설탕 알갱이들이 남아 있었다. 사과가 있었는데 아마 아이가 나무에서 땄을 것이고, 익지는 않았지만 웅어리만 버린 것을 보면 아이는 그것을 먹었다. 아이가 잘 버텼더라, 헨리는 말했다.

"아이가 정신이 나가버린 건가, 헨리?"

"어이쿠, 전혀 그렇지 않습니다."

"집을 나설 때 자기가 뭘 하는지는 알고 있었던 건가?"

"물론 알고 있었죠."

"설리번 씨한테 소식을 전해야겠네. 잉글랜드에도 소식을 전해야지."

"저도 그 생각을 하고 있었습니다."

의사는 뼈가 부러졌다고 진단하면서 더 검사를 해봐야겠다고 말했다. 또 주위의 인대 손상, 내출혈, 열, 고체온, 영양부족 이야기도 했다. 진한 고기 수프나 뜨거운 우유와 함께, 처음에는 얇은 토스트 한 조각만 주라고 말했다. 헨리는 의사와 함께 킬로런으로 돌아가 필요한 전보를 보냈다. 부엌에서 브리짓은 레인지의 석쇠에 빵 한 조각을 구웠다.

오늘 밤에는 본채에서 자야 할 것이다. 헨리는 라하단으로 돌아오는 길에 그런 결론을 내렸다. 브리짓도 쟁반을 위층으로 나르다가 그런 생각을 했다. 아이를 혼자 놔둘 수는 없다, 현재 상황에서는 그럴 수가 없다, 다시 누가 집에 방화를 시도한다든가 하는 것은 신경 쓸 여유가 없다. 달리 무슨 수를 내기 전까지는, 대위와 골트 부인이 돌아올 때까지는, 그들이 거기에 있어야 할 것이다.

"전보에 뭐라고 했어요?" 헨리가 돌아오자 브리짓이 물었다.

루시 숲에서 산 채로 발견. 이런 메시지가 잉글랜드로 날아가 있었다.

4

그들은 스위스 바젤에 머물렀고 그곳에서 헬로이즈의 유산이 뒷받침해줄 삶의 종류를 예측해보았다. 처음에는 불안이 약간 있었다. 그녀는 돈이 충분할 것이라고 예상했지만 그녀가 혹시 현실이 허용하는 것 이상으로 낙관적이었는지도 몰랐기 때문이다. 실제로 돈은 충분했다. 대위의 자산은 그들이 떠나온 집과 땅뿐이었으며 이것은 어떤 예측하지 못한 상황이 달리 명령하지 않는 한, 손대지 않고 놔둘 예정이었다. 선적 회사나 그 비슷한 곳의 일자리를 해외에서 찾기는 쉽지 않을 것이었다. 그러나 다행히도 그런 것을 찾을 필요는 없을 듯했다.

그들이 이제는 미래를 다르게 보고 있다는 것, 그들에게 닥친 일에서 아주 많은 부분을 공유하기는 하지만 지금은 전에 자신들은 하나라고 말했을 때보다 그 느낌이 덜하다는 것을 이 모든 일을 의논하던 도중 대위는 깨달았다. 떠난 이후 시간은 얼마 흐르지 않았지만, 그는 자신이 버리고 온 집으로 다시 돌아가고 싶어 하지 않으리라고 상상한 것은 잘못이었다고 느꼈다. 동시에 그들이 이곳까지 오는 동안 헬로이즈는 반대의 감정이 더 강해졌음 또한 느꼈다. 타향살이는 그녀가 갈망하는 것이었으며 거기에 그녀의 모든 믿음이 있었고 또 희망이 있었다. 그는 그녀를 구슬려 거기서 빠져나오게 할 생각이 없었다. 그것보다는 그녀를 돌보는 것이 그의 과제였다. 그녀는 지금도, 얼마 전까지 존재하던 여자의 그림자에 불과했다.

그들은 바젤에서 하기로 했던 일이 마무리되자 다시 움직였다. 남쪽으로, 루가노로 가서 평화로운 호숫가에서 며칠을 보냈다. 그러다 구름 한 점 없는 가을 오후에 국경을 넘어 이탈리아로 가서 그때부터는 다시 천천히 움직였다.

5

"폐허?" 앨로이시어스 설리번이 말했다. "폐허?"

브리짓이 설명했다. 생선 바구니로 가져간 것들, 그리고 설익은 사과를 언급했다. 설리번 씨는 잠시 눈을 감았다.

"아이가 골이 났었군, 일이 돌아가는 것에. 혹시 자기한테 주의를 기울여줄까 싶어 달아날 생각을 한 거야." 그러자 브리짓은 자신의 추측과 알게 된 사실 몇 가지를 더 이야기했다. 숲의 어둠 속에서 장애가 되었던 뾰족한 가지들, 밤이 오면 따뜻하게 입으려고 가져간 코트라는 추가의 짐, 발이 걸려 넘어진 쓰러진 가지들. "얼굴 긁힌 데서 피가 배어 나오고 있었어요. 그게 입으로 들어갔고 애가 겁을 먹었죠. 가엾은 것, 들고 가던 걸 모조리 지닌 채 몸을 질질 끌고 가다가 우연히 패디 린던이 살던 데를 만나 피신한 거예요. 다시 날이 밝자 집으로 돌아오려 했지만 발이 부어올라 몇 걸음도 걷지 못했어요. 아이는 나무 열매를 찾으러 밖으로 나왔을 때도 발 때문에 걱정을 했어요. 먹을 게 부족해지자 또 걱정했고요. 누군가가 와줄 거야, 하고 아이는 생각했죠. 하지만 아무도 오지 않자 이제 죽는구나 생각했어요."

앨로이시어스 설리번은 덤덤하게 그 이야기를 받아들였다. "바닷가에서 발견된 옷가지는 사실과 다르게 믿게 하려고 일부러 놔둔 거요? 교활하게 계산된 기만행위, 그렇게 말해야 하는 거요?"

"아 아니에요, 설리번 선생님, 아니에요."

"그럼 뭐지? 무슨 장난이었나?"

브리짓은 개가 한 역할에 관해서는 이야기를 들은 적이 없고 지금도 알지 못했기 때문에 자갈밭에서 발견된 것은 실수로 거기에 남겨진 것이라고 주장했다.

"뭐냐 하면요, 선생님, 아이가 달아났다고는 전혀 생각하지 못했기 때문에 우리가 그걸 보고 착각했던 거예요. 제 머리에도 헨리 머리에도, 주인님 머리에도 마님 머리에도 떠오르질 않았거든요, 선생님."

"나도 그랬을 거라고는 상상도 못했소." 변호사가 딱딱하게 대답했다.

그들은 응접실에 있었고 가구는 여전히 시트로 덮여 있었다. 램프 두 개가 타오르고 있었다. 집의 창문은 대부분 여전히 판자로 덮여 있었다.

"느낌이란 게 우리한테는 있었어요, 선생님…… 어떤 일이 겉으로 보이는 대로 실제로도 일어났다는, 그때 찾아낸 것이 ……"

"알아요, 브리짓, 알고 있소."

"어떻게 그런 일이 있으리라고 생각하겠어요, 선생님. 곧 밤이 오는데 아이가 던가번으로 가겠다며 숲속을 지나 몇 킬로미터나 떨어져 있는 도로까지 가려고 했다는 게? 얘길 들었어도 말이 되지 않는다고 생각했을 거예요, 선생님. 지금은 아이자신도 말이 되지 않는다고 생각하지만요."

"이렇게 말할 수 있어 다행인데, 브리짓, 나는 아주 어린아이에게 뭐가 말이 되고 안 되는지 잘 알지 못하오. 내가 매일하는 일에서, 어른에게 말이 되는 것의 한계와 자주 만난다는 것은 인정하지만 말이오. 아이는 지금 어디 있소?"

"마당에요. 헨리하고."

"아이 상태는?"

"여전히 말이 없어요, 선생님." 브리짓은 팔걸이의자 하나의 시트를 걷어냈다. "앉으세요, 선생님."

앨로이시어스 설리번은 덩치가 큰 사람이라 그 제안을 환영했다. 라하단까지 차를 몰고 왔음에도 종아리가 아팠다. 어떤 본능이 그에게, 종아리가 아픈 것은 이런 새로운 상황이 그에게 부당하게 책임이 부과되었기 때문이라고 말하고 있었다.

프랑스에서 에버라드 골트가 몇 줄 적어 보낸 편지를 받은 이후 그의 몸에 이런저런 종류의 신경 질환이 생겼고 옷깃 밑의 발진으로 발현되었다. 지금은 종아리의 통증으로 그 존재를 느꼈다. 일주일 전 아이의 운명에 관한 가정이 틀렸다는 것을 알게 되었을 때는 오랫동안 잠잠했던 신경통이 도지기도 했다.

"우리 어머니는 말씀하시곤 했지요, 브리짓. 아이에게서 악마를 발견할 수 있다고."

"아 아니에요, 선생님, 아니에요. 아이도 속상해했어요. 우리 모두와 마찬가지로요, 선생님. 그자들이 자고 있는 우리를 죽이러 왔을 때부터 이 집은 편한 날이 없었어요. 책임을 물어야 할 사람이 있다면, 선생님, 그쪽에서 찾을 수 있을 거예요."

변호사는 한숨을 쉬었다. 이해한다, 그는 말했다. 하지만 그럼에도 에버라드 골트가 직접 해준 이야기는 기억할 수밖에 없다. 그가 아내와 함께 바닷가에 수없이 내려갔다는 것, 낮이나 밤이나 지옥 같은 괴로움으로 고통을 겪었다는 것, 아마도 당분간은 정처 없이 떠돌아다닐 듯하다는 것. 그러는 동안 그들의 고집 센 아이는 설탕 샌드위치를 먹고 있었다.

"브리짓도 앉아요." 그가 말했다.

그러나 브리짓은 앉지 않았다. 그녀는 한 번도 이 방에서 앉은 적이 없었거니와 벌어진 일을 고려한다면 지금은 더욱 그럴 수가 없었다. 심장이 가슴 속을 가로질러 달음박질치는 줄 알았다, 그녀는 말했다. 헨리가 아이를 품에 안고 걸어 들어왔을 때. 끔찍한 일이 일어났다. 아이가 한 짓은 끔찍한 일이었다. 그녀는 그것을 잠시도 부인하지 않았다. 하지만 헨리가 아이를 데리고 들어왔을 때 그런 가엾은 것은 본 적이 없었다. 죽음의 문턱이라는 말이 절로 나올 판이었다.

"전보를 한 번 더 보낼까요, 선생님? 지난번 게 혹시 잘못 갔을지 모르니까."

"잘못 가지 않았어요, 브리짓."

브리짓은 프랑스에서 온 편지 이야기를 들었다. 얼굴을 찌푸릴 처지는 아니었지만 그 충동에 저항할 수가 없었다. 설리번 씨는 그녀가 잠시 혼자 있을 시간이 필요하다는 것을 알아채기라도 한 것처럼 말을 끊었다. 다시 말을 이었을 때 그는 자신이 받은 편지에, 라하단에 남아 있는 가구와 소지품에 대한 언급이 있었다고 설명했다. 그것들을 가지러 이삿짐 트럭을 보낼 것이라는 게 그 전까지 그의 가정이었다. 그러나 편지에서는 남겨두고 간 것들을 그 자리에 그대로 둘 것이라고 말했다.

"브리짓이 보낸 전보는 전달됐소, 브리짓이 보낸 주소로. 골트 대위의 임대 취소 전보도 그곳으로 전달됐고. 나는 당연히 연락을 하고 있었소. 물론 조만간 우리는 골트 대위 부부가 정착한 곳에 관한 소식을 듣게 될 거요. 지금 당장 우리가 그곳을 모른다는 게 안타까운 일이오만."

이런 상황으로 인한 불편을 강조하려 설리번 씨의 기름 바른 머리가 좌우로 천천히 움직였고 슬레이트색 눈은 더 침울하게 변했다. 다음에 찾아온 것은 한숨이었다. 그는 길게 숨을 들이쉬었고 숨은 잠시 안에 머물러 있다가 밖으로 빠져나갔다.

"두 사람이 떠나기 전에, 아마, 마음이 바뀔 가능성에 관해서는 아무 말도 안 했겠지요? 어떻게 할 생각인지에 관해서는?"

브리짓의 얼굴에 불안이 스쳐 지나갔다. 속을 드러내고 싶지 않다는 마음을 따를 여유가 조금 전 얼굴을 찌푸릴 때보다도 없었다. 뭔가 언급이 있었던가? 주위를 둘러싼 소동 한가운데서 제대로 듣지 못했던 것일까? 그녀는 잠시 더 생각하다가 고개를 저었다.

"그냥 주소만 남기셨어요, 선생님."

설리번 씨의 통통한 두 손은 무릎 위로 팽팽하게 펼쳐진 파랗고 가는 세로줄 무늬 위에 가볍게 놓여 있었다. "여기 우리가 살펴볼 만한 서류가 있소, 브리짓? 혹시 우리한테 도움이 될 만한 게 있느냐는 뜻이오."

브리짓은 먼지막이 시트를 더 걷어냈다. 그러나 책상 서랍, 식당 찬장 서랍에는 그들이 직면한 어려움과 관련된 것은 아무것도 없었다. 램프를 들고 위층으로 올라갔지만 화장대 서랍에도 아무것도 없었다.

"여기엔 영수증뿐, 아무것도 없네요." 설리번 씨가 램프를 들고 있는 동안 브리짓이 2층 층계 앞 모퉁이의 벽장 선반을 살피고 나서 말했다. 다른 곳의 다른 편지들 사이에, 대위의 형이 보낸 그림엽서가 한 장 있었는데 인도 주둔 연대의 주소가 적혀 있고 날짜는 거의 3년 전이었다. 그보다 최근에 온 것으로는 월트셔에서 헬로이즈 골트의 고모가 보낸, 깐깐한 비난의 목소리가 담긴 편지 몇 통뿐이었다.

"집이나 두 사람과 관련해 대위가 마련해놓고 간 건 다 그대로 있소." 설리번 씨가 말했다. "지금 벌어진 일은 거기에 아무런 영향을 주지 못하오."

앞으로 쓸 비용은 긴급 상황까지 대비해 다 마련해놓았다. 비록 그들의 출발이 예상했던 것과 달리 두서없이 진행되기는 했지만 골트 부부는 꼼꼼했다. 변호사가 희망을 건 곳은 집이었다. 그 안 어딘가에 그들 부부의 계획 변동에 대한 어떤 암시가 있을지도 몰랐다.

"내내 묻고 다녔소." 변호사는 응접실로 돌아와서 말했다. "생각할 수 있는 모든 사람에게 물어봤소. 마운트벨류의 친척들이 뭔가 들었을지도 모른다고 생각했는데 그 사람들 또한 얼마 전에 아일랜드를 떠난 것 같더군. 그 사람들하고 자주 연락했는지 혹시 아시오?"

브리짓은 몰랐다. 전에는 자주 연락했다, 그녀는 그렇게 기억했지만 그들이 잉글랜드로 간 뒤로는 언급되는 것을 들어본 적이 없었다. 아래층 서랍들을 다시 뒤졌을 때도 그들이 보낸 편지는 나오지 않았다. 하지만 앨범에는 10년 전 라하단의 풀밭에서 피크닉을 하고 있는 마운트벨류의 친척들이 들어가 있었다.

"내가 잘못 알고 있는 게 아니라면 그 아이들 가운데 하나는 파센달레에서 쓰러졌어." 변호사가 떠올렸다. "대위와 같은 연대였지."

"그 얘긴 들어보지도 못했는데요."

"걱정하고 있구려, 브리짓. 내가 가져온 소식이 충격이겠지. 하지만 결국에는 연락이 될 거요, 거기에는 의심의 여지가 없소. 혹시 대위가 형한테 연락할 경우에 대비해 인도의 연대에도 말해놓았소. 주둔지를 옮길 경우에는 내 말이 그리로 전달될 거요. 군대는 그런 유형의 일에는 자부심을 갖지."

"그저 아이가 걱정일 뿐이죠, 선생님."

"닥터 카니의 계산서는 나한테로 올 거요, 브리짓. 그 이야기는 해두었소." 설리번 씨는 잠시 말을 끊었다. "한동안 지금 이대로 유지해달라고 부탁하는 건 무리겠소? 얼마 동안만."

"지금 이대로요, 선생님?"

"얼마 동안만이오."

"헨리하고 저한테 위층 방에 그대로 있으라는 건가요? 그 말씀인가요, 선생님?"

"내 말은 이제 아이가 돌아왔으니 지금 상황에서는 아이가 그대로 이 집에 있는 게 나을지도 모르겠다는 거요. 브리짓이 괜찮다면, 모든 걸 감안할 때 그게 아이를 문간채로 데려가는 것보다 나을 것 같소."

설리번 씨는 자신이 말한 얼마 동안이 얼마나 오래 지속될지 예측할 수 없었다. 그랬기에 그 모든 문제를 일으킨 아이에게는 집 밖으로 나가 판자로 덮인 창과 잠긴 문 앞을 자주 지나다니는 것이, 익숙한 환경에서 그대로 지내는 것보다 불안한 일이 될 것이라고 추측했다. 그는 밤에 왔던 사람들이 이제는 전에 의도했던 일에 관심을 잃었으리라고 생각했다. 그는 자신의 마음과는 달리 브리짓에게 약간이라도 동요를 일으킬까 봐 주의했다.

"그 사람들은 우리를 그냥 놔둘 거라고 헨리도 말했어요, 선생님. 이제 주인님 부부를 쫓아낸 셈이니까요. 그것으로 된 거다, 헨리는 그렇게 말해요."

설리번 씨도 같은 생각이었지만 말을 하지는 않았다. 헨리가 뭔가 들은 게 있다, 그는 생각했다. 그런 게 아니라 하더라도 그의 직감은 신뢰할 만하다. 청년의 부상에도 불구하고 그 사건이 있던 날 밤 이후 사건들의 흐름을 보고 실제로 복수가 충분히 이루어졌다고 여길 수도 있었다.

"지금은 문간채를 잠가두고 있어요, 선생님. 두 분이 돌아오실 때까지 그렇게 놔둘게요."

"그런데 우리 친구는 지금 상황을 어떻게 생각하고 있소?"

"어느 친구 말씀이죠, 설리번 선생님?"

"아이 말이오. 아이는 자기 아버지와 어머니가 돌아오는 걸

91

어떻게 생각하오? 이번에는 두 사람과 함께 조용히 갈까?"

"그냥 머물기로 결정하시지 않을까요, 일단 돌아오시면? 아이가 그렇게나 속상해했는데, 안 그럴까요?"

"그게 내 희망이기도 하오, 브리짓."

"들리는 이야기에 의하면 싸움은 끝난 거 아닌가요?"

"그쪽으로도 우리는 희망을 가질 수 있소. 적어도 희망은 가질 수 있지." 설리번 씨가 일어섰다. "아이를 봐야겠소."

"보시면 아이가 고분고분하다는 걸 아시게 될 거예요, 선생님."

설리번 씨는 한숨을 쉬었다. 상황이 상황이니만큼 고분고분함이 특별할 것은 없지 않느냐는 말은 혼자 간직했다.

"선생님이 아실지 모르겠네요. 아이가 거기 누워 있던 동안 뼈가 그렇게 붙는 바람에 지금 다리 저는 게 그대로 남게 될 거예요."

"나도 알소 있소, 브리짓. 닥터 카니가 들러서 나한테 알려 줬소."

그는 일어나 어두워진 집을 가로질러 마당으로 나갔다. 그들이 말하던 아이는, 오랜 세월이 지나면서 헨리의 공간이 된 헛간 층계에 앉아 있었다. 마당 건너편 담장 옆 배나무 밑에서 어린 양치기 개 두 마리가 몸을 쭉 뻗고 햇볕을 쬐고 있다가 변호사가 나타나자 고개를 들고 목털을 세웠다. 한 마리가 으르렁거렸으나 둘 다 움직이지는 않았다. 그들은 다시 몸을 늘어뜨리며 자갈에 코를 박았다.

헛간의 열린 문을 통해 설리번 씨는 바이스들이 달린 장의 자를 볼 수 있었다. 그 위에 목수의 연장이 줄줄이 걸려 있었다. 망치, 끌, 대패, 나무망치, 바큇살 대패, 펜치, 수준기, 드라이버, 렌치. 차※ 상자 두 개에는 폭과 길이가 다 다른 작은 나뭇조각들이 빽빽하게 들어차 있었다. 톱과 둥글게 감은 철사, 많이 사용한 노끈 뭉치, 낫이 고리에 걸려 있었다.

헨리는 층계의 아이 옆에 앉아 나무 비행기를 희게 칠하고 있었다. 비행기는 길이가 30센티 정도에 날개가 두 쌍 달렸지만 아직 프로펠러는 없이 잼 단지 위에서 균형을 잡고 있었다. 성냥개비들로 날개를 결합했는데 그 위치와 각도는 찢어낸 신문 사진을 보고 그대로 따라 한 것이었다. 그 사진 또한 층계에 놓여 있었다.

"루시." 설리번 씨가 불렀다.

아이는 대답하지 않았다. 헨리도 아무 말을 하지 않았다. 붓—이 일을 하기에는 너무 크고 너무 뻣뻣했다—은 변호사의 눈에는 회반죽처럼 보이는 것으로 계속 거친 나무를 덮어 갔다.

"자, 루시." 그가 말했다.

"좋은 날이네요, 설리번 씨." 그래도 루시가 대답을 하지 않자 헨리가 말했다.

"그렇군, 헨리. 그래. 자, 루시, 한두 가지 질문을 하고 싶은

데."

부모가 여행 가고 싶다고 이야기 하는 것을 들은 적이 있나?
가보고 싶은 도시 이야기 하는 것을 들은 적이 있나? 그들이
특별히 말하던 나라가 있나?

아이는 고개를 저어 말없이 부정했다. 질문이 나올 때마다
그 전보다 조금 더 세게 고개를 젓는 바람에 금발이 이리저리
흩날렸다. 설리번 씨가 굽어보고 있는 이목구비는 아이 어머니
것이라 해도 좋았다. 눈, 코, 입술의 견고한 윤곽. 언젠가는 그
얼굴에도 아름다움이 자리 잡을 것이다. 그것이 마침내 아이가
지금 보내고 있는 시간에 대한 보상이 될지 그는 궁금했다.

"뭔가가 생각나면 브리짓이나 헨리한테 이야기해줄래, 루
시? 나를 위해서 그렇게 해줄래?"

그의 목소리에는 간청이 깃들어 있었지만 그는 그것이 지금
자신이 하는 요청과는 관계가 없음을 알고 있었다. 그 목소리
는 아이에게 그가 기억하고 있는 과거의 웃음을 다시 지어달
라고 애원하고 있었다. "오, 루시, 루시." 그는 응접실로 돌아
가며 중얼거렸다.

그를 위해 차가 준비되었다. 램프 불은 아직 타고 있었다.
그는 차를 두 잔 마시고 스콘에 꿀을 발랐다. 그의 생각들은
고통을 주었다. 이렇게 집 안에 들어와 있으니 자신을 이곳으
로 데려온 참사가 일어난 방식이 아이가 살아 있음을 알았을
때 생각했던 것보다도 훨씬 더 특별해 보였다. 어떤 우연으로

에버라드 골트는 바닷가에서 거의 보이지도 않는 옷 조각 옆을 걸어가게 되었을까? 무슨 심술이 작용했기에 괴로운 아이가 피난처로 여길 수도 있는 친한 위층 하녀를 아무도 생각 못 했을까?

아무런 답도 나오지 않았다. 앨로이시어스 설리번은 일어서서 차와 함께 내온 냅킨으로 입술에 묻은 버터를 닦아냈다. 그는 무릎에서 빵 부스러기를 떨어내고 조끼 매무새를 바로잡았다. 그는 홀에서 브리짓을 불렀고 그녀가 오자 함께 차로 걸어갔다.

"두 분을 다시 데려오실 거죠, 선생님?"

크랭크를 돌리자 엔진이 퍼덕거리며 살아났다. 그래, 그들을 데려올 것이다, 설리번 씨는 자신감을 최대한 끌어내 약속했다. 모든 수단을 다 동원할 거다. 잘될 거다.

브리짓은 차가 진입로에서 사라진 후에도 얼마간 남아 있는 배기가스를 지켜보았다. 그녀는 변호사가 성공하기를 빌었고 부엌에 들어가서 또 빌었다. 오직 그 은혜만 베풀어주기를 기원했다. 달리 중요한 것은 없었기 때문이다.

*

"페인트는 내일이면 마를 거야." 헨리가 말했다. "밖에 그냥 놔두자, 괜찮지?"

"저 사람은 날 좋아하지 않아요."

"무슨 소리, 저분은 널 좋아해. 모두가 너를 좋아해. 왜 안 좋아하겠어?"

그는 비행기를 만들고 남은 나뭇조각들을 이용하여 비행기를 층계에 받쳐놓았다. 그는 아침까지 페인트를 만지지 말라고 말했다.

"당연히 저분은 너를 좋아하시지." 그가 다시 말했다.

*

앨로이시어스 설리번은 에니실라와 킬로런에서 다시 탐문을 시작했다. 골트 대위의 알려진 친구들에게, 또 부인이 연락하고 있었던 것으로 보이는 잉글랜드인 친구들에게 편지를 썼다. 그는 잉글랜드에서 마운트벨류 출신 골트 집안 사람들의 소재, 그리고 로스코먼 카운티에서 골트의 먼 일가붙이들의 소재를 확인했다. 그러나 그의 노력에 보답해줄 만한, 부부의 국외 생활 장소에 관한 단서는 들을 수 없었다. 그런 조사가 필요하다는 사실에 대한 놀람과 우려뿐이었다. 그 자신이 에버라드 골트에게서 받은 편지는 벨포르라는 프랑스 도시에서 발송된 것으로, 짧은 내용 위에는 루이 11세 대로, 오텔 뒤 파르크라는 주소가 적혀 있었다. 앨로이시어스 설리번은 한참 뒤에 호텔 주인으로부터, 그 투숙객들은 3호실(Chambre Trois)

에 하룻밤 묵었다는 정보를 받았다. 벨포르 이후 그들의 행선지는 알지 못했다.

윌트셔 워민스터에 있는 헬로이즈 골트의 거래 은행 지점장은 처음에는 그가 받은 지침의 자세한 내용을 공개하길 머뭇거렸지만 결국엔 골트 부인이 스위스에서 계좌를 해지하라는 편지를 보냈다는 사실을 밝혔다. 해지 금액은 바젤의 한 은행으로 송금되었다. 지점장은 그곳에서 그녀의 히우베르지 철도 주식이 처분되었다고 믿을 만한 근거를 갖고 있었다. 추적이 거기에서 막히자 설리번 씨는 탐정 회사인, 런던 하이호번의 팀스 앤드 웰던에 편지를 썼다.

나의 의뢰인들은 그 도시에서 거주지를 구했을 수도 있고 그들의 현재 소재를 알려주는 어떤 흔적이 거기에서 발견될 수도 있습니다. 이 점과 관련하여 귀사를 고용할 경우 들게 될 추정 비용 총액을 알려주시기 바랍니다.

결국 팀스 앤드 웰던의 블렌킨 씨라는 사람이 스위스로 파견되었다. 그는 바젤에 나흘간 머물렀지만 주식의 매각을 확인했을 뿐 그보다 중요한 것은 아무것도 찾지 못했다. 바로 새로운 투자가 이루어지지는 않았다. 그가 쫓는 사람들이 그 도시에 머문 기간은 짧았으며 머문 곳은 쉬첸그라벤의 작은 호텔이었다. 그들의 현재 소재는 알 수 없었다. 블렌킨 씨는 자기 나름의 생각을 좇아 독일로 가서 하노버와 다른 도시들에서 일주일을 보람 없이 소비한 뒤 오스트리아, 룩셈부르크, 프랑스 프로방스에서 탐문을 했다. 그런 뒤 추가 지침을 기다린다는 그의 전문에 대한 응답으로, 팀스 앤드 웰던과 설리번 씨는 상의 끝에 블렌킨 씨를 하이호번으로 불러들였다.

6

몬테마르모레오 읍의 치타델라 거리에서 그들은 제화공의
가게 위에 있는 방에 자리를 잡았다. "오늘은 뭘 할까?" 대위
는 묻곤 했지만 답이 어떻게 나올지는 늘 알고 있었다. 음, 좀
걷자, 헬로이즈는 그렇게 제안하고 그러면 그들은 지금은 폐
쇄된 대리석 채석장 근처 시큼한 블랙체리가 자라는 언덕을
걸었다. 두 사람의 대화는 불규칙적으로 이어지며 정처 없이
흘러갔다. 그러나 라하단이나 아일랜드로는 절대 가지 않고
헬로이즈의 어린 시절, 그녀의 아버지에 관한, 또 혼자되기 전
의 어머니에 관한 기억, 그 안전한 시간의 장소들과 사람들에
게로 돌아갔다. 대위는 참을성 있게 질문하고 참을성 있게 귀
기울여 분위기를 조성했다. 헬로이즈는 말이 많았다. 그런 회
상이 계속되는 우울함을 물리쳐주었기 때문이다. 그녀의 아름

다움과 에버라드 골트의 곧은 등, 군인다운 걸음걸이 때문에 그들은 몬테마르모레오에서 눈에 띄었다. 이 부부는 처음에는 수수께끼처럼 보였지만 그런 느낌은 곧 사라졌다.

　오랫동안 그들에게 주어지지 않았던 또 하나의 아이가 언젠가 이탈리아에서 태어날지도 몰랐다. 아내를 위해 골트 대위는 그것을 바랐다. 남편을 위해 그녀는 그것을 바랐다. 그러나 기대를 경계하여, 말하면 안 되는 것과 거리를 두었듯 그런 기대와도 거리를 두었다. 이제 그들은 이미 시작된 문장을 바꾸거나, 문장이 시들어 사라지도록 내버려두거나, 미소로 쫓아버리는 데 전문가가 되어 있었다. 그들은 마음의 고통을 겪는 환자로서 도착한 장소의 낯선 느낌, 바위 많은 언덕과 좁은 거리, 어린아이들처럼 배우는 언어, 그들이 사는 공간의 꾸밈없는 환경에 몸을 맡겼다. 그들은 스스로 고안한 방식으로 시간, 하루, 그리고 또 하루와 또 하루의 시간을 소비했고, 마침내 첫 아마로네 와인 병을 열 순간이 왔다. 그들은 몬테마르모레오의 누구에게도 폐가 되는 존재가 아니었다.

7

안타까운 마음으로 답장을 보냅니다 — 앨로이시어스 설리번은
벵골 남단 지역에서 온 편지를 받았다 — 선생이 전해주신 이야기
때문에 마음이 아픕니다. 에버라드와 나는 오랜 세월에 걸쳐 이
따금씩 편지를 주고받았습니다. 마지막으로 라하단을 찾아간 것
은 에버라드의 딸이 태어나고 나서 1년 정도 지났을 때였습니다.
그 전에 에버라드가 편지로 내게 그 사실을 알렸지요. 하찮은 내
관점이지만, 아일랜드는 늘 고통이 많은 나라로 명성이 높은 것
같습니다. 한때 기러기 부대*가 그랬던 것처럼 에버라드와 다른
사람들이 그곳을 떠날 수밖에 없었다니, 아주 오랫동안 이런 슬
픈 소식은 들은 적이 없습니다. 혹시 에버라드에게서 연락이 오

---

* 16~18세기에 다른 유럽 국가들의 군대에서 복무했던 아일랜드 병사들.

면 일어난 일을 당연히 알리겠습니다. 하지만 선생이나 라하단에 남은 사람들이 나보다 빨리 듣게 될 것이라고 봅니다.

월트셔 워민스터에 있는 법률 회사 굿보디 앤드 탤리스는 현재 환자이자 앞서 언급한 헬로이즈 골트의 고모인 자신들의 의뢰인에게 설리번 씨가 보낸 14일자 편지의 내용을 좀 더 자세히 이야기해달라고 요청했다. 설리번 씨는 두 하인과 한 아이가 현재 처한 상황을 알리고 어떻게 이런 상황이 생겨났는지 설명했다. 그가 받은 답장─환자인 여인의 말동무인 샹브레 양이라는 사람이 쓴─은 일어난 일에 대한 경악 그리고 혐오를 드러냈다. 헬로이즈 골트에게서는 최근에 연락이 없었다, 샹브레 양은 말했다. 방금 편지를 통해 알게 된 일 가운데 어느 것도 자신의 고용주에게 옮길 수 없다. 그녀의 약한 심장은 아이의 그런 끔찍한 경솔한 행동을 알게 될 때의 긴장을 쉽게 감당할 수 없을지도 모르기 때문이다.

나의 고용주에게 이 아이를 소개하는 호의가 베풀어진 적이 없기 때문에─샹브레 양은 말을 이어갔다─또 그분 자신이 오랫동안 조카딸의 관심을 받지 못했기 때문에─오랜 세월 크리스마스에 카드 한 장만 받았습니다─이 너무나 충격적인 소식을 환자에게 알리지 않는 것이 거듭 정당하다고 생각합니다. 나는 부모가 여행에서 돌아올 때까지 그 아이를 교정 시설에 보낼 것을 제안합니다. 그렇다고 해서, 선생이 알려준 사실로 볼 때 그들 자신이 이 불행한 일에 책임이 없다는 것은 아닙니다만.

*

라하단에서는 어둠을 몰아내고 다시 집에 공기가 통하도록 창문에 남은 판자를 떼어냈다. 설리번 씨는 연거푸 응접실에서 차를 마셨고, 연거푸 아무런 소식도 가져오지 않았다. 하지만 그해 가을이 다 지나고 그 뒤의 겨울도 대부분 지나 아일랜드 분쟁의 아슬아슬한 정지 상태가 계속 위협받던 어느 때, 그는 문득 라하단의 미래를 생각해야 한다고 말했다.

"법을 준수한다면……" 그가 어느 날 오후 갑자기 말했다. "나는 이후 할 일들에 대해 말할 자격이 없소, 브리짓. 내 역할은 브리짓이 집을 폐쇄했을 때 끝났소. '토지와 가축이면 이곳은 계속 굴러갈 수 있을 겁니다.' 골트 대위는 떠나기 하루 이틀 전 나를 만나러 마지막으로 들렀을 때 여러 번 되풀이했소. 그렇게 힘든 상황에서도 헨리와 브리짓을 잘 보살펴주어야 한다는 것을 잊지 않았소. 하지만 대위가 나에게 맡긴 돈—집과 관련된 최종 경비로 쓰라고 맡긴 돈—은 상황이 변했기에 다르게 사용할 수밖에 없었고, 사실 다 써버렸소. 따라서 법에 따르자면, 브리짓, 그것으로 끝이오. 앞으로 내가 도울 수 있는 것은 브리짓 고용주의 친구—그리고 내가 믿기에는 브리짓의 친구—로서요. 나는 내 돈으로 아이의 양육비를 댈 생각이오. 골트 대위가 돌아오는 대로 빚은 틀림없이 해결해줄 거요."

"우리를 생각해주시다니 고맙습니다, 선생님."

"그럭저럭 버티고는 있지요, 브리짓?"

"아, 그럼요, 그럼요."

설리번 씨는 브리짓과 악수를 했는데, 이것은 전에는 한 적이 없는 일이었고 사실, 다시 하지도 않게 된다. 그들을 저버리지 않겠다, 그는 약속했다. 그럴 필요가 없는 아주 기쁜 날이 오기까지 이 집을 계속 찾아오겠다. 그런 날이 올 거라고 그 어느 때보다 확신하고 있다, 그는 힘차게 되풀이했다.

이런 모든 말을 하면서도 설리번 씨는 자신의 좌절을 언급하지는 않았다. 그가 외국어를 하지 못했기 때문에 가능성 있는 나라들에 문의를 하는 일은 더블린의 공식 당국을 거쳐야 했다. 불만족스러운 '조약'* 전, 또 그 후의 혼란스러운 정치적 휴지 상태 때문에 연락은 결코 쉽지 않았다. 권력의 이전, 질서와 책임의 이전은 느린 속도로 이루어졌고, 그러는 동안은 혼돈이 지배했다. 설리번 씨는 답장을 받지 못했기 때문에 사본을 두 번이나 더 당국에 보냈지만 당국에는 일하는 사람이 없는 것 같았다. 먼 훗날, 격변하는 나라의 큰 위기 속에서 작은 지역적 위기가 중요하게 취급되지 않는 것은 이해할 만

---

* 1921년 12월 체결된 영국 · 아일랜드 휴전 조약.

한 일이라고 생각했을 때, 그는 그런 상황만큼이나 자기 자신도 탓했다. 자신이 쓴 것에 담으려고 했던 다급함이 접수되지 않은 것이 분명했기 때문이다. 그는 마침내 다짐을 받았지만 그것을 믿지 않았고, 거기에서 자신을 달래려는 공허한 약속을 읽어냈다. 언젠가는 그의 청원을 제멋대로 짜깁기한 내용이 외부로 전달될지도 모른다. 그러나 그때쯤이면 그 내용은 식상해지고 뒤죽박죽일 것이며 가족이 겪는 극심한 고통은 별것 아닌 것으로 축소될 터였다. 그는 더 중요한 일이 있는 외국 관리들이 짜증이나 당혹 속에서 그런 문서들을 치워버리는 상상을 했다.

그는 이 일을 중단하지는 않겠지만, 무력함이 그의 변호사로서의 권위에 계속 좋지 않은 영향을 줄 것임을 알았다. 그가 느낀 수치감 때문에 그는 벌어진 일에 더 다가가게 되었다. 루시가 먹을 감았을 거라고 생각했지만 말을 하지 않은 죄책감 때문에 브리짓과 헨리가 더 다가가게 되었던 것과 마찬가지였다.

"우리는 희망을 가져야 하오." 그는 그날 오후에 다시 강조했지만 이제 희망을 믿지 않았다. 그는 브리짓에게 작별 인사를 하고 비를 가득 품은 하늘 밑에서 차를 향해 걸어갔다.

*

부엌에 들어가면 무엇보다 먼저 레인지에 불부터 붙였다.

부엌은 천장과 벽이 흰색이고 목조부는 녹색이었다. 너무 닦아서 파이고 튀어나온 곳들이 이랑처럼 드러난 묵직한 송판 탁자에는 황동 손잡이가 달린 서랍이 있었다. 창문들 사이에 놓인 녹색 찬장 서랍에는 접시며 받침이며 찻잔이 꽉 차 있었다. 부엌문 양옆의 찬장 두 개는 벽을 파고들어 자리 잡고 있었다.

탁자 한쪽 끝에서 루시는 헨리의 달걀 프라이에서 노른자가 퍼져 나가는 것을 지켜보았다. 아이는 노른자는 좋아했지만 흰자는 으깨지 않으면 좋아하지 않았다. 루시는 헨리가 노른자에 소금을 치는 것을 지켜보았고, 그는 그것을 기름에 부친 빵에 발랐다.

"헨리 혼자서는 외로울 거야." 브리짓이 말했다. "네가 헨리하고 가렴, 도티*."

매일 아침 날씨가 좋으면 브리짓은 헨리 혼자 낙농품 공장에 우유 통을 가져가면 외로울 거라고 말했다. 루시는 헨리가 그렇지 않다는 것을 알았다. 그것이 자기가 헨리와 함께 가게 하려는 구실이라는 것을 알았다. 학교가 쉬는 날에는 아이가 할 일이 별로 없었기 때문이다. "아, 루시! 들어와, 들어오렴." 에일워드 씨는 루시가 학교에 다시 걸어 들어가던 날 그렇게 소리쳤다. 루시는 그가 끌어안을지도 모른다고 생각했지만 에

---

* 귀여운 아이를 부르는 애칭.

일워드 씨는 그러지 않았다. "저 애들도 익숙해질 거야." 다른 아이들 몇 명이 루시와 같이 놀고 싶어 하지 않자, 루시를 노려보거나 빤히 바라보자, 흘끔거리거나 서로 쿡쿡 찌르자, 루시가 한 짓이 너무 나쁘다고 여겨 낄낄거리지도 않자, 그는 루시에게 그렇게 장담했다. 한때 아이와 마찬가지로 달아난 적이 있던 이름 없는 개만 바닷가에서 아이의 벗이었다.

"네." 아이가 말하며 헨리가 남은 달걀 노른자에 빵을 흠뻑 적시는 것을 지켜보았다. "네, 알았어요." 아이가 말했다.

4월 초였다. 아침은 환했고 하늘에서는 솜털 같은 구름이 바람에 날렸다. 해를 쫓아가고 있다, 헨리가 말했다. "오늘은 비안 와." 그가 말했다. "전혀 그럴 가능성은 없어." 하늘이 저위에 있다, 아이 엄마는 그렇게 말하곤 했다. 구름 저 너머에, 파란색 저 너머에. 네가 너를 위한 하늘을 만들어냈네, 엄마는 말했다. 네가 원하는 대로 하늘을 만들었어.

달구지의 커다란 나무 바퀴가 진입로에서 덜거덕거렸다. 말은 느릿느릿 걸었고 고삐는 헨리의 두 손 안에 늘어져 있었다. 그들의 머리 위에서 양쪽의 나뭇가지들이 만나자 해와 하늘이 모두 사라져버렸다. 빛은 밤나무 잎들 사이로 스며들었고 이내 문간채가 시야에 나타났다. 너무 오래 활짝 열린 채로 있어 이제는 움직이지 않게 된 진입로 대문은 덤불 속으로 거의 모습을 감추었다. 오른쪽으로 구불구불 사라지는 먼지 많은 흙길에서는 햇볕을 받을 수 있어 더 따뜻했다.

한때 아이는 이 나들이에서 쉴 새 없이 말하곤 했다. 헨리에게 패디 런던 이야기를 해달라고도 했다. 그가 어떻게 빨간 손수건에 버섯을 싸 들고 거친 모습 그대로 1년에 한 번 성체축일에 나타나게 된 것인지. 모리시 신부 전에 있던 신부는 설교단에서 경고를 하며 법을 정해버렸다. 킬로런의 평안을 위해 패디 런던의 버섯을 사지 말라는 것이었다. 패디 런던은 버섯을 팔면 술을 마실 것이고 그러면 더 거칠어질 것이기 때문이었다. "새처럼 소리를 지르며 다녔지." 헨리가 말했다. "부두를 왔다 갔다 하면서."

헨리는 킬로런에서 태어난 아이였고 어부 집의 일곱 자식 가운데 한 명이었으나 브리짓과 결혼한 뒤에는 다시 고기를 잡지 않았다. "나는 한 번도 바다에서 헤엄친 적이 없어." 헨리는 낙농품 공장으로 가는 길에 루시한테 자주 그렇게 말했고 그 사실에 자부심을 드러냈다. 그러면 루시는 과거에 어머니가 읽어준 그림 형제의 책에 나오는 이야기들을 그에게 해주었다. 아니면 키티 테리사가 해준 이야기나.

"우유 방울이 없다면 우리가 어떻게 되겠냐?" 헨리는 그 일이 있고 나서 처음 함께 낙농품 공장에 갈 때 그렇게 대화를 시작했다. "그게 우리를 계속 먹고살게 해주는 거 아니겠냐?"

그게 그가 할 수 있는 최선이었다. 현재의 분위기는 전처럼 그의 어린 시절—11월 폭풍에 킬로런 오두막들의 이엉지붕이 날아가버렸던 일, 바닷가에서 경마가 열리던 여름, 버섯을 팔던 패디 린던의 모습—을 떠올리기에는 적당치 않았다.

"당연한 말이지만, 너는 해를 끼칠 생각은 없었어, 애야." 그는 둘 사이의 정적이 깨지지 않자 그렇게 말을 던져보았다. "당연하지, 우리 모두 그건 알지 않냐?"

"저는 해를 끼치려고 했어요."

루시는 자신에게 건네졌기에 고삐를 쥐었다. 밧줄이 손바닥과 손가락에 거칠게 느껴졌다. 2륜마차의 고삐하고는 달랐다.

"돌아오시기는 할까요, 헨리?"

"아, 당연히 돌아오시지, 왜 안 그러겠냐?"

다시 침묵이 시작되었다. 말과 달구지가 방향을 틀어 큰길로 접어들어 낙농품 공장 마당에 이를 때까지 침묵은 내내 이어졌다. 마당에서 헨리는 달구지를 뒤부터 적재용 단壇에 갖다 댔다. 그는 우유 통들을 들어 옮기고 담배를 피우며 십장과 이야기를 나눈 뒤 다시 달구지에 올라탔다. 이번에는 직접 고삐를 잡았다. 가끔 방향을 틀어 다른 달구지들 사이로 빠져나가는 것이 쉽지 않았기 때문이다. 정문에서 헨리는 빈 우유 통두 개를 실었다.

"절대로 돌아오시지 않을 거예요." 루시가 말했다.

"네가 여기 있다는 걸 아는 순간 바로 돌아오실 거야. 그건 내가 장담할 수 있어."

"내가 여기 있는 걸 어떻게 알아요, 헨리?"

"그쪽에서 편지가 올 거고 브리짓이 답장을 쓸 거야. 아니면 설리번 씨가 연락을 할 거고. 코크 전체에서 앨로이시어스 설리번만큼 똑똑한 사람은 없어. 난 그 얘기를 자주 들었어, 자주. 잠깐 들러서 레모네이드 한잔 마실까?"

어차피 브리짓이 준 종잇조각에 적힌 식료품을 사러 맥브라이드 부인의 길가 가게에 들러야만 했다. 하지만 헨리는 방금 머리에 떠오른 것을 권유하듯 레모네이드 이야기를 꺼냈다.

"좋아요." 아이가 말했다.

맥브라이드 부인은 아이를 빤히 보지 않으려고 노력할 것이다. 모두들 그러지 않으려고 노력했다. 에일워드 씨는 처음에는 빤히 보았다. 딱 한 번이었지만 아이는 그가 그러는 것을 보았다. 사람들은 아이가 한 짓 때문에 아이를 빤히 보았다. 절룩이는 다리를 빤히 보았다. 놀이터에서 이디 호스퍼드는 여전히 아이 곁에 다가오려 하지 않았다.

"이 아가씨가 먹을 비스킷 좀 있소?" 헨리가 말하자 맥브라이드 부인의 커다란 얼굴이 갑자기 아이를 향해 튀어나왔다. 헨리가 통나무들을 가를 때 쓰는 쐐기처럼 묵직하고 뾰족했다. "케리 크림 어떨까?" 맥브라이드 부인이 입을 열자 그녀의 이도 튀어나왔다. "케리 크림이면 청구서에 맞는 거니,* 루시?"

아이는 청구서에 맞는다는 게 무슨 말인지 몰랐지만 그렇다고 대답했다. 집에 돌아가면 편지가 와 있을 수도 있었다. 브

---

* 특정한 용도에 적합하다는 뜻.

리짓이 밖에 나와 기다리다가 그들을 향해 편지를 흔들고, 가까이 가면 말을 해주고, 흥분해서 웃음을 터뜨릴 수도 있었다. 얼굴이 삘게져서 웃으면서 동시에 울 수도 있었다.

"날씨 좋지 않나요, 헨리?" 맥브라이드 부인은 먼저 헨리의 흑맥주부터 따라주었다. "이러니저러니 해도 4월치고는 훌륭하지 않아요?"

"그렇지, 맞는 말씀이고말고."

"정말 다행이에요."

브리짓은 그들이 오면 쓸 방을 준비하는 데 도움이 필요하다고 말할 것이다. 꽃을 갖다 놓고 창을 열 것이다. 침대에는 탕파를 넣어둘 것이다. "2륜마차를 내놔야겠네." 헨리는 말할 것이고 그들이 언제라도 탈 수 있게 깨끗하게 닦아놓을 것이다. 그들은 아이에게 화를 내겠지만 아이는 상관없었다. 시도 때도 없이 화를 낸다 해도 상관없었다.

"아, 기억나네, 케리 크림을 가장 좋아했지." 맥브라이드 부인이 말했다. 그녀가 카운터 앞으로 돌아 나왔다. 그곳에 카운터 가장자리를 따라 유리 마개가 덮인 비스킷 깡통들이 늘어서 있었다. 그녀는 케리 크림의 유리 마개를 뽑아 올렸고 루시는 비스킷을 하나 집어 들었다.

처음 헨리와 함께 낙농품 공장에 갔다 이곳에 들렀을 때는 그가 아이를 카운터 위에 안아 올렸고, 아이는 레모네이드를 들고 거기에 앉아 있었다. 흑맥주를 따를 때 거품이 생기는 것을 그때 처음 보았다. 여섯 살, 아이는 그때 그 나이였다.

"열 개비짜리로 주쇼." 헨리가 말했다. 맥브라이드 부인이 다섯 개비짜리밖에 없다고 하자 헨리는 다섯 개비짜리로 두 개 달라고 했다. 헨리는 늘 우드바인을 피웠다. 유일하게 피워 본 다른 담배는 케리 블루였다. 루시에게 그 이야기를 한 번 한 적이 있었다. 그는 개가 그려진 케리 블루 담뱃갑을 아이에게 보여주었다. 스위트 애프턴은 아빠가 피우는 담배였다.

"그 집 아줌마는 잘 있나요, 헨리?"

"아, 나쁘지 않지."

"목록은 갖고 오셨우?"

그는 브리짓이 적어준 식료품 목록을 찾아내 카운터 너머로 건넸다. 맥브라이드 부인은 물건을 모았다. 맥브라이드 부인은 아이에게 비스킷을 주기는 했지만 그렇다고 아이를 좋아하게 된 것은 아니었다. 맥브라이드 부인도 다른 모든 사람과 똑같았다. 헨리와 브리짓만 빼고 다 똑같았다.

"딸기 잼은 없어요, 헨리. 450그램짜리 단지에 든 라즈베리 잼뿐이에요."

"라즈베리도 괜찮지, 루시? 그것도 괜찮다고 할까?"

아이는 고개를 끄덕이고 잔으로 고개를 숙였다. 맥브라이드 부인이 있기 때문에 말하고 싶지 않았다. 설리번 씨도 여전히 아이를 좋아하지 않았다.

"케일러는 좋은 잼이에요." 맥브라이드 부인이 말했다.

"최고지." 헨리도 맞장구쳤지만 루시는 그가 빵에 잼 바르는 것을 본 적이 없었다. 버터만 많이 발랐고 가끔 소금을 뿌렸다. 그는 단것을 좋아하지 않는다는 말을 자주 했다.

"그런게이지 자두가 좋아요." 맥브라이드 부인이 말하더니 이어서 젊은 군인들이 들렀을 때 만들어준 고기 샌드위치 이야기를 했다. 한 무리가 밤에 지나갔다. 에니실라의 군부대에서 올드 포트 크로스로즈로 춤을 추러 가는 길이었다. 가는 길에 배가 고팠다, 그녀는 말했다. "마이크는 샌드위치를 너무 크게 만들죠." 마이크는 그녀의 남편이었다. "현관 계단* 두 개만큼 두껍다니까요. 당연히 젊은 군인들은 그걸 입에 넣지도 못해요."

루시는 이제 더 귀 기울이지 않고 광고를 읽었다. 라이언 타월 비누, 그리고 콘드비프와 위스키와 기네스 흑맥주. 그녀는 기네스라고 적힌 것을 보고 아빠한테 그게 뭐냐고 물은 적이 있었다. 아빠는 헨리가 마시는 거라고 대답했다. 그들이 두고 간 위스키는 아주 조금밖에 비지 않았다. 파워스 위스키였다.

"고맙습니다." 다시 달구지에 탔을 때 아이가 말했다. 헨리는 또 담배에 불을 붙였다. 식료품이 담긴 회색 종이봉투는 발치에 있었다. 그들 앞쪽 먼 곳에서 다른 달구지 두 대가 빈 우유 통을 가져오고 있었다.

---

*두껍게 썬 빵을 비유하는 말.

"자, 자, 서둘러." 헨리가 말을 재촉하며 고삐를 흔들었다. 그는 이마에 햇볕을 받으려고 모자를 뒤로 약간 젖혔다. 벌써 그의 여름 기미가 모습을 드러내기 시작했다.

8

그녀는 나비가 사라졌다가 다시 나타나는 것을 지켜보았다. 마술사의 주름진 손가락들이 의기양양하게 활짝 벌어졌고 나비의 날개가 밝은 분홍색과 황금색을 천천히 접었다. 마술사의 표정은 전혀 변하지 않았다. 입술을 오므린 미소, 응시하는 눈길, 양피지 같은 뺨은 변함없었다. 오직 두 팔만 움직일 뿐이었다.

층계에서 에버라드의 발소리, 이어서 자물쇠에서 열쇠가 돌아가는 소리가 들렸다. 그가 장 본 것을 들고 들어왔다. 역에도 다녀왔다, 그는 말했다.

"당신 정말 나한테 잘해주네요!" 헬로이즈가 중얼거렸다. 그녀가 휴식을 취하는 몇 달 동안 그는 도로를 두 번 건넌 서점에서 발견한 영어 책을 그녀에게 읽어주었다. 식사를 준비하고, 그녀의 잠옷을 빨아주고, 머리카락을 빗질해주고, 화장품을 갖다 주었고, 그녀가 어린 시절의 이런저런 순간을 회고하면 다시 귀를 기울였다. 찻잔이며 받침이며 접시, 또 집주인에게서 제공받은 것은 치워두고 토요일 장에서 그들의 방을 더 자신들의 것처럼 만들어줄 도자기 장식물을 사 왔다.

그녀는 그가 마술사의 태엽을 감는 동안 지켜보았다. 그녀가 쉬는 동안 기분 전환 하라고 그가 산 것이었다. 그러다 어느 날 이른 아침, 그녀는 아기를 잃었다. 불려 온 의사는 과거에 유산이 여러 번 있었다는 것을 알자 할 말을 찾으려 애썼다. 그는 동정 가득하지만 단호한 목소리로 지금까지 시도되었던 것들이 다시 시도되어서는 안 된다고 지시했다.

"그게 당신이 원하는 거라면." 장난감이 멈추자 그녀가 말했다. "네, 그러는 게 좋을 거 같아요."

대위는 지금의 이런 무기력한 상태가 그녀에게서 사라지지 않을 것을 걱정하여 멋진 이탈리아 도시들을 찾아가보자고 제안했다. "그냥 가끔 한 번씩." 그는 설득했다. "일주일 정도 다른 데 가 있자는 거야." 그는 사 온 여행 안내서를 그녀에게 읽어주며 건물과 조각, 프레스코화와 모자이크를 보여주었다.

"물론이죠." 헬로이즈는 그가 부드러운 말로 설득하자 대답했다. "여기와 다른 곳에 가면 좋을 것 같아요."

그러나 다르면서도 소중한 것이라면 몬테마르모레오에 다 있다, 그녀는 그렇게 말할 수도 있었다. 제화공 가게 위의 작은 방, 늘어나는 그들의 소지품, 이제 다시 시작될 산책. 여기에는 일종의 평화가 있었다. 쿠키아이오는 스푼, 세졸라는 의자, 피네스트라는 창문이라는 것, 매일 아침 길 건너편 '이탈리아 신용'의 수위가, 기다리던 직원들이 은행 안으로 들어갈 수 있게 잠긴 문을 열어준다는 것, '꽃과 과일(Fiori e Frutta)'의 여자가 이제 그녀에게 몇 마디 이상 말을 한다는 것, 고난 속에서 보여준 용기로 오랜 세월 이 소읍에 자신감을 심어준 성 체칠리아의 성당에서 울리는 종소리에 그녀가 잠을 깬다는 것. 이 모든 것이 평화, 그녀가 찾을 수 있는 최대의 평화였다.

마술사의 창백한 두 손이 다시 올라갔고 나비가 나타났다가 사라졌다가 다시 돌아왔다. 역 시간표에서 베껴 온 내용—편리한 열차, 가볼 만한 도시—이 꼼꼼하게 검토되었다.

"와인 한 병 딸까요?" 그때 헬로이즈가 제안했다. "오늘 밤은 조금 일찍?"

9

설리번 씨의 방문은 그가 약속한 대로 계속되었다. 크로스
비 신부도 에니실라에서 찾아와 루시가 개신교 신앙 속에서
양육되고 있다는 것을 확인하고 만족했다. 일요일 미사에 갈
때 브리짓과 헨리는 루시를 데리고 킬로런으로 갔고 아이는
소규모의 아일랜드 성공회 회중이 예배를 드리는, 녹색 칠을
한 골함석 오두막에서 예배가 시작되기를 30분 동안 기다렸
다. 크로스비 신부는 아이가 킬로런에서 일요일 예배에 참석
한다는 것을 알았지만 예배는 부제가 주관하니 라하단의 상
황이 어떠한지 직접 보아야겠다고 생각했다.

"그래, 기도는 늘 하고 있지, 루시?" 순수한 미소와 순백의
머리카락이 암시하듯 크로스비 신부는 노년에 접어든 온화한
인물이었다. 그는 브리짓이 식당 식탁에 차린 차와 간식들 너

머로 아이를 보며 눈을 반짝였다. "나한테 주기도문을 외워줄
래, 루시?"

"하늘에 계신 우리 아버지." 루시는 그렇게 시작하여 끝까지
계속 외웠다.

"아, 훌륭한데." 크로스비 신부는 떠나기 전에 아이에게 《성
모니카 학교의 소녀들》이라는 책을 주면서 상황이 달랐더라
면 이 아이도 지금쯤 멀리 기숙학교에 가 있었을 텐데 하고 생
각했다. 이 성직자의 생각으로는 그것이 이 가족의 의도였을
것이라는 데 의심의 여지가 없었지만 나중에 앨로이시어스 설
리번에게 그 문제를 제기하자 현재 상황으로는 그런 종류의
일을 추진할 자금이 부족하다는 이야기를 들었다. 마침내 아
이 부모가 돌아오기 전까지 루시 골트는 에일워드 씨의 작은
교실에서 계속 교육을 받을 거다.

그 무렵, 아일랜드 봉기 이후 잠잠했던 분위기는 사라지고
내전이 시작되었다. 새로운 '아일랜드 자유국'은 갈가리 찢기
고 그와 더불어 도시와 마을과 가족도 찢겼다. 완성된 운명의
잔혹한 아름다움은 잔혹한 비탄을 남겼고 1923년 5월에 갈등
이 끝난 뒤에도 오랫동안 기억에는 그런 비탄이 따라붙었다.
그달이 끝날 무렵 설리번 씨는 샹브레 양으로부터 헬로이즈
골트의 고모─건강이 약간 호전되었을 때 조카딸이 아일랜드
를 떠났다는 이야기를 들었다─가 조카딸과 화해하고 싶어
한다는 취지의 편지를 받았다. 헬로이즈의 현재 소재를 모른

다는 것을 알게 되자 고모는 샹브레 양에게 잉글랜드 신문 몇 군데에 광고를 내라고 대담하게 지시했다. 그러나 이 광고가 아무런 응답도 끌어내지 못하여 그녀는 상당히 실망했다. 나는 달리 기대하지 않았습니다. 샹브레 양은 그렇게 썼다. 그러나 노부인의 마음의 평화를 위해 헬로이즈 골트의 소식을 듣게 되면 알려달라고 선생께 요청하는 것이 나의 의무라고 느낍니다. 물론 그 아이의 행동은 여전히 내 고용주에게 비밀로 하고 있습니다.

설리번 씨는 편지를 읽다 한숨을 쉬었다. 루시 골트의 행동은 그 나름의 벌을 낳았다고, 이 사실은 브리짓과의 대화에서 또 자신의 지속적인 관찰에서 확인되었다고 지적할 수도 있었지만 그렇게 하지 않았다. 그가 보기에 라하단의 가족을 사로잡았던 당혹감이 비생산적이었다는 것은 분명했다. 그가 이 일을 너무 오래 생각할 때 그의 생각을 방해하는 흥분이 비생산적인 것과 마찬가지였다. 가정부만 두고 혼자 살고 있는 변호사는 대개 자신의 깊은 걱정을 혼자 간직했고, 의미 없다는 것을 알면서도 이따금씩 서기가 있을 때 한마디 하곤 했다.

브리짓도 밤에 자주 잠을 깨 그와 비슷한 감정 상태에 빠지곤 했다. 그러면 브리짓은 잠을 이루지 못하고 누워 있다가 헨리가 눈을 뜨면 반가워하며 잡초와 무너진 돌들 사이에서 그 꾸러미를 발견했던 순간을 또 이야기해달라고 졸랐다. 루시의 친구가 되었던 개는 어느 날 달아나 다시는 눈에 띄지 않았다. 브리짓에게도, 또 헨리에게도 그것은 이 집에 일어났던 다른 모든 일과 너무 닮아 보였다. 그러나 시간이 지나면서 둘 다 이것을 허무맹랑한 생각으로 치부해버렸다.

아직 무질서로 인한 상처가 라하단에서 아물지 않았음에도, 한 시골 저택이 그렇게 극적으로 상처를 입게 된 이야기는 동네―킬로런과 클래시모어와 링빌, 에니실라의 거리―에서 주고받는 '분쟁' 관련 이야기들 사이에 자리 잡고 있었다. 한 아이가 자초한 비극, 그리고 그 이후 아이의 삶은 좋은 이야깃거리가 되었고 낯선 사람들에게는 전설의 소재로 보였다. 이 조용한 해안의 바닷가를 찾아오는 사람들은 귀를 기울였고 놀라워했다. 가게 카운터 건너편에서 물건 주문을 받는 장사치들은 먼 고장에 그 이야기를 전했다. 술집 카운터, 티 테이블, 카드 테이블에서 누가 그 일을 전해주는 순간 대화는 아연 활기를 띠었다.

여행자들의 이야기가 대개 그렇듯이 과장을 보태면 말하기가 편해졌다. 빌려온 사실들로 부족한 곳을 기우면 반복되는 과정에서 권위를 얻어갔다. 라하단에서 벌어진 사건과 관련된 이야기에 자극을 받은 기억들은 다른 집으로 흘러들었고, 다른 가족의 문서 저장고를 통과했다. 그렇게 가혹한 불운을 겪다니 골트 집안은 과거에 하인을 교수대로 보내거나, 공동의 정의의 편에 서지 못했거나, 너무 오만하여 자신들의 특권을 당연시한 것이 틀림없다. 입에 오르내리던 것에 영감을 받은 이야기에서는 서사의 깔끔함을 방해하는 미묘한 것들이 지워졌다. 실제 벌어진 일의 빈약한 현실은 채색되고 풍요로워졌으며 전체적으로 개선되었다. 괴로움에 시달리는 부모가 떠난 여행은 순례, 말하는 과정에서 그때그때 다르게 죄의 사면을 위한 순례가 되었다.

*

"위대한 요크 노공작." 에일워드 씨의 교실에서 열린 크리스마스 파티에서 아이들이 노래했다. "공에게는 부하가 만 명이 있었는데……"

풍선들이 철자 차트와 칠판을 장식하고, 호랑가시나무는 지도와 더불어 에일워드 씨가 직접 그린 왕들과 여왕들의 초상화에 갈채를 보냈다. 아이들을 위한 홍차가 마련되어 열다섯 명이, 붙여놓은 탁자 네 개를 둘러싼 장의자에 모두 함께 앉아 있었다. 샌드위치와 건포도 빵, 점이 수백, 수천 개 찍힌 케이크. 교실은 어두웠다. 빌려온 커튼이 창문 두 개를 덮고 있었고 에일워드 씨는 손가락으로 하얀 시트에 그림자를 만들었다. 토끼, 새, 노인의 울퉁불퉁한 옆얼굴.

나중에 루시는 바닷가를 따라 집으로 걸어갔다. 몰려오는 어둠 속에 혼자였다. 그녀 옆의 사나운 겨울 바다는 제멋대로 날뛰었다. 바닷가에 나오면 늘 그러듯 아이는 개가 돌아와 있기를, 비틀거리며 절벽을 따라 쏜살같이 달려 내려오기를, 전에 그랬던 것처럼 짖기를 바랐다. 하지만 바람에 흔들리는 것 외에는 아무것도 움직이지 않았고 유일하게 들리는 건 바람의 쉼 없는 흐느낌과 파도 부서지는 소리뿐이었다. "가까이 오지 마." 아까 〈오렌지와 레몬〉을 부르면서 놀이를 할 때 이디 호스퍼드는 아이와 닿는 것이 싫어 또 그렇게 말했다.

2부

1

2월의 어느 아침, 에니실라 기차역 플랫폼을 비질하던 한 잡역부는 자기도 모르게, 위층 창문에서 쏜 총에 어깨를 맞은 일을 떠올리고 있었다. 밤에 그 일—상처를 사람들에게 보여주고, 피에 젖은 니트에 남은 거무스름한 자국을 보여주고, 총알이 살을 찢기는 했지만 박히지는 않았다는 이야기를 하던 것—에 대한 꿈을 꾸었기 때문에 그 시간으로 다시 끌려 들어간 것이다. 꿈에서 그의 팔은 다시 삼각건에 걸려, 거리에서 나이 든 남자들의 칭찬하는 눈길을 받았다. 그들은 현실에서 그런 사람들이 실제로 그랬듯 그에게 동전 따먹기 놀이를 하는 대여섯 무리 어디에든 끼라고 권했다. 그는 혁명 조직에 속한 적이 없었지만 그들은 그를 봉기대원으로 예우했다. "어마, 너한테 일어난 일 너무 충격적인 거 아냐!" 늙은 여자 거지가 펠런네 술집 겸 식료품점 문간에서 소리쳤다. "너한테 총을 들다니!" 그가 긴 나 눗셈을 틀리거나 얼스터의 카운티와 카노트의 카운티를 혼동할 때면 목덜미 살을 꼬집곤 하던 그리스도교 형제도 거리에서 그에게 똑같은 말을 했다. 그는 펠런의 가게에 불려 들어가 상처를 보여주었고 바에 있던 남자들은 그가 운이 좋아 살아 있는 거라고 말했다. 꿈에서는 이 사람들과 여자 거지와 그리스도교 형제도 그 자리에서 그를 향해 잔을 들어 올렸다.

이 꿈을 처음 꾸고 난 다음 날 잡역부는 기차역에서 쓰레기를 쓸다 오래전 영감을 준 그 경험으로부터 이 꿈을 떼어내기는 어렵다는 것을 알았다. 자신이 기억하는 것이 사실인지 스스로 확인할 수 없었기 때문에 그날 아침 고립감을 느꼈다. 오래전 밤에 함께 갔던 동료들은 그 후 이민을 갔다. 한 명은 한참 전에, 다른 한 명은 최근에. 그렇게 단호하게 부상에 대한 보상도, 상대가 먼저 하는 사과도 받지 않으려 하던 아버지는 한 달 전에 죽었다. 생전에 아버지는 그날 벌어진 일에 늘 자부심을 느꼈다. 그 일로 인해 전직 영국군 장교와 그의 잉글랜드인 부인이 곧 그곳을 떠났기—영원히 떠난 것으로 보였다—때문이다. 이 부부가 자식이 죽은 것으로 잘못 알았다는 사실은 당연한 벌에 불과했다. 철도 잡역부의 아버지는 곧잘 그런 관점을 제시했지만 아버지가 꿈에서도 그러자 잡역부는 마음이 괴로웠다. 현실에서는 한 번도 그런 적이 없었음에도.

2월의 이날은 추웠다. "대합실 난로에 석탄이 부족해." 어떤 목소리가 소리쳤다. 쓰레받기와 빗자루를 역 창고에 넣는 동안에도, 대합실 난로를 헤집고 석탄을 푸짐하게 쏟아 넣는 동안에도, 잡역부의 불안은 가실 줄을 몰랐다. 꿈속에서는 그 집 창의 커튼이 밖으로 펄럭이며 어둠 속에서 불타고 있었다. 아이의 생명 없는 몸이 있었다.

그날이 지나갔다. 또 다른 날들이 왔다 가는 동안 철도 잡역부를 아는 사람들은 그가 전보다 말수가 적어졌다는 것, 플랫폼에서 지나가는 사람들과 일상적인 대화를 나누는 일도 줄었다는 것, 자주 멍한 분위기에 빠져든다는 것을 눈치채게 되었다. 똑같은 꿈 — 변하지도 않았고 자는 중인데도 생생했다 — 이 계속 그의 밤을 어지럽혔다. 꿈에서 깰 때면 어김없이 부모와 헤어진 아이의 나이를 계산해보고 싶은 강박에 사로잡혔으며 여기저기 알아본 결과 아이와 부모는 그 이후 다시 만나지 못했다는 것을 알게 되었다. 꿈속에서 개들에게 먹이려고 독을 놓은 것은 그였다. 부상을 당하기 전에 유리창을 깨고 휘발유를 뿌린 것도 그였다. 하나뿐인 성냥을 켠 것도 그였다. 어느 날 오후 역 꽃밭 주변의 돌에 회반죽을 바르다가 그는 꿈속에서처럼 분명하게, 커튼이 불타오르는 것을 보았다.

그해가 가기 전에 그는 철도 잡역부 일을 그만두고 집 칠하는 일을 배웠다. 나중에 그는 왜 자신이 직종을 바꾸었을까 궁금했으나 처음에는 이유를 알 수가 없었다. 그러다 어떤 본능이 칠장이의 하루는 더 바쁠 거라고, 문과 굽도리 널을 나뭇결

무늬로 칠하고 퍼티를 준비하고 색을 섞다 보면 생각에 잠길 여유가 줄어들 거라 여긴 게 아니냐고 주장하고 나섰다. 그러나 이 점에서는 안타깝게도 그의 예상이 틀렸다.

토치램프로 작업을 하고 낡은 칠을 벗겨내고 새 칠을 해도 현실을 구축하는 것은 철도 잡역부로 일할 때보다 훨씬 힘겨운 투쟁이었다. 총알이 날아온 뒤에 그는 도움을 받았다. 동료들은 감추어둔 곳에서 자전거를 찾았고 그가 자기 것을 어쩌지 못하자 도와주었다. 아직 가득 찬 휘발유 통들은 뒤에 남겨두었다. 서둘러 달아나느라 급해서 버린 것이다. 그는 이 모든 것을 자신에게 밀어붙였다. 그것이 사실임을 알았기 때문이다. 그러나 여전히 모순은 그대로였다. 철도 잡역부 제복을 입었을 때만큼이나 하얀 작업복을 입은 모습이 익숙해지면서 조용한 성향 때문에 존경받게 되었지만, 그는 누구에게도 자신을 괴롭히는 혼란을 절대 이야기하지 않았다. 어머니에게도, 고용주에게도, 일하는 동안 지나가다 걸음을 멈추고 말을 거는 누구에게도. 그는 이런 은밀한 방식으로 살면서, 그에게 달라붙어 그를 괴롭히는 현실에서는 개 세 마리에게 독을 먹인 것보다 끔찍한 일은 일어나지 않았다고 자신을 다독였다. 하지만 다시, 그리고 또다시, 아이의 주검이 있었다.

2

에일워드 씨의 학교를 떠나면서 그 어느 때보다 많은 시간을 손에 쥐게 되자 루시는 응접실 서가에 있는 책을 읽기 시작했다. 모두 낡았고 책등은 기억이 나지 않는 옛날부터 눈에 익은 것들이었다. 그러나 책을 펼치자 그녀는 새로운 세계로, 다른 세기와 다른 장소로, 로맨스와 복잡한 관계로, 로자 다틀과 자일스 윈터본*만큼이나 서로 다른 사람들의 삶으로, 음산한 런던 안개와 마다가스카르의 태양으로 빨려 들어갔다. 루시는 응접실에서 읽을 수 있는 것들을 거의 다 읽자 2층 층계 앞 서가와 사용하지 않는 조식실의 서가로 방향을 틀었다.

---

* 각각 찰스 디킨스의 《데이비드 코퍼필드》와 토머스 하디의 《삼림지 사람들》 속 등장인물.

집의 창들을 잠깐 막았던 판자는 이제 거의 기억하지도 못했다. 가구에서 걷어낸 시트는 오래전에 다른 데 사용되었다. 졸업한 뒤에도 헨리와 브리짓이 여전히 매일같이 루시의 벗으로서 어렸을 때와 똑같은 우정을 베풀어주었다. 그녀가 목초지 들판을 가로질러 걸어갈 때 간혹 근처에서 오라일리 씨가 일을 하고 있으면 늘 그랬던 것처럼 손을 흔들어주었다.

설리번 씨와 크로스비 신부가 혼자 된 아이의 복지에 기울이는 관심은 아이가 유년을 넘긴 뒤에도 줄어들지 않았다. 그들은 여전히 찾아왔고 생일 선물과 크리스마스 선물을 늘 가져왔다. 그들은 그 대가로 헨리가 기르는 크리스마스 칠면조 가운데 선택을 할 수 있었다.

"그냥 궁금해서 하는 말인데……" 크로스비 신부가 속내를 털어놓았다. "한창인 아이가 이렇게 혼자서만, 다른 곳에서 멀리 떨어진 이런 곳에서 지내는 게 옳은가?"

성직자가 그 점을 궁금해할 때마다 똑같은 대답이 나왔다. 다 그런 거다, 브리짓이 말했다.

"앞으로 어떻게 살아보겠다 그런 말은 안 하던가?" 크로스비 신부가 끈질기게 물었다. "뭘 선호한다든가 하는 걸 드러내나?"

"선호요, 신부님?"

"어떤 소명 의식을 가지고 있다든가? 그러니까…… 어, 내 말은, 세상에 나가는 거 말이야."

"그 아이가 아는 건 이런 거예요, 신부님. 바닷가에 그 아이가 애정을 갖지 않는 조개껍데기는 없어요. 그런 아이죠, 신부님. 늘 그랬어요."

"하지만 그건 전혀 중요한 게 아니잖아! 한창인 아이가 조개껍데기에만 애정을 쏟아선 안 되지. 조개껍데기가 친구가 되는 건 옳지 않아."

"헨리가 있잖아요. 저도 있고."

"아, 그럼. 그럼, 당연하지. 축복이지, 브리짓, 눈에 띄지 않을 수 없는 축복. 브리짓은 아주 선해."

"저도 흔한 일이라는 건 아니에요, 신부님, 지금 이러는 게요. 제 말은 그저, 헨리와 제가 최선을 다하고 있다는 거예요."

"물론 그렇고말고. 물론이지, 물론이야. 두 사람은 놀라운 일을 했어. 두 사람이 놀라운 일을 하지 않았다고 말하는 사람은 없어." 크로스비 신부는 힘주어 말한 뒤 잠시 말을 끊었다. "그런데 이보게, 브리짓, 아이가 지금도 그들이 돌아올 거라고 믿고 있나?"

"한번도 믿지 않은 적이 없죠. 아이는 기다리고 있어요."

"나는 저 나이 때의 애 아빠를 알아." 늙은 성직자는 잠시 말을 끊었다가 이어갔다. 이제 그의 기운 빠진 목소리는 좌절감의 표현처럼 들렸다. 마치 아무리 오래 이야기를 해도 대화에 진전이 없는 것처럼. "'에버라드 골트가 미인하고 결혼했더라고요.' 크로스비 부인이 그렇게 말했지. 나보다 먼저 골트 부인을 봤거든. '뭐, 이것으로 보상이 됐네요.' 크로스비 부인은 그렇게 말했어. 에버라드 골트가 가족을 모두 잃었기 때문이었지. 우리 모두 그걸 알았거든. 그 이후로 크로스비 부인은 헬로이즈 골트를 좋게만 봤어. 그래, 그들 둘 다를 좋게, 그렇게 말해야겠지. 나도 마찬가지고, 물론."

"헨리와 저도……"

"알아요, 브리짓, 알아. 그저 우리가 가끔 저녁에 사제관에 앉아 있을 때면 혼자 된 한창인 아이를 생각한다는 거야…… 아, 완전히 혼자는 아니지, 물론. 하지만 그래도 거의 혼자잖아. 우리는 바라고 있어, 브리짓, 바라고 있다고."

"아이가 벌을 맡기로 했어요."

"벌?"

"대위님이 과수원에서 벌을 키웠었거든요. 하지만 대위님이 떠날 때 우리는 꿀은 어떻든 좋았어요. 헨리는 지금 벌을 어쩔 여유가 없어요. 그런데 아이가 다시 벌통을 관리하기 시작했어요."

크로스비 신부는 고개를 끄덕였다. 그래, 그것도 중하다, 그가 말했다. 아무것도 안 하는 것보다는 벌을 돌보는 게 낫다.

*

골트 대위와 그의 부인에게는 무슨 일이 생겼다고들 믿게 되었다. 그들이 어쩌다가 예기치 않게 곤궁해졌다고, 이 시기 특유의 곤경에 빠졌다고, 재난의 피해자가 되었다고. 신문에 오르내리는 이런저런 비극이 쉽게 그들 이야기의 새로운 조각이 되었으며 이야기는 입에 자주 오르내리면 오르내릴수록 관심을 모았다. 부재 때문에 추측이 사실이 되고 만다, 설리번 씨는 종종 그렇게 생각했지만 그러는 그도 추측을 했다. 하지 않는 것이 불가능했기 때문이다. "이건 우리 아일랜드의 비극이야." 그는 여러 번 그렇게 말했다. "이런저런 이유로 우리가 귀하게 여기는 것을 계속 떠날 수밖에 없다는 건. 우리의 패배한 애국자들이 떠났고 우리의 위대한 백작들, 우리의 '기근'* 이주자들, 이제는 일을 찾는 가난한 사람들까지. 타향살이는 우리의 일부야."

그 자신은 자연적인 것이든 다른 것이든 불운이 골트 대위와 그의 부인에게 또 일어났다고는 믿지 않았다. 타향살이를 하는 사람들은 타향살이라는 상태에 안착을 하고, 곧잘 전에는 소유하지 못했던 위상에 이르기도 했다. 그는 그동안 에니실라로 돌아온 사람들에게서 그것을 자주 보았다. 그들은 이 작은 읍에서 안절부절못하고 이제 자신이 어디에도 속하지 않는다고 느꼈지만 그래도 전보다는 지혜로워진 것처럼 보였다.

---

*1845~1852년의 아일랜드 대기근을 말한다. 주식인 감자가 역병으로 씨가 마르면서 약 100만 명이 사망했다.

그러니 슬픔 때문에 한껏 낮아진 에버라드 골트와 그의 부인이 모든 것을 다른 곳에서 다시 시작하기를 바랐다고 해서 누가 비난할 수 있겠는가? 이제 시간이 지나 돌아보는 입장이기 때문에 가능한 일이지만, 그는 무능한 사립탐정을 고용하여 스위스 도시를 뒤지게 한 것을 후회했다. 특히 그 탐정의 비용 계산서에 적힌 금액을 지금 더 나은 곳에 쓸 수 없다는 것을 생각할 때면 더욱 그랬다. 또 잉글랜드는 지금 그가 찾고 있는 부부가 정착할 나라 후보지에서 제외되었다고 분명하게 말했음에도 그 샹브레라는 여자가 잉글랜드 신문들을 골라 광고를 실은 것에도 화가 났다. 깔끔한 직업적 태도 때문에 그런 너저분한 혼란 상태가 못마땅했지만 그 자신이 확신을 드러내지 않아 그런 혼란에 일조한 면도 있었다. 그는 자신이 다 잘될 거라고 말하던 기억보다는 차라리 현재 모습 그대로의 라하단을 감당하는 쪽이 마음이 편했다.

*

루시는 부모가 어떤 식으로 타향살이를 하고 있을지 별로 궁금하지 않았으며 시간이 지나면서, 벌어진 일을 그대로 받아들였다. 절뚝거림과 거울에 비친 자신의 이목구비를 받아들인 것과 마찬가지였다. 크로스비 신부가 바깥세상에 나가는 문제를 제기했다면 그녀는 자기 인생의 성격과 신조가 이미 정해졌다고 대답했을 것이다. 기다린다, 그녀는 그렇게 말했을 것이다. 기다리면서 믿음을 유지한다. 모든 방은 깨끗하게 청소해두었다. 모든 의자, 모든 탁자, 모든 장식품은 기억하는 그대로였다. 가득 채운 여름 꽃병, 별, 층계와 층계참을 딛는 걸음, 방과 조약돌 깔린 마당과 자갈밭을 가로지르는 발걸음이 그녀가 내놓은 것이었다. 그녀는 외롭지 않았다. 가끔 외로움을 기억하지 못할 때도 있었다. "아, 하지만 저는 행복해요." 신부가 물었다면 그녀는 그렇게 안심시켜주었을 것이다. "아주 행복해요, 정말로."

그녀의 스물한 살 생일에도 신부로부터, 그의 부인으로부터, 설리번 씨로부터 또 선물이 왔다. 나중에 그녀는 따뜻한 저녁 햇볕을 받으며 사과 과수원에 누워 다른 세대 사람들이 남기고 간 소설을 또 한 권 읽었다. 스물한 살의 루시 골트에게 세상은 그 정도로, 네더필드*에 가는 것만으로 충분했다.

---

* 제인 오스틴의 《오만과 편견》에 나오는 '네더필드 파크' 저택을 가리킨다.

3

'성스러운 대화'*의 이미지들이 잉글랜드 오후의 이미지들, 12월에 밀려드는 잉글랜드의 어스름을 완전히 지우지는 못했다. 벨리니** 작품 구성의 세부─대리석 기둥과 잎이 무성한 나무, 파란색과 녹색과 주홍색 가운─사이사이에 자단 탁자 위의 찻잔, 뿌연 창유리, 벽난로에서 불타오르는 석탄이 끼어들었다. 한 시간 전 헬로이즈가 남편의 상상에 불을 붙이는 바람에 떠오른 모습들이 아직도 미적거리며 남아 있었다.

티타임에 자신이 미망인이 되었다는 소식을 들은 그 여자를, 그는 한 번도 만난 적이 없었지만 지금은 그 모습이 언뜻

---

* 성자들이 성모자聖母子를 둘러싸고 있는 모습을 그린 회화를 말한다.
** 이탈리아의 화가. 본문에 나오는 그림은 베네치아에 있다.

보이는 듯했다. 그녀는 동정녀와 아기와 점잖은 음악가를 둘러싼 성자들 사이에 자리 잡은 그림자였다. 이 인물들은 무리를 이루고 있었지만 한 사람 한 사람이 혼자인 것처럼 보였다. 이보다 단순한 구도 속에서, 자단 탁자 위에 날아온 전보가 놓여 있었고 홀의 벽시계가 시간을 알렸다. "레이디스미스*구나." 헬로이즈의 어머니가 말했다.

성당은 낮의 더위 속에서도 서늘했으며 성구聖具 관리인이 일하는 곳에서는 광택제 냄새가 흘러나왔다. 성수반은 거의 비어 있었다. 바깥 층계에서는 절름발이가 구걸을 했다. "아니, 내가 할게요." 헬로이즈가 간절하게 말하고 핸드백을 뒤지더니 찾아낸 동전을 내민 손바닥에 올려놓았다.

그들은 햇빛이 들지 않는 골목길을 따라 걸었다. 오후의 강렬한 빛 속으로 나가는 것이 내키지 않아 천천히 걸어갔다. 그 티타임 때 이 사람은 열여섯이었을 거다, 그는 계산했다.

"왜 나한테 이렇게 잘해주는 거예요, 에버라드? 왜 이렇게 내 얘기를 잘 들어주는 거예요?"

"당신을 사랑하기 때문이겠지."

"나한테 힘이 더 있으면 좋겠어요."

그는 한때는 그녀에게 힘이 충분했다고 말하지 않았고 힘이 돌아올 거라고 다독이지도 않았다. 그는 그런 것에 관해서는

---

* 보어 전쟁의 격전지.

알지 못했다. 그녀의 어린 시절이라는 먼 과거를 불러낼 때면 자신은 그 시기에 기여할 것이 없었기 때문에 그 대신 군인 시절을 이야기했다. 이미 한 이야기를 더 자세하게 되풀이했다. 그의 작은 전쟁터에서 그가 잠시 이끌었던 사람들 이야기를 했다.

리바에서 그들은 커피를 주문했다. 그는 커피가 나오기 전에 헬로이즈의 후견인이었던 고모의 집안 이야기를 들었다. 어린 시절을 마감할 무렵 그 집은 고아가 된 그녀의 피난처였다. "아이들에 불과했어." 이번에는 그가 말하고 자신이 돌보던 부하들의 이름을 말했다. "지금도 그 얼굴들이 자주 보여."

그는 그녀의 늘씬한 손가락들이 커피에 설탕 덩어리를 담그는 것을 지켜보았다. 한 덩어리 그리고 또 한 덩어리. 그것이 그에게 기쁨을 주었다. 아주 큰 기쁨이어서 그는 그 이유가 궁금했다. 그래, 이건 현실이니까, 그는 생각했다. 인위적인 대화가 중단될 때는 어쩌면 그 정도로도 기쁨을 느끼는지 모른다. 그는 라하단에 편지를 쓴 적이 있었다. 이제 그의 관리인이 된 하인들이 잘 있는지 관심을 전하고 홀스타인 젖소들과 집에 관해 물었다. 그렇게 여러 번 썼지만 부칠 순간이 오면 거두어들이고 말았다. 부치면 답장이 오고, 그것을 몰래 받고, 비밀리에 서신 교환이 시작되고, 그렇게 해서 그의 결혼 생활 동안 늘 유지되어 왔던 신뢰가 깨질 터였다. 그는 봉투에 넣어 우표까지 붙인 편지들을 감추었다. 그것이 그가 감당할 수 있는 최대의 기만이었다.

"이 모든 게 얼마나 아름다운지!" 그녀가 말했다.

그들이 앉은 곳 근처 부잔교에 곤돌라들이 멈추었다 다시 움직였다. 먼 바다에서 증기선 한 대가 천천히 기어 들어왔다. 상선 갑판에서 개 한 마리가 짖어댔다.

더위가 좀 가셨을 때 그들은 차테레 산책로를 걸었다. 보트를 타고 주데카 섬으로 갔다. 저녁의 산조베 성당에는 〈수태고지〉가 있었다. 그다음에는 카페 플로리안에서 왈츠가 연주되었다.

그날 밤 펜시오네* 부친토로에서 남편이 자는 동안 헬로이즈는 그 옆에 눈을 뜨고 누워 있었다. 얼마나 풍요로운 하루였던가! 그녀는 그날 보았던 성스러운 이미지들이 떠오르고 그날 했던 모든 말이 떠오르자 속으로 그렇게 말했다. 오늘 밤은 박탈감을 느끼지 않았기에 그녀는 이날 하루가 키운 행복감 속에서 아침에 용기를 내어 너그러운 남편에게 고백해야겠다고 결심했다. 자신에게 잘해주었다고 말하는 것으로는 부족하다. 자신의 어린 시절 회상에 완벽하게 귀 기울여주었다고 말하는 것으로는 부족하다. "우리는 죽은 사람 연기를 하고 있어." 그는 한번 그렇게 부드럽게 항변한 적이 있었고, 그녀는 왜 자신이 늘 잊고 싶어 하는지 설명할 수가 없었다. 하

---

* 숙박이나 하숙을 뜻하는 이탈리아어.

지만 아침에는 반드시 더 잘할 것이다. 자신이 사과를 한 다음 말하고 싶지 않은 모든 것을 이야기하는 소리가 그녀의 귀에 들렸다. 눈을 감기 전에 그 문장들이 아주 쉽게 흘러나오는 것을 확인했다. 그러나 잠이 들었다가 몇 분 뒤 깨어났을 때, 그런 대화를 나눌 수 없다고 자신이 말하는 소리가 들렸고 그 말이 옳다는 것을 곧 깨달았다.

4

헨리는 우드바인 담배에 불을 붙이고 성냥을 던졌다. 그는 마당 입구를 이루는 아치형 입구에 서서 방금 들어온 차를 살폈다. 바퀴, 디키 좌석,* 녹색 시트커버, 라디에이터 위의 작은 마스코트, 뾰족한 보닛, IF 19라는 번호판. 캔버스 지붕은 내려져 있었다.

그는 조금 전 차가 다가오는 소리, 이어 바퀴 밑에서 바닷자갈이 부드득거리는 소리를 들었다. 그는 크로스비 신부가 또 왔다고, 아니면 마침내 변호사가 올 만한 소식이 생겼다고 상상했다. 그러나 그가 들은 목소리, 누군가를 외쳐 부르고 사과하는 목소리는 두 사람과 관계없었다. 자동차가 오면 늘 그랬

---

* 2인승 차의 뒤쪽에 있는 보조 좌석으로, 트렁크를 열면 좌석이 된다.

듯 루시가 집에서 나왔다. "누구세요?" 그녀가 말했고 자동차 운전자는 다시 사과를 하고 혹시 그녀가 자기 말을 듣지 못할까 염려하여 엔진을 껐다.

운전자는 젊은 남자였다. 재킷을 입지 않았으며 차에서 내릴 때 보니 플란넬 바지 허리는 끈으로 묶었고, 울퉁불퉁한 천 위의 녹색과 갈색과 자주색 줄무늬는 팽팽하게 당겨져 있었다. 헨리는 처음 보는 남자였다.

"여기에 집이 있는 줄은 몰랐네요."

"누구세요?" 루시가 다시 물었고 남자 입에서 나온 이름은 헨리에게 익숙하지 않았다. 루시도 반쯤 고개를 저어 그 이름이 그녀에게도 익숙하지 않다는 것을 드러냈다.

헨리는 여전히 우드바인 담뱃갑을 손에 쥔 채 아치형 입구의 담에 등을 기대고 변호사와 성직자 외의 손님들도 집을 찾던 때를 떠올렸다. 모렐 부부와 링빌 쪽 사람들, 에니실라와 캐포퀸에서 온 사람들, 멀리 클론멜에서 온 사람들. 여름 파티가 열릴 때면 피크닉 바구니들이 들판을 거쳐 바닷가까지 운반되고 아이들은 과수원과 정원에서 놀았다. 모너트레이에서 레이디 로시가 왔고 로시 대령, 애시 집안의 세 자매, 늙은 크로닌 부인, 인사하면서 대위에게 키스한 적이 있는 그녀의 경솔한 중년 딸. 헨리는 1920년 겨울 이후로 그들 중 누구도 본 적이 없어 문득 소식이 궁금해졌다. 이 젊은 남자가 옛날 그 아이들 가운데 하나일까? 물론 진입로 끝에 집이 있는 줄 몰랐다는 말을 하기는 했지만.

"애가 차를 대접하고 싶어 하더라고요." 브리짓이 몇 분 뒤 헨리가 목공 일을 하는 헛간에 와서 말했다. 그녀는 수국 잔디밭의 풀 위에 격자 다리 탁자를 놓아달라고 부탁하러 나온 참이었다. 브리짓의 뺨이 붉게 물들어 있었고 헨리는 과거로부터 그것도 기억해냈다. 브리짓이 '사교'라고 부르는 것 때문에 생겨난 흥분이었다.

헨리는 탁자 널에서 더께와 거미줄을 떨어내고 걸레로 닦았다. 잔디밭에는 짙푸른 수국꽃들이 떨어져 쌓이는 담의 곡선을 일정한 간격으로 구분 짓는 하얀 철제 의자들이 있었는데, 그중 두 개의 먼지도 떨어냈다. 철제 부분의 녹을 닦아내야 했고 의자 자체도 칠을 새로 해야 했다. 곧 해야겠다, 헨리는 그렇게 결심했지만 실행에 옮기지는 않을 것임을 알고 있었다.

＊

"진입로처럼 보이지 않았어요." 레이프가 말했다. "문간채는 완전히 빈집이었고요."

그는 쐐기풀과 죽어가는 사양채에 가린 빛바랜 녹색 대문은 보지 못했다. 잎들이 이룬 지붕 밑으로 차를 몰았는데 갑자기 커다란 돌집이 나타난 것이다.

"선생님이 찾아간 집이 라하단이에요." 라이알 부인이 말했다. "그리고 그 아이가 루시 골트이고."

집에서 나온 젊은 여자는 자신의 이름을 말하지 않았다. 좁은 널을 이어 붙여 만든 탁자 위에 식탁보를 깐 나이 든 여자는 탁자 위에 말없이 찻잔과 받침을 늘어놓고 우유병과 찻주전자, 갈색 빵과 버터와 벌집을 내놓았다. 들고 온 커다란 목제 쟁반은 테두리가 높았고 하얀 도기 손잡이가 달려 있었다. 차를 따랐을 때 그 여자가 문제는 없는지 보러 다시 왔고, 돌아가서 씨 없는 건포도가 든 소다 빵을 들고 다시 왔다.

"IF 19는 잘 달려주던가요?" 라이알 부인이 물었고 레이프는 그날 오후 제공받은 자동차가 아무런 문제도 일으키지 않았다고 대답했다. "정말 고맙습니다." 이미 그 점에 대해서는 감사를 표했지만 되풀이했다.

"아이들한테서 벗어나 좀 쉴 필요가 있죠."

라이알 씨는 여름 몇 달 동안 두 아들의 공부를 봐줄 사람을 찾는다는 광고를 냈다. 아이들의 대학 예비고 성적표에 따르면 모든 과목에서 뒤처지고 있었기 때문이다. 그래서 그해 여름에 달리 할 일도 없고 자신의 인생을 어떻게 할지 아직 정하지도 않았던 레이프가 아일랜드 은행 윗집에 오게 되었다. 라이알 씨는 그 은행의 에니실라 지점장이었다.

라이알 씨는 키가 작고 콧수염을 단정하게 기른 남자였으며 부인은 거의 모든 면에서 그와 대조를 이루었다. 급속히 붙는 살을 부주의하게 방치한 그녀는 자신에게 너그러웠고 다른 사람들을 비판하지도 않았는데, 그녀의 너그러운 성정은 몸의 풍만함과 태도에 반영되어 있었다. 두 아들이 게으르다는 것도 걱정하지 않았다. 걱정은 남편의 분야다, 그녀는 말버릇처럼 그렇게 말하여 걱정이 그가 즐기는 일임을 은근히 암시했다.

9시 30분이었다. 멋진 가구를 갖춘 라이알가의 식당에 어스름이 밀려오고 있었다. 널찍한 찬장은, 그에 못지않게 웅장하고 높은 서랍장의 소용돌이 장식을 그대로 되풀이했다. 식탁 의자 세트는 소파와 팔걸이의자의 장밋빛 인조가죽과 잘 어울렸다. 꽃무늬 벽지는 다마스크 커튼의 무늬와 짝을 이루었다. 창유리에는 모기장이 늘 드리워 있었다. 낮때에는 파란 술로 장식한 블라인드가 위쪽 유리창을 가렸다.

커다란 마호가니 식탁에는 늦은 간식거리가 놓여 있었다. 시간이 몇 시든 라이알 부인은 누구도 굶주리는 것을 원치 않았다. 도르래에 올려놓은, 불붙이지 않은 석유램프 밑에 크림 크래커와 갤티 치즈, 케이크와 브랜디 스냅*이 놓여 있었다. 한 시간 전 아이들은 침대로 보내버렸고 그들이 마시던 코코아의 앙금이 지금 식탁에 남은 잔 속에 차갑게 식어 있었다.

"그 이야기는 듣지 못했겠네요." 라이알 부인이 말했다. "라하단에서 무슨 일이 있었는지."

금발에 파란 눈, 약간 각진 느낌이 있는 나름대로 잘생긴 레

---

* 원통형의 가운데에 생크림이 들어 있는 생강맛 과자.

이프의 이목구비가 귀를 기울였고, 라이알 부부는 이야기를 주고받았다. 라이알 씨는 사실을 정확하게 전달했고 부인은 그 바닥에 깔린 감정적 의미를 제시했다.

"읍내에 가면 그 이야기가 사람들 입에 오르내리는 걸 듣게 될 걸세." 라이알 씨는 사건들을 이야기하다가 잠시 틈이 생기자 그렇게 보탰다.

부인은 크림 크래커에 치즈를 바르며 고개를 끄덕인 뒤 덧붙였다. "그 아이가 예쁘게 자랐다는 말은 들었어요."

루시 골트는 미소를 지을 때 보조개가 패어서 약간 장난스러워 보였다. 콧마루에는 주근깨가 있었고 눈은 흐릿한 하늘색이었으며 머리카락은 밀처럼 색이 옅었다. 레이프는 고용주들의 차를 몰고 돌아올 때 그 모든 특징을 마음에 담고 있었으며, 지금 이어지는 이야기에 귀를 기울이자 그 이미지가 다시 생생해졌다.

"나에게도 왔었지." 라이알 씨가 말했다. "골트 대위 부부를 찾을 수 없었을 때 말이야. 혹시 연락이 올 수도 있다는 희망은 있었지만 그가 연락할 이유는 없었고 물론 실제로도 아무 소식이 없었지. 정말 슬픈 일이야."

라이알 씨는 램프를 아래로 내리더니 둥근 등피를 벗기고 심지에 불을 붙였다. 라이알 부인은 가슴에서 크림 크래커 부스러기를 쓸어내고 블라인드를 내리러 식탁을 떠났다.

"그 아이가 예쁘다고 할 만한가요?" 그녀가 물었다. "아니면 혹시 아름답던가요? 루시 골트가 아름답다고 할 수 있던가요, 레이프?"

레이프는 그런 것 같다고 대답했다.

*

루시 골트는 그해 여름내 아름다웠다. 무늬 없는 하얀 드레스를 입은 그녀는 아름다웠고 햇빛이 그녀의 보석 없는 귀걸이의 은색 점들에 걸려 반짝거렸다. 그 아이 어머니의 귀걸이였을 거다, 라이알 부인은 그렇게 말했다. 어쩌면 드레스도. 결국 서둘러 떠나게 되면서 남기고 간 거다.

정원 너도밤나무의 넓게 펼쳐진 가지들 밑에서 레이프가 가르치려 하는 것에 제자들이 귀를 기울이지 않는 동안, 거기 있는 줄도 몰랐던 집에서 나온 젊은 여자는 아침마다, 또 졸린 오후마다 레이프의 머릿속을 떠나지 않았다. 킬데어가 중얼거리는 동사 활용을 어렴풋이 들으면서, 잭이 연습장 속표지에 동물 그림 그리는 것을 못 본 체하면서, 레이프는 가끔 혹시라도 실수를 하여 루시 골트의 미소 전에 곧잘 찾아오던 엄숙한 눈길을, 허벅지 위에서 손을 맞잡고 대리석처럼 고요하게 앉아 있던 모습을 묘사할까 봐 자신의 입을 경계했다. 그의 수줍은 회상 속에서 그녀는 차를 따르며, 손님이 잘못 찾아오는 일은 흔치 않다고 말했다.

"강이 하나 있다, 아라르 강, 이것은 하이두이족과 세콰니족의 영토를 통과해 론 강으로 흘러든다." 레이프는 은행 정원에서 천천히 되풀이했다. "에스트 플루멘, 킬데어. 강이 하나 있다. 퀴드 인플루이트 페르 피네스. 이것은 영토를 통과해 흐른다. 이해했어, 킬데어?"

번역은 자일스 박사의 《고전의 열쇠》에서 가져왔다. 레이프는 이른 아침에 침대에 누워서 이 책을 정독했다.

"엘루오룸 에트 세콰노룸은 하이두이족과 세콰니족이야. 이해하겠니, 킬데어?"

"정말로 이해해요."

"그럼 어디 인크레디빌리 레니타테, 이타 우트 논 포시트 유디카리 오쿨리스 인 우트람 파르템 플루아트가 무슨 뜻인지 한번 생각해봐."

잭은 2등변삼각형을 타란툴라 거미로 바꾸어놓았다. 레이프는 삼각형을 하나 더 그리고 그 각에 A, B, C라고 표시를 했다. 오늘 아침은 햇살이 강했기 때문에 두 아이 모두 헐렁한 하얀 모자를 쓰고 있었다.

"자, 잭." 레이프가 말했다.

매주 수요일, 에니실라의 반공일은 그의 반공일이기도 했다. 라이알 씨는 계속 자동차를 빌려주었다. 자신이 두 아들을 위해 찾아낸 가정교사가 소읍 생활의 한계에 답답함을 느끼면 지난여름에 왔던 남자처럼 떠나버릴지도 모른다고 계산했기 때문이다. 레이프는 던가번까지 차를 몰고 가 주변을 산책하고, 캐포퀸으로 차를 몰고 가 그 주변을 산책하고, 밸리코튼과 캐슬마터와 리스모어까지 차를 몰고 갔다. 그는 절벽 근처 집에 다시 가지 않았다. 초대를 받지 못했다.

"그러니까 우리가 A, B와 A, C에 관해서는 뭘 알 수 있지, 잭?"

"알파벳에 있는 글자라는 거요."

"네가 방금 그린 선을 이야기하는 거야. 삼각형의 변."

잭의 발가락이 라이알가의 스패니얼들 가운데 한 마리가 씹고 있던 막대기를 쿡 찔렀다. 아이는 막대기를 슬쩍 걷어찼지만 여전히 자신의 발이 닿는 범위를 벗어나지 않게 했다.

"훌륭한 직선이네요." 잭이 말했다.

"A, B, C 세 각은 어때, 잭?"

"훌륭한······"

"선들은 모두 길이가 같아. 이게 각도에 관해서는 뭘 말해주지, 잭?"

잭은 잠시 생각에 잠겼다가, 또 생각에 잠겼다가, 또 생각에 잠겼다.

"이거, 레니타테, 이게 길다는 뜻이에요?" 킬데어가 물었다. "아주 긴 강, 그런 뜻이에요?"

"인크레디빌리 레니타테, 믿을 수 없을 만큼 부드럽게."

"뇌가 아프네요." 잭이 말했다.

하녀 딤프나가 레이프의 오전 차와 비스킷이 담긴 쟁반을 들고 잔디밭을 가로질러 왔다. 아이들은 둘 다 그녀를 보자마자 자리에서 일어섰다.

"하이두이족과 세콰니족은 정말 재미있어요." 킬데어는 동생과 함께 달아나기 전에 예의 바르게 한마디 했다.

수요일 저녁이면 레이프는 늘, 오후에 차를 몰고 어디에 갔다 왔느냐는 질문을 받았고 그가 산책한 동네들을 말하면 그들에게서 실망감이 느껴졌다. 라이알 부부는 그가 설사 초대받지 못했다 해도 다시 라하단을 찾아가길 바라는 것이 분명했다. 그는 라이알 씨가 이 또한 자기 자식들의 가정교사가 일을 계속하도록 보장하는 하나의 요소라고 생각한다는 것, 그리고 라이알 부인은 그보다 강한 감정을 담아 마침내 외로운 처녀에게 벗할 사람이 생겼다고 판단한다는 것을 느낄 수 있었다. 그러나 도대체 어떻게 그냥 그 진입로로 차를 몰고 갈 수 있으며, 어떻게 우정이 이미 시작된 척할 수 있을까? 그런 종류의 말은 나오지도 않았는데.

그러나 어느 수요일 레이프는 차를 몰고 진입로가 시작되는 곳으로, 사람이 살지 않는 문간채와 여름 관목 속에 감추어진 대문으로 갔다. 그곳에서 속도를 늦추기는 했지만 안으로 들어가지는 않았다. 그 대신 계속 차를 몰고 가다 결국 바닷가로 가는 길을 발견하여 그곳에서 멱을 감고 햇볕을 받으며 누워 있었다. 조약돌 해변이나 그 자신의 맨발 자국이 희미하게 남아 있는, 물에 씻긴 부드러운 모래밭에 다른 사람은 아무도 나타나지 않았다. 흰 천이 펄럭거려 그의 고독을 방해하지도 않았고, 손가락처럼 바닷속으로 길게 뻗어 나온 먼 바위들 위로 가냘픈 형체가 나타나지도 않았다. 차를 몰고 바닷가를 벗어나면서 그는 다시 진입로와 문간채를 발견했다. 그는 잠시 기다렸지만 그곳에서도 아무도 나타나지 않았다.

다른 날에는, 레이프는 매일 저녁 에니실라의 길게 뻗은 중심가를 따라 걸어가다 발을 멈추고 상점 진열창을 들여다보면서 맥메나미네 가게에 걸린 고기, 돔빌네 포목점에 있는 마네킹, 오헤이건네 가게나 홈 앤드 콜로니얼의 식료품과 시간을 보내기도 했다. 빨간색과 녹색 액체가 담긴 거대한 유리 증류기는 웨스트베리 약국의 상징이었다. P. K. 개철의 경매소에는 가구가 가득했다. 침대와 옷장과 탁자, 서랍장, 의자와 책상과 그림. 픽처 하우스 영화관의 진열장에 들어 있는 영화 속 장면 사진은 일주일에 세 번 바뀌었다.

레이프는 센트럴 호텔의 바에서 〈아이리시 타임스〉와 〈코크 이그재미너〉를 읽었다. 낮은 등대와 기차역을 지나쳤고 여름철 하숙집—퍼시픽, 애틀랜틱, 미스 미드, 상 수시—옆을 걷기도 했다. 산책로에 나가 개를 산책시키는 커플들, 수녀들, 사제들, 그리스도교 형제들 사이를 어슬렁거렸다. 수녀원 부설 학교에 다니는 여학생들이 노란색과 파란색으로 칠해진 야외 음악당 옆에서 수다를 떨거나 방파제에 앉아 다리를 흔들었다.

가끔 그는 코크 거리의 군부대를 지나 걸었고 그 너머 멀리 시골로 들어가보기도 했다. 가끔 읍내 아래쪽의, 품위 있다고는 할 수 없는 거리들을 탐사하기도 했다. 그곳에서는 아이들이 맨발로 뛰어다니고, 숄을 걸친 여자들이 구걸을 하고, 남자들은 길모퉁이에서 동전 던지기 놀이를 했다. 지저분한 주거지에서는 가난의 냄새가 스며 나왔다. 강둑길을 따라가면 개신교 교회가 나왔고 그 근처에 백조들이 둥지를 틀고 있었는데, 이 읍의 이름은 그 백조에서 따온 것이었다. 어느 날 저녁 레이프는 교회 묘지의 무덤들 사이에서 나이 든 성직자를 만났다.

"아일랜드 은행 집 애들을 가르친다면서." 성직자가 손을 내밀며 말했다. "나는 크로스비 신부야."

레이프는 이런 식으로 말을 걸어오는 데 놀랐으나 웃음으로 그것을 감추었다. 그는 크로스비 신부의 설교를 들은 적이 있었다. 부모가 둘 다 일요일 아침 예배에 참석하고 싶어 하지 않는 드문 경우에 자신이 맡은 아이들과 함께 교회에 가는 것도 그의 담당이었기 때문이다.

"가르쳐보려고 최선을 다하고 있습니다." 그는 성직자에게 자기 이름을 말한 뒤 그렇게 대답했다.

"아 그럼, 틀림없이 아주 잘할 거라고 생각해, 레이프. 그건 그렇고 웩스퍼드 카운티에서 온 것으로 알고 있는데 맞나?"

"네, 맞습니다."

"오래전에 고리에서 부제로 있었어. 웩스퍼드는 얼마나 재미있는 곳인지!"

"그렇습니다."

"그 다양함이 자랑이지."

레이프는 그 말이 무슨 뜻인지 몰라 다시 웃음을 지었다. 크로스비 신부가 말했다.

"라하단에 가봤단 얘기를 들었어."

"차를 몰고 가다 우연히 들렀습니다. 라이알 씨가 친절하게도 그 집 차를 운전하게 해주었거든요."

"아주 친절한 분이지. 게다가 세상에서 가장 친절한 부인과 살고 있고." 크로스비 신부는 잠시 말을 끊었다. "루시 골트를 만났다고, 그렇게 들었어."

"네, 만났습니다."

"그래, 그거 아주 좋은 일이야, 레이프. 자네가 거기 들렀다는 소식보다 더 기분 좋은 게 없었어. 크로스비 부인에게도 그보다 기분 좋은 일이 없었고. 우리는 똑같이 기뻐했어."

크로스비 신부의 경쾌한 태도, 레이프의 어깨에 친근하게 올려놓은 손, 의욕적으로 끄덕거리는 고개 때문에 레이프는 얼굴을 붉혔고 홍조는 일단 시작되자 넓게 퍼지면서 짙어졌다. 이야기되는 것에는, 목소리의 음조에는, 레이프도 사실이기를 바라지만 그렇지 않은 것이 분명한 가정에는, 감추어진 뜻이 있었다.

"루시 골트의 여름 벗이라니 감사할 만한 멋진 일이야."

"한 번밖에 안 가봤는데요."

"다시 갔다는 말을 듣는다면 우리 모두에게 얼마나 즐거운 일이겠어. 그리고—아, 그래, 분명해—루시 골트에게도 얼마나 즐거운 일이겠어."

"실은 다시 오라는 초대를 못 받아서요."

"이 부근에서는, 레이프, 기분이 내키면 그냥 들르고, 노커를 들어 올리고 하는 게 흔히 있는 일이야. 웩스퍼드는 예의를 차리는 곳이지, 레이프, 그건 인정해. 펀스의 주임 신부와는 아는 사이겠지, 아마도?"

"아쉽지만 아닙니다."

"아, 그렇구먼. 그래, 여기서는 일을 가볍게 받아들여. 예법을 그렇게까지 안 갖춰도 그러려니 한다고. 사교적인 면에서." 신부는 갑자기 엄한 말투로 덧붙였다. "쌀쌀맞게 구는 건 우리 사이에서는 용납이 안 되지. 안 되고말고."

"물론." 레이프가 입을 열었다, "저는 그런 사람은……"

"그럼, 물론 아니겠지. 내 뼛속 깊이 느껴져. 크로스비 부인도 마찬가지고. 설리번 씨하고는 마주친 적 있나?"

"설리번 씨요?"

"설리번 앤드 페들로 사무소. 변호사·선서 감독관 사무소의 설리번."

레이프는 고개를 저었다.

"설리번 씨는 골트 대위 부부를 찾으려고 온 세상을 뒤졌어. 그러는 동안에도 돌아가는 상황에서 눈을 떼지 않았지. 루시에게서도 눈을 떼지 않았어. 시간이 날 때, 모든 직업적인 의무를 떠나서 루시의 행복과 생계에 관심을, 레이프, 관심을 가졌지. 그 막사 같은 집의 수리와 유지에 관심을 가졌어. 할 수 있는 일은 별로 없었지, 여윳돈이 없으니까. 약간의 땅뙈기와 그곳에 있는 소 떼는 몇 세대에 걸쳐 골트 집안이 편안하게 살아왔다는 눈에 보이는 외적인 표시였지. 라하단은 계속 분투해왔고 지금도 그렇게 분투하도록 손쓴 사람이 설리번 씨야. 나는 설리번 씨한테 말했어—이 얘기를 하려고 길에서 불러세웠지—그이가 좋은 사람이라고 말이야. 그랬더니 나온 대답은 자기가 전에 라하단에서 여러 번 식사를 했고 또—대위가 있던 시절에나 그 전에나—어두워져 집에 가기가 어려웠을 때 그곳에서 여러 번 잠을 잤다는 거야. 그이는 자신의 자애로움을 두고, 레이프, 그게 그저 자신이 받은 환대에 대한 값이라고 주장하는 거야."

레이프는 고개를 끄덕였다. 두 뺨에서 불그레한 빛은 이미 사라졌다. 그는 이 만남을 어서 끝내고 싶은 마음이었으나 방법을 알 수가 없었다.

"자네가 라하단까지 갔다는 얘기가 설리번 씨 귀에 들어갔지. 내 귀에 들어왔듯이 말이야. 그게 설리번 씨한테 기쁨을 줬어, 레이프. 크로스비 부인하고 나한테 그랬듯이 말이야. 우리는 감사했지. 마음속 깊이 감사했어."

"그날은 길을 잘못 들었습니다."

"또 잘못 들게, 레이프. 내 간절히 원하는데, 또 잘못 들라고. 자기 세대 사람하고는 전혀 어울리지 않는 처녀와 좀 어울려주기를 간절히 바라네. 이루어야 할 일을 이루지 않은 채로 내버려두지 않기를 간절히 바라. 정말로 간절히 바라. 다시 그 쓸쓸한 집에 가게나, 레이프."

이렇게 과장되게 장황한 말을 늘어놓더니 크로스비 신부는 레이프에게 손을 내밀고 제 갈 길을 갔다.

*

내리긋기와 둥근 고리, 흐름과 필체에 관한 모든 지침을 따르는 묘하게 완벽해 보이는 글씨로 쓴 루시 골트의 편지가 마침내 도착했다. 레이프가 아주 은밀하게 품어온 그 이름은 편지의 다른 단어들과 마찬가지로 비스듬하게 기울어 있었다. 세상의 모든 시로도 이 이름을 확인했을 때의 힘을 포착할 수는 없다. 레이프는 확신했다. 세상의 모든 시도 너도밤나무 잎이 무성한 가지들 밑에서, 아이들을 가르치며 그때 그가 느낀 행복감을 반영하지 못한다. "아, 오늘은 읽기만 할 거야." 편지가 온 날 아침 그는 웃음을 지으며 외치고 나서 《어느 평범한 사람의 일기》를 소리 내어 읽었다. 그동안 킬데어는 졸았으며 잭은 아무깃돌을 그렸다.

차와 비스킷이 담긴 쟁반이 와서 아이들이 달아나자 마음껏 음미하며 느릿느릿 편지를 다시 읽을 기회가 생겼다. 호주 머니에서 편지를 꺼내어 천천히 펼치자 파란 잉크로 적힌 흰 종이에 그림자가 얼룩졌다. 별도로 보관해둔 봉투도 지금 살펴보았다. 크로스비 신부의 간청, 라이알 부부의 입 밖에 내지 않은 소망은 이제 레이프의 천성적 특징인 고집스러운 수줍음과 충돌하지 않았다. 모든 것이 달라진 이 몇 시간 동안 짧은 몇 문장과 이름을 적은 필체를 물끄러미 바라보는 것은 무척이나 기쁜 일이었다.

영원히 떠나기 전에 와서 작별 인사를 해주세요. 다시 와서 차를 드세요. 원하신다면. 루시 골트.

다른 것은 없었다, 주소와 그 밑의 날짜뿐. 1936년 8월 5일.

5

루시 골트의 편지가 아일랜드 은행 윗집에 도착한 날, 저녁 산책 때 레이프가 자주 지나치는 군부대에서 신병 모집을 했다. 징병 장교는 키가 크고 뺨이 홀쭉한 데다 거무스름하고 강렬한 눈이 특히 인상적인 남자를 보았는데, 장교가 받은 느낌은 이 남자가 괴로워하고 있다는 것이었지만 의학적으로 건강하다고 판정이 났기 때문에, 통상적인 방법으로 면접을 본 후 군복을 입을 자격이 있다고 판정이 났기 때문에, 장교는 이름과 나이와 책임 복무 기간 등의 세부 사항을 기록한 서류에 도장을 찍었다. 타자기로 친 이름의 철자가 틀리다, 신병이 그렇게 지적하자 장교는 잘못 쓴 이름에 두 줄을 긋고 **호라한**이라고 다시 적어 넣었다.

나중에 연병장에서 이 신병은 외따로 서 있었다. 그는 주위의 임시 막사, 변소, 핸드볼 코트를 둘러싼 높은 담, 구석에서 어슬렁거리는 병사들을 둘러보았다. 그는 군대의 규율과 시끄러운 공동생활, 발을 맞춘 행군과 건강한 피로가 집 칠장이나 기차역 잡역부라는 외로운 직업보다는 자신의 괴로움에 이롭기를 기대하며 입대했다. 오늘까지 함께 살았던 어머니는 그가 그런 의향을 밝히자 울었다. 그녀는 그가 기차역에서 일하던 시기에 이미 그에게 일어난 변화를 체념하고 받아들였다. 그런 변화에도 불구하고―아니, 그런 변화 때문에 그녀는 곧잘 그렇게 생각했다―그는 좋은 아들이었고, 청결하고 깔끔했으며, 해가 갈수록 더 그렇게 되었다. 그러다가 갑자기 군대에 간다는 생각이 머릿속에 들어와 박힌 것인데, 이는 그녀가 겪은 가장 괴로운 충격이었다. 그녀는 군 생활에 당연히 따르는 위험을 두려워했으며 그런 위험에 노출되는 것이 아들에게 적합하지 않다고 생각했다.

연병장에서 신병은 주위에 서 있는 병사들에게 부대 예배당이 어디 있는지 물었다. 병사들은 담배를 피우며 쉬고 있었고 재킷 맨 위 단추는 풀어놓았다. 부대에서 낯익은 얼굴이 아닐 때는 보통 그러듯 신참을 놀려주자고 생각한 병사들은 그를 엉뚱한 방향으로 보냈고 그는 결국 쓰레기가 반쯤 차 있는 구덩이에 이르게 되었다. 파리가 떼 지어 몰려다니고 검은 점박이 똥개가 깡통과 뼈를 헤집고 있었다. 신병은 주위를 둘러보았다. 그는 기둥과 철조망으로 표시된 부대의 경계에 와 있었다. 그는 왔던 곳으로 다시 걸어갔다. 그는 방향을 다시 묻지 않고 혼자 예배당 가는 길을 찾아 나섰다가 멀리서 지붕의 검은 나무 십자가를 보았다.

안은 텅 비어 있었으며 광택제를 바른 장의자들은 가늘게 찢겨 들어오는 햇빛을 받아 노란색으로 번쩍였다. 병사는 성수반에 손끝을 담갔다가 그 손으로 성호를 그었다. 제단 쪽을 바라보며 그었다. 이윽고 그는 찾던 것을 발견했다. 동정녀 마리아의 석고상이었다. 그 앞에는 촛불이 하나 타오르고 있었다. 이곳에서 그는 무릎을 꿇고 조국에 대한 봉사의 보답으로 마음의 평화를 얻게 해달라고, 밤이면 그를 짓누르며 괴롭히고 낮이면 기억에 출몰하는 집요한 꿈들이 멈추게 해달라고 간청했다. 동정녀가 자신을 위해 개입해줄 것을 간청하고, 자신의 복종을 선언했으며, 자신의 곤경을 제발 살펴달라고 빌었다. 그러나 기도를 끝냈을 때 예배당에는 정적뿐이었다. 나중에 그가 기도하는 곳마다 늘 그랬듯이.

"뭐라고?"그날 다른 병사가 그에게 물었지만 신병은 자신이 무슨 말을 했다는 사실을 부인했다. 물론 그랬다는 것은 알고 있었다.

"뭐라고 그랬잖아, 이 사람아."

"이 바지를 입으면 계속 다리가 가려울까?"

"네가 한 말은 그게 아니잖아."

그도 알았지만 그가 한 말은 이제 사라졌고 찾을 수가 없었다. 그 자신도 그게 뭔지 알지 못했다. 그는 얼마 전 크고 매끄러운 벽돌로 지은 커다란 정신병원의 창틀을 칠하다가 입원 환자들과 친해졌다. 자신이 그들과 함께 그곳에 있어야 할 사람이라는 것, 언젠가 그들과 제한된 삶을 공유하게 될 것이라는 게 그의 계속되는 두려움이었다.

6

멀리서 자동차 소리가 들리자 마당의 개들이 짖었다. 배나무 아래 따뜻한 자갈밭에서 쉬던 개들이 천천히 뛰어나오다가 다시 돌아가라는 헨리의 손가락질을 받았다. 그는 오늘 오후에 손님이 올 것을 알았고 손님이 누구인지도 알았다. 그는 마당과 집 앞쪽을 가르는 담의 아치형 입구에서 개들이 자신의 손짓에 복종하는 것을 지켜본 후 몸을 돌려, 지금 기다리고 있는 차가 지난번에 왔을 때 세워져 있던 아치형 입구 옆에 몸을 기댔다. 이번에도 담배를 더듬어 찾았다. 그때 그랬던 것처럼.

헨리는 브리짓에게서 그날 왔던 청년이 다시 온다는 말을 들었을 때 아무 말도 하지 않았다. 감정을 드러내지 않는 그의 이목구비는 계속 흔들림이 없었다. 그러나 대답이 없다는 것은 그의 부인에게는 전혀 중요하지 않았다. 그는 어떤 소식을 전해주어도 아무 말 하지 않는 쪽을 택하는 경우가 많았기 때문이다. 이런 과묵함은 때로는 헨리의 생각의 흐름을 반영하기도 했고, 때로는 그가 드러내고 싶어 하지 않는 것을 감추기도 했다. 레이프가 다시 온다는 정보를 들었을 때는 감추는 쪽이었다.

그는 레이프의 인사에 답해 경례하듯 왼손을 들어 올렸다. 오른손으로는 성냥과 우드바인 담뱃갑을 다시 바지 호주머니에 집어넣었다. IF 19, 그는 전에 그랬던 것처럼 번호판을 읽었다. 그 자동차는 커다란 낡은 르노였다.

몇 주 전 일요일, 킬로런에서 미사에 참석한 뒤 헨리는 그 차에 관해 도로에서 작업하는 사람한테 물어보았다. 그는 그 차가 라이알 씨의 것이고 일주일에 한 번 라이알 씨가 그 차를 몰고 에니실라에서 던가번까지, 아일랜드 은행 지점까지 간다고 말해주었다. 이 청년이 낯선 사람처럼 보임에도 어쩌다 그것을 몰고 있는지, 도로 작업 하는 사람은 그것까지는 알지 못했다. 브리짓은 지난번에 청년이 왔을 때 엿들은 것을 기초로 그가 선생인 것 같다고 말했지만 전체적으로 아귀가 맞지 않고 모호한 것들이 많았다.

"왔네." 헨리는 부엌에서, 그 말을 했을 때 자신이 기뻐하지 않는 것만큼이나 아내는 기뻐하고 있음을 느꼈다.

"있잖아요, 그 청년이 라이알네 아이들을 가르치고 있대요." 브리짓이 말했다. "애가 오늘 아침에 그 얘기를 해주더라고요.

지금 은행에 묵고 있대요."

"그럼 머지않아 왔던 곳으로 돌아가겠네?"

"그래서 애가 청년한테 편지를 쓴 거예요. 가기 전에 또 오라고 말하려고."

"편한 대로 하는 녀석이군."

"아, 착한 젊은이예요."

"나는 그런지 모르겠는데."

브리짓은 이런 의견 충돌을 더 밀고 나갈 만큼 어리석지 않았다. 그 대신 그녀는 말했다.

"차 마실 때 또 벌집을 가져오래요."

"밖에 탁자를 펼게."

헨리가 좁은 널을 이어 붙여 만든 탁자를 들고 자갈밭을 가로지를 때 청년은 차에 몸을 기댄 채 기다리고 있었다. 헨리는 전에 그랬던 것처럼 탁자를 수국 잔디밭에 펼치고 역시 전과 마찬가지로 흰색으로 칠한 의자 두 개를 가져다 놓았다. 그는 마당으로 돌아가다 청년 옆을 지나며 말했다.

"잉글랜드에서 건너오셨나요, 선생님?"

"에니스코시 근처에 삽니다. 잉글랜드에는 가본 적이 없어요."

"하긴, 귀찮게 뭐 하러 가겠습니까?" 헨리는 마지못해 인정한다는 뜻으로 고개를 끄덕이다 라이알 씨의 자동차 쪽으로 몸을 기울였다. "저건 잘 움직이죠, 그렇죠?"

"빨리 달리지 않으니까요."

"흙받기에 약간 우묵한 데가 몇 군데 있는 것 외엔 멀쩡해요. 저번에 눈여겨봤지요. 잘 돌본 차더군요."

"네."

"뭐든 잘 돌본 걸 보면 기분이 좋지요. 나는 2륜마차가 제대로 굴러가게 손봅니다. 두어 해 전에는 그 사냥개 마차*에 칠까지 해주었지만 그래도 여전히 흔들흔들해요."

디키 좌석을 열어주었기 때문에 헨리는 녹색 시트커버를 씌운 좌석을 볼 수 있었다. 엔진 덮개의 걸쇠를 풀어 뒤로 젖혀주었기 때문에 엔진도 살필 수 있었다. 헨리는 감탄하며 머리를 흔들었다. 이 차는 값어치가 좀 있다, 그는 말했다.

"라이알 씨 거죠."

"선생이 거기 묵고 있다는 이야기를 들었습니다. 저기 아가씨가 나오시네요."

헨리는 천천히 자리를 떴다. 자동차에 관해 대화를 나누고 나니 기분이 나아졌다. 그는 뒤에서 이야기되는 것에 귀 기울였다. 대화가 더듬더듬 편치 않게 이어지고 있었다. 청년은 일찍 온 것을 사과하고 괜찮다는 답을 들었다.

---

* 밑바닥에 사냥개 태우는 칸이 달린 2륜마차.

"이미 떠났을지도 모른다고 생각했어요." 루시가 말했다. "제 편지가 전달되지 못했을지도 모른다고도 생각했고요."

"에니실라에 몇 주 더 있을 겁니다."

"편지 받고 기뻤어요."

수요일에 가겠습니다, 레이프는 그렇게 쓰고 저녁 우편에 늦지 않으려고 서둘러 움직였다. 그 뒤로 엿새가 흘렀고 그 동안 매일매일 이제 어떻게 될 것인지 상상했다. 카이사르의 갈리아 전쟁이 진전되고 기하학이 잭을 골탕 먹이는 동안, 레이프는 그녀가 지난번과 똑같이 미소를 지을지 궁금해하면서 침묵이 계속 이어지는 일은 없게 하겠다고 결심했다. 그녀가 이번에는, 그들이 지난번에 만난 이후로 다른 사람들이 그에게 하던 이야기를 할까? 그에 관한 이야기를 듣는 것이 그녀에게 지루할까? 그가 기숙학교에서 사귄 친구들 이야기는? 언젠가 상속받게 될 목재 저장소와 제재소 이야기는? 그런 이야기 중 어느 것이라도 그녀의 흥미를 끌까, 그녀의 모든 것이 그의 흥미를 끌듯이?

"나는 벌을 키워요." 그녀가 말했다. "전에 이야기했던가요?"

"아니요, 하지 않았습니다."

"심지어 내 이름도 말하지 않았죠. 하지만 지금은 알고 계시죠."

"네, 압니다."

"골트 집안 이야기도 들으셨겠네요."

"아, 별로."

그런 이야기가 있었다는 사실을 부인하는 것이 자연스럽다고 느껴졌다. 그러나 그는 에니실라에서 유명한 그 이야기가 부정적인 영향을 주기는커녕 오히려 사모하는 마음을 강화시켰다고 말하고 싶었다. 그러나 그것은 불가능한 일이었다, 그녀는 그의 마음을 알지 못했기 때문이다. 그는 심지어, 자신도 아직 유년기를 벗어난 지 얼마 되지 않았기 때문에, 그녀가 사랑하는 것을 아무런 항의 없이 버려야만 했을 때 아이로서 그녀의 감정이 어떠했을지 짐작할 수 있다고도 주장할 수 없었다. 하지만 그 시절의 그녀를 생각하면서 그는 그녀가 어떠했을지 분명하게 볼 수 있었다. 동시에 행복할 것이라 다짐받았던 기숙학교에서 느꼈던 자신의 무력감, 눈물로 흠뻑 젖은 베개, 강제로 떠나온 집—그곳에 계속 있으려면 애정을 바쳐야 했으나, 그것이 부족하여 배신하고 만 천국처럼 보였다—이 기억났다. 그 낯선 어둠 속에서 어머니의 잘 자라는 포옹이 얼마나 부드럽게 느껴졌던지, 아버지 제재소의 달가닥 소리가 얼마나 음악처럼 느껴졌던지, 집 층계의 카펫이 얼마나 부드럽게 느껴졌던지! 그러나 그의 환상들을 박살 낸 지옥은 아직 그의 주위에 다 펼쳐진 것도 아니었다. 불편, 추위, 비난에 의한 규율 잡기와 관련하여 여러 가지 험한 이야기가 오갔다. 그다음에도 타버린 아침 오트밀, 양배추 수프의 악취가 등장한다.

그들이 차 옆에 서 있는 동안 침묵이 쌓여갔다. 레이프는 자신도 유년의 덫들에 관해 안다고, 또 자신의 경험이 그가 사랑한다고 믿고 있는 여자에게 여전히 계속되고 있는 일과 비교하면 하잘것없다는 것도 잘 안다고 말하고 싶었다. 그런 공감도 사랑의 일부였으며 좋아하는 마음만큼이나 부드러웠다.

"벌통 보고 싶으세요?"

그녀는 전과 다른 하얀 드레스를 입고 있었다. 소매는 팔의 반쯤 내려왔고 깃도 달랐다. 목걸이는 아주 작은 진주 혹은 진주처럼 보이는 것이었다.

"네, 부탁드립니다." 그가 말했다. 그들은 함께 널찍한 아치형 입구를 통과하여 마당으로 들어갔고 마당을 건너 과수원으로 갔다. 양치기 개 한 마리가 어슬렁어슬렁 뒤따라왔고 다른 한 마리는 여전히 배나무 아래 늘어져 있었다.

"바스의 미녀." 그녀는 늙고 비틀린 가지에 한데 모여 달려 있는, 아직 익지 않은 사과의 품종을 이야기했다. "케리 피핀스. 조지 케이브." 그녀는 한 줄로 늘어선 벌통을 가리켰지만 그가 더 가까이 다가가는 것은 원치 않았다.

"아름답네요, 이 과수원." 그가 말했다.

"네, 그래요."

그들은 그곳을 지나 방치된 정원으로 갔다. 그 옆 무너진 온실에는 라즈베리가 제멋대로 자라고 있었다. 그들은 집 반대편으로 나왔다. 그들이 있는 밭을 둘러싸는 울타리가 시작되는 곳이었다.

"산책 좀 할까요?"

그녀가 그 말을 했을 때 레이프는 그녀를 루시라고 생각했다. 함께 있는 동안 처음 있는 일이었다. 루시 골트, 그는 그렇게 적힌 것을 보았다. 그녀가 쓴 대로였다. 다른 어떤 이름도 그렇게 딱 맞는다는 느낌이 들지 않을 터였다.

"네, 그럼요."

그들은 한 밭에서 다음 밭으로 넘어갔고 이어 감자가 자라는 밭 가장자리를 따라 걸었다.

"오라일리네 거예요." 그녀가 말했다.

그녀가 절벽을 내려가는 길을 앞장섰다. 조약돌 해변을 지나 갈매기들이 자기 땅이나 되는 것처럼 활보하는 부드럽고 축축한 모래밭으로 갔다. 조수가 가죽 끈 같은 해초들을 남겨두고 간 곳이었다. 조개들이, 박힌 곳에서 고개를 살짝 내밀고 있었다. 그녀가 말했다.

"'이 여자는 절름발이야!' 그런 생각을 하고 있군요."

"그런 생각 하고 있지 않았습니다."

"전에 알아챘겠죠, 물론."

"그렇게 눈에 띄지 않습니다."

"모두가 알아채요."

다리를 저는 게 그녀를 더 그녀답게 만든다, 그는 생각했다.

그는 어쩌다 그렇게 되었는지 알고 있었다. 라이알 부인이 물었을 때 그는 그것이 전혀 보기 흉하지 않다고 말했다. 지금도 그렇게 말할 수 있었지만 수줍음 때문에 말이 밖으로 나오지 않았다.

"저기가 킬로런이에요." 그녀는 먼 부두와 그 너머의 집들을 가리켰다. 그녀의 펼친 손가락들이 너무 가늘고 연약하여 그는 그 손을 잡아 꼭 쥐고 싶었다.

"언제 가보셨나 보군요."

"나는 킬로런에서 학교를 다녔어요. 우리 교회는 함석 오두막이죠."

"본 것 같습니다."

"나는 에니실라에는 절대 들어가지 않아요."

"에니실라를 좋아하지 않나요?"

"거기 갈 이유가 없어요."

"거리에서 보게 될지도 모른다고 생각했는데 한 번도 못 봤습니다."

"에니실라에서는 뭘 하세요? 머무는 곳은 어떻게 생겼어요?"

그는 은행 윗집을 묘사했다. 저녁에 한가하면 거리를 배회한다고, 자주 야외 음악당이나 센트럴 호텔의 텅 빈 바에 앉아 책을 읽거나 산책로를 걷는다고 말했다.

"다시 차 마시러 와달라고 해서 싫지 않으셨어요? 지루하세요?"

"당연히 싫지 않았죠. 당연히 지루하지 않습니다."

"왜 '당연히'예요, 레이프?"

그녀가 처음으로 그를 레이프라고 불렀다. 그는 또 그래 주기를 바랐다. 그는 영원히 이 바닷가에 있고 싶었다. 여기서는 단둘뿐이었기 때문이다.

"내 느낌이 그러니까요. 절대 지루할 리가 없죠. 아주 좋았습니다, 편지를 받게 되어서."

"남았다고 한 몇 주가 정확히 얼마나 되나요?"

"3주입니다. 아이들이 학교로 돌아갈 때까지죠."

"어때요, 그 아이들은?"

"아, 애들은 괜찮습니다. 내가 이렇다 할 선생이 못 되죠, 그게 문제입니다."

"선생이 아니면 그럼 뭐예요?"

"아무것도 아닙니다, 사실."

"오, 아무것도 아닐 수는 없죠!"

"아버지한테 제재소가 있어요. 결국은 그걸 소유하게 될 겁니다. 어, 그럴 것 같아요."

"그러고 싶지 않은데요?"

"다른 어떤 것에서도 소질을 발견하지 못했습니다. 지금까지는 온갖 종류의 것들이 되고 싶어 해보려고 애를 썼습니다만."

"뭐가 되고 싶어 애쓰셨나요? 배우?"

"오, 맙소사, 연기는 못합니다!"

"왜요?"

"그런 쪽이 아니에요."

"그런 쪽일지도 모르죠."

"전혀 그렇게 생각하지 않는데요."

"나 같으면 모든 걸 해보겠어요. 무대도 한번 시도해보겠어요. 부자하고 결혼해보려고도 하겠어요. 이름이 뭔가요, 가르치는 애들은?"

"킬데어하고 잭요."

"킬데어라니 이상하기도 해라! 정말 이상한 이름이야!"

"집안사람에게서 물려받은 이름이에요, 아마 그럴 겁니다."

"킬데어 백작들이라고 있었죠. 또 카운티 이름도 있어요."

"읍 이름도요."

"인도에 잭이라는 삼촌이 계셔요. 아버지의 형이죠. 기억은 나지 않아요. 라하단에 책이 몇 권 있는지 아세요?"

"아니요."

"4027권 있어요. 아주 오래됐죠. 일부는 그래서 바스러지고 있어요. 어떤 것들은 펼쳐본 적도 없고요. 내가 몇 권이나 읽었는지 아세요? 맞힐 수 있어요?"

레이프는 고개를 저었다.

"512권이에요. 어젯밤에는 《허영의 시장》을 두 번째로 다

174

읽었어요."

"나는 한 번도 읽은 적이 없네요."

"아주 좋은 책이에요."

"곧 한번 읽어보겠습니다."

"그만큼 읽는 데 몇 년이 걸렸어요. 학교를 졸업하고 나서부터 읽기 시작했죠."

"당신에 비하면 저는 뭘 읽었다고 할 수도 없군요."

"가끔 해파리가 이곳까지 쓸려 와요. 가엾은 것들, 하지만 집어 들면 따끔하게 쏴요."

그들은 바위 속 웅덩이들 사이를 걸었다. 말미잘과 새우가 있는 곳이었다. 그들을 따라온 양치기 개가 앞발로 해초 덩어리를 쑤셨다.

"내가 책을 센 게 이상하다고 생각하세요?"

"아니요, 전혀."

그는 그녀가 세는 상상을 했다. 손가락이 책꽂이 선반을 따라 책등에서 책등으로 옮겨 가고 그런 뒤에 아래 선반에서 다시 시작하고. 지난번에 왔을 때는 집 안까지 초대받지 못했다. 오늘은 방을 보게 될지 궁금했고 보게 되기를 바랐다.

"나도 왜 셌는지 모르겠어요." 그녀는 말하더니 정적이 길어지자 덧붙였다. "이제 돌아가야 할 것 같아요. 차 마신 다음에는 다른 곳을 걸을까요?"

그녀는 책에 대해 말한 것을 후회했다. 그 이야기를 할 생각은 아니었다. 그냥 《허영의 시장》이야기만 할 생각이었다, 어쩌면 윌리엄 메이크피스 새커리*라는 이름으로 그의 관심을 끄는 데까지는 나아갈 수도 있었을 것이다. 메이크피스라는 이름은 킬데어라는 이름만큼이나 특이했고 그녀는 그 이름의 리듬이 좋았기 때문이다. 별나게 들렸으리라. 책 4027권을 세다니. 하지만 이상해 보이냐고 물었을 때 그는 단호하게 고개를 저었다.

그녀는 브리짓이 만든 스펀지케이크를 자르며 킬로런에서 스크리빈스네 스위스 롤을 살 걸 그랬나 하는 생각을 했다. 스펀지케이크는 끈적끈적한 느낌이었고 칼은 마음대로 쓱쓱 들지 않았다. 브리짓의 손은 빵의 경우에는 절대 그런 일이 없었지만 케이크는 서툴렀다.

"고맙습니다." 그녀가 자른 케이크 조각을 집어 들며 그가 말했다.

"썩 훌륭하지는 않을지도 몰라요."

"맛있는데요."

그녀는 그의 차를 따르고 우유를 탄 다음 자신의 차를 따랐

---

*《허영의 시장》의 저자.

다. 둘 다 말이 없으면 무슨 말을 해야 할까? 오늘 아침에 그녀는 물어볼 질문들을 생각했지만 기억나는 것은 이미 다 물어보았다.

"에니실라에 와서 좋은가요, 레이프?"

"아, 그럼요. 좋습니다."

"정말로 이렇다 할 선생이 못 되시나요?"

"어, 라이알가의 아이들을 이렇다 하게 가르치진 못했습니다."

"어쩌면 아이들이 이렇다 하게 배울 생각이 없는 걸 수도 있죠."

"맞아요, 없습니다. 조금도 없어요."

"그럼 그쪽 잘못이 아니죠."

"하지만 저도 양심이 있으니까요."

"저도 있어요."

그녀는 그 말을 할 생각이 아니었다. 그녀는 자신의 양심 이야기는 하지 않겠다고 결심했었다. 그것은 낯선 사람에게는 재미없는 이야기였고, 그녀가 너무 많은 것을 말할 수도 있었기 때문이다.

"저는 남자애들은 못 가르칠 것 같아요." 그녀가 말했다.

"아마 가르칠 수 있을 겁니다. 저만큼은 잘."

"라이알 씨를 기억해요. 콧수염을 길렀죠."

"라이알 부부는 저한테 잘해주십니다."

"돔빌네 가게에 기억나는 남자가 한 명 있어요. 몸에 힘줄이 다 드러나는 남자인데 아주 키가 크고 넥타이를 꽉 조여 매요. 이름을 알았는데 지금은 기억나지 않네요."

"저는 돔빌네 가게에는 가본 적이 없습니다."

"머리 위쪽의 귀여운 철로에 나무 공이 굴러와서 거스름돈을 줘요. 내가 왜 하얀 드레스를 입었는지 궁금해요?"

"어……"

"내가 가장 좋아하는 색깔이에요. 어머니가 가장 좋아하는 색깔이기도 했고."

"흰색이 가장 좋아하는 색이라고요?"

"네, 그래요." 그녀가 스펀지케이크를 다시 내밀었으나 그는 고개를 저었다. 스크리빈스네 롤을 잘라서 직접 탁자에 갖다 놓을 수도 있었는데. 속에 바닐라 크림이 든 초콜릿 롤, 다른 게 없으면 그냥 잼만 든 것이라도. "에니실라는 어떤지 얘기해 주세요." 그녀가 말했다.

그러자 말이 이어졌다. 언덕 위 수도원, 픽처 하우스 영화관, 긴 중심가, 작은 등대. 그 뒤에 그녀는 레이프도 외자식이라는 이야기를 들었다. 그의 아버지의 목재 저장소와 제재소가 묘사되었고 제재소에서 멀지 않은, 다리 근처 그의 가족이 사는 집이 묘사되었다.

"또 골짝에 내려갈까요?" 차를 다 마신 뒤에 그녀가 물었다. "지난번에 그랬던 것처럼? 그럼 지루할까요?"

"당연히 지루하지 않죠." 그런 다음 그가 말했다. "다리 저
는 건 그리 눈에 띄지 않습니다. 아무것도 아니에요."

"다음 수요일에 또 오실래요?"

7

옛 시가지의 넓은 광장에서 브라스밴드가 연주를 하고 있었다. 광장 유일의 식당의 노천 탁자들에는 녹색과 흰색의 차양 덕분에 그늘이 드리워 있었다. 일 두체*가 왔다, 일 두체가 오는 중이다. 아래쪽 가리발디 거리와 델라 레푸블리카 광장에서 혼란이 일어났다가 환호가 일기 시작했다. 일 두체가 도착했다.

"〈토스카〉로군." 대위가 말했지만 오페라 음악은 중단되었다. 지휘자는 한 손을 들어 올려 광장 전체에 침묵을 명령했다. 광장은 거의 비어 있었지만. 일 두체의 노래가 시작되었다.

"드디어(Ecco)!" 느릿느릿한 늙은 웨이터가 잠결인 듯 중얼

---

* 최고 통치자라는 의미로 무솔리니를 가리킨다.

거렸다. "좋아, 좋아(Bene, bene)……" 그가 작게 말하며 마지막 남은 바롤로 와인을 따랐다. 아래 신 시가지에서도 똑같은 곡을 레코드로 크게 틀어 모두가, 어디에서나 일 두체가 여기에 왔다는 것을 마침내 알게 되었다.

헬로이즈는 차양 밑의 탁자로 안내받은 이후 말이 없었다, 주문한 점심이 나오는 동안에도, 음식을 깨작거리다 대부분은 손도 대지 않고 남기는 동안에도 마찬가지였다. 나쁜 날이다. 대위는 생각했다. 나쁜 날이면 늘 그렇듯이 그녀의 우울 깊은 곳에 놓인 것에 시달리는 표정이 눈에 드러났다. 그녀는 그의 미소에 응답하려 했으나 그럴 수가 없었다. 지금 그녀의 눈에는 그들의 아이가 파도가 제멋대로 자신을 삼켜도 가만히 당하고만 있는 모습, 아이 자신의 선택이기 때문에 아무런 저항 없이 가만있는 모습이 비치고 있다는 것을 그는 너무나도 잘 알았다. 나쁜 날이면 그의 직관이 예리해졌다. 그는 늘 알았다. 그의 손가락들이 누르는 힘 속에는 그녀가 두려워하는 것에 대한 부정이 담겨 있었지만 그가 팔을 뻗어 잡은 손에는 그것을 알은체해주는 반응도 없었다. 생명의 퍼덕거림도 없었다. 어쩌면 최악이었을 수도 있는 것을 이번에는 그가 물리치는 데 성공했다는 표시도 없었다.

노란 개가 광장을 가로질렀다. 관악단원들과 웨이터와 보도에 하나뿐인 탁자에 앉아 있는 사람들을 제외하면 그 개는 유일한 생명체였다. 웨이터가 검은 나비넥타이 밑의 장식 단추

를 풀었다. 몹시 굶주린 듯 보이는 바싹 마른 개는 쓰레기통의
내용물을 흩어놓았다. 나른하게 오페라 아리아를 연주하던 주
말 음악가에 불과한, 하얀 제복을 입은 단원들의 연주 태도에
는 마치 이미 정복한 땅을 행진이라도 하는 것처럼 오만한 자
만심이 담겨 있었다.

"저리 가(Va'via)! 저리 가!(Va'via)!"늙은 웨이터가 개를 향
해 소리쳤다. "커피 드시겠습니까, 손님(Caffè, signore)?"

"네, 부탁합니다(Si, Per favore)."

그는 그녀를 사랑했다. 어느 누구도 이렇게 사랑한 적이 없
다 싶을 만큼 사랑했다. 하지만 오늘은 전에도 자주 그랬듯이
그녀 혼자 노력하고 있었고 그는 도와줄 수가 없었다. 이탈리
아가 더는 피난처를 찾을 수 없는 나라가 되는 데 얼마나 걸릴
까? 차분하게 그녀가 물었다.

그는 고개를 저었다. 어딘가에서 환호가 들렸고 그것이 멈
추자 스피커에서, 흥분하여 소음 같아진 목소리가 메아리쳤다.
그 메시지는 주먹이 손바닥을 치는 듯한 찰싹거리는 소리에
의해 자주 끊겼다. 죽음(Morte)! 피(Sangue)! 승리(Vittoria)! 승
리한(Vittorioso)! 똑같은 훈계가, 이 또한 구두점처럼 반복되었
다. 광장 건너편에서 노란 개는 벼룩을 긁어내고 있었다.

"그래, 이탈리아도 곧 우리를 원치 않을지 몰라."그는 말하
면서 자신이 그녀를 얼마나 사랑하는지 다시 생각했다. 그들
은 서로의 품에 누웠고, 이야기를 했다. 그녀는 책에서 마음에

드는 구절을 그에게 읽어주었고, 그들은 서로에게 여행의 벗이 되어주었다. 그럼에도 이런 날이면 그녀는 오직 자신에게만 속했다.

"나더러 돌아가라고 말하지 말아줘요." 그녀가 속삭였다. 너무 힘없고 아무런 감정도 드러나지 않는 목소리라 무슨 말이 있었다고 할 수도 없을 것 같았다.

8

레이프가 수요일 오후에 두 번 더 라하단을 찾아오고, 집을 안내받아 이 방 저 방 돌아다니고, 여러 책장에 꽂힌 책, 응접실 구석에 있는 바가텔 테이블, 위층 층계 앞에 있는 당구대를 보았을 때 루시가 말했다.

"아이들 가르치는 거 끝나면 좀 더 있지 않을래요?"

"여기에 있으라고요?"

"방이 없는 것도 아니고."

그가 가르치는 일을 끝낸 것은 9월 첫째 주말이었다. 아이들이 학교로 돌아가기 전날 저녁 라이알 씨는 약속한 돈을 주고 레이프의 옷 가방 두 개를 차에 실었고, 레이프는 라이알 부인과 두 아이에게 인사를 했다. 라하단으로 가는 길에 라이알 씨가 말했다.

"자네가 그 아가씨와 사귀어서 다행이네."

"사귀는 건 아닙니다, 사실."

"음……" 이윽고 라하단에 도착하자 라이알 씨가 말했다. "여덟 살인가 아홉 살 어린아이 때 보고는 처음이네, 루시."

루시는 웃음을 지었지만 그 마지막 만남을 기억하는지 아닌지는 말하지 않았다. 그녀는 차가 떠나자 앞장서서 넓은 층계를 올라가 레이프가 묵을 방으로 갔다. 방은 정사각형에 널찍했으며 한쪽 구석에 마호가니 세면대, 옷장과 서랍장, 침대에는 하얀 누비이불, 벽마다 글렌가리프 마을의 풍경을 묘사한 판화가 거무스름한 액자에 담겨 걸려 있었다. 창밖에 소 떼가 있는 밭들 너머로 바다가 보였다.

"아무도 안 와요." 루시가 주의를 주었다. "저 종 손잡이를 잡아당겨도."

브리짓은 레이프의 방문에 대비해 식당을 다시 사용할 수 있게 준비했다. 통풍을 하고 긴 식탁을 윤나게 닦은 다음 오래전에 접어 보관했던 식탁보를 꺼내 덮었다. 쟁반과 나이프와 포크를 서둘러 챙기는 손길에 흥분이 느껴졌고, 뺨에는 홍조가 퍼졌으며, 풀을 먹인 하얀 앞치마는 매일 깨끗했다.

"브리짓은 시끌벅적한 걸 좋아해요." 루시가 말했고 레이프는 자신도 눈치챘다고 말했다.

그는 식사 시간이 아주 마음에 들었다. 브리짓이 나가고 식당 문이 닫히면 그는 자신들이 결혼하면 이럴 것이라고 상상했다. 그는 라하단의 모든 것이 아주 마음에 들었다. 집이 있는 자리, 집 자체, 아침 일찍 바닷가에 가는 것, L.G.라고 새겨진 나무들로 안내되는 것. 개울가 풀밭에 누워 있는 것도, 징검다리로 개울을 건너는 것도 아주 마음에 들었다. 그녀가 아주 마음에 들어 하는 것들은 그도 다 아주 마음에 들었다. 마치 그러지 않는 것이 부자연스러운 일이기라도 한 것처럼.

"다른 것을 보여줄게요." 그녀는 그렇게 말하고 그를 골짝 높은 곳에 자리 잡은 무너진 오두막으로 데려갔다. "헨리가 패디 린던 이야기를 해줄 거예요."

레이프는 굳이 이야기를 듣지 않고도 그곳이 그녀가 어린 시절 절뚝거리며 찾아갔던 곳임을 알았고, 그녀가 겁에 질리고 굶주린 채 홀로 거기 있던 모습을 상상했다. 그는 그 시기에 관해 묻고 싶었지만 그럴 수가 없었다. 다리 저는 것을 언급한 때를 제외하면 그녀가 어떤 식으로든 한 번도 그 이야기를 한 적이 없었기 때문이다. 바닷가에 갔을 때는 결국 다시 달아나버린 이름 없는 개 이야기를 했지만 벌어진 일에서 그 개가 했던 역할은 언급하지 않았다. 그는 응접실에서 사진첩을 넘겨 보다가 갈색 안개 너머 사과나무들 사이의 유모차 옆에 서 있는 남녀를 보았다. 앨범의 어떤 사진들은 잠시 멈추고 다른 사진보다 더 열중하여 꼼꼼히 살펴보았지만 루시는 아무런 말이 없었다.

어느 날 숲에서 그녀는 갑자기 말했다. "돌아가야겠어요."

그녀가 내비쳤을지도 모르는 말을 듣고자 하는 그의 갈망을 느낀 듯했고, 그것이 두려운 듯했다. 그러나 한번 시작된 갈망은 사라지지 않았다. 레이프는 그것이 과연 갈망 이상이 될지 궁금했고, 또 과연 자신이 언젠가는 그녀를 품에 안고 자신의 입술로 그녀의 부드럽고 옅은 머리카락과 목과 뺨, 주근깨가 박힌 팔과 이마와 감은 눈, 입술을 쓰다듬을 수 있을지 궁금했다. 그러기를 바라는 것에서 그냥 끝나버리지나 않을지.

"라하단을 떠나면 안 돼요." 그녀가 말했다. "《허영의 시장》을 다 읽기 전에는요."

"아직 시작도 안 했는데요."

"다 읽으면 우린 그 이야기를 해야 돼요. 그것도 시간이 꽤 걸릴 거예요."

가끔 산책을 할 때면 잠시 손등이 서로 스치기도 했고, 징검다리를 건널 때는 손바닥이 만나 서로 움켜쥐기도 했다. 넘기 힘든 돌담을 넘을 때도 밀착이 있었다.

"총 642쪽이에요." 그녀가 말했다.

*

그가 길을 잃지 않았다면 그들은 만나지 못했을 것이다. 루시는 그 사실을, 그들이 만나지도 않았고 레이프의 존재를 알지도 못하는 상황을 생각해보려 했다. 그녀에게는 그가 난데

없이 나타난 것 같았기에 그가 라하단을 떠나면 난데없는 곳으로 돌아가 다시는 돌아오지 않는 것은 아닌지 궁금했다. 그녀는 절대 그를 잊지 못할 터였다. 평생 그간의 수요일 오후들, 그리고 지금 흐르고 있는 시간을 기억할 터였다. 자신이 나이가 들어, 레이프가 꾸며낸 존재였고 이 여름도 마찬가지였다고 믿게 되는 날이 온다 해도 상관없었다. 시간은 어차피 기억을 꾸며낸 일로 바꾸어놓기 때문이었다.

"온 세상에서, 레이프, 가장 바라는 게 뭐예요?"

그는 허리를 굽혀 모래에서 조약돌을 집어 들더니 물수제비를 떴다. 두 번, 이어 세 번째로 돌은 수면을 스치며 튀어 올랐다. 이제 그의 수줍음은 좀 사라졌는데, 그가 그녀를 전보다 잘 알게 되어서 또는 그렇다고 상상해서라고 그녀는 짐작했다. 그녀는 그의 수줍음과 상냥함을 좋아했다.

"오, 아마도, 매일 아무것도 안 하고 보내는 것 같은데요."

"그게 내가 하고 있는 건데요."

"그렇다면 당신은 운이 좋은 거죠."

"떠나면 보고 싶을 거예요. 다시 돌아오지 않을 것 같다는 생각이 들어요."

"초대를 받으면……"

"할 일이 있잖아요."

"내가 할 일이 뭐가 있죠?"

"어, 전부 다죠, 생각해보면."

그들은 매일 두 번씩 그러듯 오늘도 멱을 감았고 그런 다음 킬로런까지 걸어갔다. 바위들을 기어 넘어 부두로 갔다. 부두에도 마을 거리에도 아무도 없었다. 루시가 말했다.

"저기가 내가 다니던 학교예요."

그들은 한 창문, 이어 다른 창문으로 안을 들여다보았다. 벽에는 에일워드 씨가 그린 왕들과 여왕들, 정복왕 윌리엄, 메이브 여왕, 콘스탄티누스 황제의 초상화와 반짝거리는 지도와 도표가 여전히 걸려 있었다. x=6이라고 하자라고 칠판에 적혀 있었다.

"자 이제 모든 걸 보여줬네요." 루시가 말했다.

그날 레이프는 그녀에게 키스했다. 라하단으로 돌아오는 길에 절벽 밑 조약돌 해변에서 손을 뻗어 그녀의 손을 잡고 서툴게 끌어당겼다. 그들은 아무 말도 하지 않았다.

나중에 그들은 익숙한 꼬부랑길로 절벽을 올라갔다. 오라일리네 밭의 감자는 수확이 끝났다. 시든 줄기만 널려 있었다.

"사랑해, 루시." 그때 레이프가 말했다. "너를 사랑하고 있어."

그녀는 대답하지 않았다. 시선을 돌렸다가 잠시 후에 말했다.

"응, 나도 알아." 그녀는 다시 말을 끊었다. "하지만 소용없어, 서로 사랑하는 건."

"왜 소용이 없어?"

"나는 사랑받을 만한 사람이 못 돼."

"오, 루시, 되고말고! 네가 정말로 사랑받을 만한 사람이란 걸 스스로 알면 얼마나 좋을까!"

그들은 발을 멈추지 않았다. 천천히 계속 걸었고 레이프가 다시 그녀를 향해 손을 뻗었을 때 루시는 그 손을 뿌리치지 않았다. 그가 말했다.

"나는 처음 여기 왔을 때부터 너를 사랑했어. 너를 알게 되면서 매 순간 점점 더 사랑하게 됐어. 전에는 누구도 사랑한 적이 없어. 앞으로 다른 누구도 사랑하지 않을 거야. 그럴 수 없을 거야."

"《허영의 시장》을 다 읽었다고 말하지 않았잖아. 우린 아직 그 책 이야기를 하지 않았어. 네가 떠나기 전에 꼭 해야 돼."

"나는 떠나고 싶지 않아. 절대 너 없이 혼자 있고 싶지 않아, 평생."

*

레이프는 루시가 고개를 저었을 때 그것이 그가 한 말에 대한 부정이 아님을, 그의 어조와 눈에 담긴 뜨거운 감정을 의심하는 표현이 아님을 알았다. 그녀는 그의 고삐 풀린 희망의 어리석음에 이의를 제기하려고 고개를 저었다. 절대 그렇게 될 수 없다, 그녀의 말 없는 답이 반복되었다. 그런 식으로 자신은 사랑받을 만한 사람이 아니라는 발언을 되풀이하고 있었다.

"너는 내가 가져본 첫 친구야, 레이프. 나는 친구를 사귄 적이 없어, 다른 사람들하고는 달리. 또 소설에 나오는 사람들하고는 달리."

"너를 위해서라면 뭐든 할 거야."

"네가 사는 곳 얘기를 더 해줘, 집과 다른 모든 거. 그래야 내가 알 수 있지, 네가 떠나고 없을 때도."

"오, 루시, 그냥 평범해!"

"그래도 말해줘."

레이프는 혼란스럽고 슬픈 상태로 그렇게 했다. 그는 집을 묘사했고 그의 방 창문에서 보이는 다리를 넘어 식료품만이 아니라 철물도 파는 로건스 바 앤드 스토어스도 묘사했다. 그는 제재소를 물려받고 덩굴식물로 덮인, 그 길가의 아담한 2층 집에서 계속 사는 것 외에 다른 일을 하는 것은 생각해본 적도 없었다. 다리 근처 들판에는 수도원 비슷한 게 있었는데 허물어져서 남아 있는 게 별로 없었다.

"얼마나 남아 있어?"

"탑 하나만, 아니, 탑의 일부라고 해야 하나. 다른 건 거의 남지 않았어."

"정말 안타까운 일이네!"

"수사들 묘지도 있는 것 같아. 사람들 얘기로는."

"거기 자주 가, 레이프?"

"일부러 가서 볼 만한 게 별로 없어."

"무덤 보러."

"아니, 그건 안 해."

"나라면 할 텐데."

"루시……"

"로건스 스토어스에서는 너를 알아?"

"나를 아냐고?"

"누군지 아냐고."

"내가 들락거리는 걸 늘 봤지."

"기숙학교 얘기해줘."

"오, 루시……"

"어서 얘기해줘. 어서, 레이프."

"두 군데가 있었어." 레이프는 첫 번째로 그가 향수병에 걸렸던 곳을 묘사했다. 더블린의 어느 광장에 있는 회색 주택, 일요일마다 둘씩 짝지어 텅 빈 거리를 걷던 일, 양배추 수프.

"양배추 수프였을 리가 없어. 양배추 수프를 먹을 리가 없다고."

"우린 그렇게 불렀어."

"그럼 그다음 학교에서도 그걸 먹었어?"

"다음 학교는 나았지. 싫지 않았어."

"왜 싫지 않았는데?"

"모르겠어."

"얘기해줘. 다 얘기해줘."

"더블린 외곽이었어. 산속이었지. 우린 가운을 입었어. 장학생들은 특별한 가운을 입었지, 더 큰 가운을."

"너도 장학생이었어?"

"오, 아니."

"너는 뭘 잘했어?"

"별로 없어. 지금 거기서는 나를 기억하지도 못할 거야."

"운동 시합을 했어?"

"해야만 했어."

"뭘 잘했는데?"

"테니스를 못 치지는 않았어."

"그래서 그 학교는 그렇게 싫어하지 않았던 건가?"

"응, 아마도. 아까 키스한 거 기분 나쁘지 않았어?"

"이제 들어가야 돼. 아니, 기분 나쁘지 않았어."

*

헨리가 매일 저녁 부엌에 앉아 마주하는 식사는 아침 식사와 비슷했고 늘 똑같았다. 달걀 프라이와 기름에 부친 빵, 얇은 베이컨 한 조각. 차가 따라 나왔는데 헨리는 우유를 타서 진하고 달게 마셨다.

레이프가 사랑을 고백한 날 저녁에도 이 식사에는 전혀 달라진 것이 없었지만 식사 중에 이야기되는 것은 달랐다. 한 시간 전 헨리는 두 사람이 마당을 통과할 때 레이프의 태도, 또 루시의 태도가 달라졌음을 눈치챘다. 그들은 부끄러워하고 있었는데, 둘 사이에 있었던 사적인 일에 영향을 받은 것이 분명했다. 둘 다 말을 별로 하지 않았다. 헨리는 둘이 싸웠나 하는 생각을 했다. 하지만 나중에 똑같은 분위기를 포착한 브리짓의 생각은 달랐다. 그녀는 그 전에 식당에서 레이프의 눈길이 잠깐씩 탁자 건너편으로 옮겨 가는 것을 몇 번 눈여겨본 뒤 그의 감정의 성격을 짐작하고 있었다. 지금 달라진 것이 있다면 그가 그 감정에 관하여 말을 했다는 점일 터였다.

부엌에서 브리짓은 이런 생각을 헨리에게 전했지만 앞으로 어떤 일이 벌어질지 추측하려다 갈피를 잡지 못하고 말았다. 그들의 손님은 라하단을 떠날 것이고 가을날은 짧아지다가 겨울에 자리를 내줄 것이었다. 크리스마스가 지나가고 새해 첫 몇 달 동안 최악의 날씨가 닥쳐올 것이었다. 다시 여름이 오면 그가 에니실라로 돌아올까? 그가 다시 여기에, 라하단에 올까? 아니면 시간이, 변덕스럽게 일을 처리하는 시간이 그를 그들에게서 점점 멀리 떼어놓을까?

브리짓은 루시가 아기였을 때 위로했고 어린 시절에 위로했듯이, 지금도 위로할 수 있었으면 하고 바랄 때가 자주 있었다. 둘은 늘 아주 가까우면서도 전혀 가깝지 않았다. 루시는 램프 불빛 옆에서나 사과 과수원에서 혼자 책을 읽거나 골짜기 숲과 해변을 혼자 배회하는 사람이 되었으며 그녀의 친구는 건강한 변호사와 늙은 성직자였다. 집에 편지가 오면 여전히 기대가, 여전히 희망이 일었지만 봉투를 꼼꼼하게 살피기 전까지 한순간뿐이었다. 봉투가 늘 이야기해주었다.

"당신 말이 맞구먼." 헨리도 동의하며 한마디 할 때마다 고개를 끄덕였다. 브리짓의 인식에 자극받아 뒤늦은 깨달음이 찾아왔다. 그는 차를 마저 마시고 잔을 밀어냈다. "결국에는 나쁜 게 아닐지도 몰라."

브리짓은 탁자에서 접시를 치우다 그 말을 듣고도 놀라지 않았다. 조만간 그런 말을 듣게 될 것임을 알고 있었기 때문이다. 그러나 남편의 정서 변화에 반응하지는 않았다. 이미 그녀 자신이 밝힌 것을 되풀이하는 것 외에 무슨 말을 할 수 있을까? 이제는 올여름에 일어난 일이 희망이 깜빡이는 곳이었다.

"아이한테 그분들은 없는 거예요." 그녀가 말했다. "설사 내일 돌아온다 해도."

헨리는 성냥을 아끼기 위해 레인지의 불쏘시개로 우드바인에 불을 붙였다. 그는 자신의 감정이 아버지의 감정임을 모르고 그저 대위의 자식을 보호해야 한다는 사실만 의식했다. 하지만 아버지가 그러듯 낯선 남자의 애정을 수상쩍게 보고 있었다. 그럼에도 레이프가 집에 머무는 동안 헨리는 점차 그를 좋아하게 되었다. 벌어진 일이 나쁘지 않다는 말에도 그 말 이상의 의미를 담고 있었다. 대위의 자식을 누가 이 장소로부터 데려가는 것, 이 장소에 달라붙은 어둠으로부터 마침내 떼어

내주는 것이 나쁘지 않다는 뜻이었다.

*

밤에 내린 비가 다음 날에도 하루 종일 이어졌다. 그들은 바가텔을 했고 루시는 《허영의 시장》에 관하여 하고 싶었던 대화를 시작했다. 이어 그들은 다시 바가텔을 했다. 레이프가 말했다.

"사랑해, 루시."

루시는 그가 이미 그 말을 했다는 사실, 한 번 이상 그랬다는 사실을 지적하지 않았다. 그녀는 손끝으로 부드럽게 그의 손등을 쓰다듬었다. 머리카락을 쓰다듬었다.

"디어 레이프." 그녀가 소곤거렸다. "나를 사랑하면 안 돼."

"어쩔 수가 없어."

"언젠가 네가 결혼할 때 나한테 편지로 이야기해줄래? 나도 그걸 알고 상상할 수 있도록. 그리고 아이가 한 명씩 태어날 때마다 편지를 써줄래? 아내 이름도 이야기해주고 어떤 사람인지 묘사도 해줄래? 내가 제재소 옆의 그 집 안에 있는 너와 네 아내, 그리고 자녀들을 늘 눈에 그려볼 수 있도록. 약속해줄래, 레이프?"

"내가 결혼하고 싶은 사람은 너야."

"너는 나를 잊게 될 거야. 올여름도 잊을 거야. 나는 희미해지다 그림자가 되고 목소리는 웅얼거리는 소리가 되어 들리지도 않게 될 거야. 지금은—우리가 여기 앉아 있는 이 현재는—하나의 현실이지만 이건 지속되지 않을 거고, 지속될 수도 없는 현실이야. 소설에서 묘사되는 얼굴들이 내게 또렷하게 보이지 않듯이 너도 이 방을 또렷하게 보지 못하게 될 거야. 라하단 꿈을 꾸기는 하겠지, 레이프, 가끔 한 번씩, 어쩌면 전혀 꾸지 않게 될지도 몰라. 하지만 꾼다 해도 그때는 내가 유령이나 다름없을 거야."

"루시……"

"오, 나는 네 꿈을 꿀 거야. 매번 네가 여기 왔을 때의 꿈을, 지금 지나가고 있는 이날들의 꿈을, 너무 오래 해서 이제 지겨워진 바가텔을 하고 있는 바로 이 순간의 꿈을, 그 바로 다음 순간에 내가 '바가텔 말고 블랙잭 할까?' 하고 말하는 꿈을 꿀 거야."

"왜 내가 너를 사랑하면 안 된다고 하는 거야?"

"나를 사랑하면 네가 불행해질 테니까."

"그렇지 않아. 나는 행복해져."

"블랙잭 할까? 계속 비가 올 텐데."

"비가 와도 산책할 수 있어. 적어도 진입로는."

나무들이 그들을 약간은 가려주었다. 공기는 신선했다. 맛있는 공기, 루시는 그렇게 불렀다. 그들은 진입로에서 어정거렸고, 다시 어정거리다 문간채 현관에 섰다.

"물론 나도 너를 사랑해." 루시가 말했다. "혹시 그 점이 궁금하다면."

*

브리짓은 뭔가 기운을 돋워주는 일을 해야겠다고 느껴 응접실 난로에 불을 지폈다. 빗줄기는 더욱 굵어져 빗방울이 창을 타고 굴러떨어졌다. 거센 바람이 불기 시작하며 비 내리는 양상이 달라졌다. 바람은 처음에는 약했지만 한 시간이 안 되어 그날의 성격을 바꾸어놓았다. 잎들을 떨어뜨려 회오리로 사로잡아 몰고 다녔고, 잎은 흠뻑 젖은 뒤에야 한군데 가만히 머물 수 있었다. 바람은 현관문과 창문을 흔들었다. 억수로 내리는 비를 유리창으로 몰아가 이전에 쌓인 방울들을 흩었다가 유리를 따라 단조롭게 미끄러뜨렸다. 바다가 볼 만하겠다, 헨리가 말했다.

응접실에서 그들은 난롯불에 토스트를 굽기로 하고 빵 조각들을 장작의 빨간 재 속으로 쑤셔 넣었다. 그들은 난로 앞 깔개에 앉아 책을 읽었다. "저건 누구야?" 레이프가 책상 위에 걸린, 이 방의 유일한 초상화에 관해 물었고 루시는 자신이 알지 못하는 어떤 골트라고 대답했다. 그녀는 축음기 태엽을 감고 레코드판을 올려놓았다. 테너 존 매코맥 백작이 〈버드나무 정원에서〉를 불렀다.

그들은 바다를 보러 나갔다. 이제 바람이 너무 강해 서로 말하는 것을 거의 알아들을 수가 없었다. 파도가 거친 백마처럼 뒷발로 일어섰고, 유령 같은 형체들이 터져 거품이 되었으며, 부서지면서 한 형체가 다른 형체를 쫓아갔다. 바다의 때리고 부서지는 소리가 바람의 흐느낌을 빨아들여 해변은 다른 어느 곳에서도 들어본 적 없는 소리를 냈다.

두 사람은 바다 가장자리에서 포옹했을 때 서로의 입술에서 소금기를 맛보았다. 흠뻑 젖은 루시의 머리카락은 제멋대로 헝클어지고 뭉쳤으며 레이프의 머리카락은 두피에 딱 달라붙었다. 폭풍우의 흥분이 그들의 사랑만큼이나 완전하게 그들을 속박했다. 평생 두 번 다시 이만한 행복이 있을까? 루시는 생각했다.

"우리가 오늘을 어떻게 잊을 수 있겠어?" 그녀가 소곤거렸지만 상대에게는 들리지 않았다.

"절대 너를 사랑하지 않을 수 없어." 레이프가 말했지만 이 또한 중간에 사라져버렸다.

그들은 응접실 난로 앞에서 몸을 말렸다. 그곳이 식당보다 따뜻했기 때문에 브리짓이 쟁반을 들고 들어왔다. 그녀는 그들의 행복한 모습을 보며 며칠 후면 레이프가 떠난다는 사실을 기억했다. 그녀는 기도하지 않았다. 그것은 기도의 주제가 아니었다. 그 대신 미래의 어떤 시간을 바랐고 그들이 한 방, 또 다른 방에서 웃음 짓는 모습, 사랑 이야기를 하는 모습, 둘이 늘 함께 있는 모습을 그려보았다.

"봐, 연어 통조림이야!" 루시가 소리쳤다.

존 웨스트 사의 홍연어였다. 헨리가 맥브라이드 부인에게 가져가서 보여주는 목록에 있었을 것이다. 비쌌기 때문에 특별한 때에만 먹는 것이었다. 연어 외에 헨리가 몇 년 전 부활시킨 냉상冷床에서 거둔 아주 작고 달콤한 토마토도 있었다. 그들은 상추와 작은 양파, 얇게 썬 완숙 달걀을 섞어 샐러드를 만들었다.

"우리 와인 마실까?" 루시가 제안했다. "화이트와인? 난 교회에서 준 쓴 레드와인 말고 다른 건 마셔본 적이 없어."

그녀는 나갔다가 잠시 후 병 하나와 잔 두 개를 들고 돌아왔다. 식료품 저장실에 손대지 않은 게 여러 병 남아 있다, 그녀가 말했다. 레드와인, 화이트와인 할 것 없이.

"서랍을 뒤져서 코르크스크루 좀 찾아봐. 어딘가에 하나 있어. 오, 이거 멋지네!"

그들은 난로 가까이 옮겨놓은 탁자로 의자 두 개를 끌어왔다. 레이프는 와인을 따랐고 그 순간, 그가 오게 된 이 집을 절대 떠나고 싶지 않았다. 그 순간, 루시를 이곳에서 데려가는 것이 아니라 이곳에 그녀와 함께 있고 싶었다. 그녀는 여기에 속했고 오늘 밤에는 자신도 그렇다고 느꼈기 때문이다. 축음기에서 바늘이 〈런던데리의 노래〉를 긁어나가고 있었다.

*

킬로런 출신 어부 둘이 그날 밤 바다에서 사라졌다. 그물을 거둬들이고 집으로 노를 저어 오다가 갑작스러운 폭풍우에 사로잡힌 것이다. 마을은 상중이었다. 레이프가 떠나기 전날 함께 산책을 나갔을 때 루시는 우울한 분위기에 영향을 받았다. 사람들로 둘러싸인 오두막에서 곡소리가 들렸다. 깽깽이 연주자가 와 있었다. 사람들이 요청할 경우 만가挽歌를 연주하려는 것이었다.

"내가 어떻게 그분들한테서 달아날 수 있었던 걸까?" 램프 심지와 신문을 사 들고 레이프와 라하단으로 돌아가는 길에 루시가 바닷가에서 말했다. "나는 그분들을, 지금 저 여자들이 괴로워하는 것처럼 괴로워하게 만들었어. 나는 그분들의 용서를 갈망해. 그건 그냥 사라져버리지 않아."

갑자기 루시가 마음을 드러냈기 때문에 레이프는 아무 말도 하지 못하고 계속 걸어갔다.

"나는 그때도 사랑에 빠져 있었어. 나무와 바위 웅덩이와 모래에 찍힌 발자국을 사랑했어. 내가 무언가에 홀렸던 걸까, 레이프? 나는 늘 내가 그랬다고 생각했어."

"당연히 아니지."

"가엾은 로체스터 부인*처럼 말이야! 아무도 동정하지 않는!"

"너는 어린애였어."

"아이도 홀릴 수 있어. 그분들을 괴로워하게 만들었을 때 나는 그분들을 미워했던 걸까? 그래서 내가 그렇게 금방 부끄러움을 느끼게 되었던 걸까?"

"제발, 나하고 결혼해줄래, 루시?"

천천히 그녀는 고개를 저었다. "아버지는 어떤 남자를 쐈는데 죽이지는 않았어. 어머니는 두려워했지. 나는 이해하지 못했어. 이야기해줄까, 레이프?"

그는 귀를 기울였고, 이미 알고 있는 이야기를 들었고, 그토록 자주 보았던 것을 보았다. 조약돌 해변과 모래밭의 사람 형체들, 집에서 가져온 램프, 여명에 자리를 내주는 어둠.

"용기를 약간 찾았어." 루시가 말했다.

"너는 용감해, 루시."

"디어 레이프, 내가 어떻게 너하고 결혼할 수가 있겠어?"

그녀의 입술이 그의 입술을 찾아 올라와 두 입술이 가볍게 닿았다. 바다는 웅덩이처럼 잠잠했고 파도는 부드럽게 부서졌다. 하늘은 뜨거웠던 올여름의 어느 때보다 짙은 푸른빛이었다. 그 위에 무리 지어 모인 흰 구름은 거의 움직이지 않았다.

"네가 한 일에는 관심 없어. 맹세코 관심 없어, 루시."

---

*《제인 에어》의 등장인물. 정신병을 앓는 로체스터 부인은 집에 불을 질러 남편을 실명하게 만든다.

"그분들이 돌아오실 때까지는 그걸 감당하며 살아야 돼."

"아니, 아니, 당연히 그렇지 않아."

"너는 네 만족스러운 삶으로 돌아가야 돼. 내 삶의 손님이 되는 게 아니라. 너는 내 삶에서는 손님밖에 될 수 없기 때문이야, 레이프, 내가 너를 사랑하기는 하지만. 우리가 서로 사랑할 때 우리는 우리에게 속하지 않은 것, 우리 몫이 아닌 걸 훔치고 있는 거야. 달링 레이프, 우리는 기억으로 만족해야 돼."

"우리는 그럴 필요도 없고 난 그럴 수 없어. 나는 기억으로 만족할 수 없어."

"오, 기억은 나쁜 게 아니야, 알잖아."

"기억은 아무것도 아니야." 비통함 때문에 그의 목소리에 날이 서 있었다. 그들은 말없이 걸었다. 이윽고 그가 말했다.

"네가 떠나고 싶지 않으면 너를 라하단에서 데려가지 않을게."

그녀는 못 들은 것 같았다. 신발 끝으로 모래 위에 금을 그었다. 두 사람의 이름을 다 쓰자 고개를 들었다. 그녀가 말했다.

"레이프, 그분들은 무슨 생각을 하는데 아무 말이 없는 걸까? 왜 돌아오시지 않는 걸까?"

하지만 레이프는 답을 하다가 자신이 하는 말이 그녀의 귀에 거의 들어가지 않는다고 느꼈기 때문에 그만두었다. 그들은 계속 천천히 걸어갔다. 루시가 말했다.

"나는 그분들을 미워하지 않았지만 그분들이 그걸 어떻게 알겠어? 아주 쉽게 알 수 있는 것도 알지 못하는데. 언젠가—오늘, 내일, 1년 뒤의 어느 날—그분들은 이곳으로 돌아올 힘을 찾을 거야. 이런 일에는 너무 늦었다든가 하는 건 절대 없어."

"오, 루시, 오래전에 그분들은 너를 용서했고 지금은 네 행복을 원하실 거야. 당연히 너를 용서하셨지."

"우리가 그렇게 하겠다고 마음먹기만 하면 기억이 모든 것이 될 수도 있어. 하지만 네 말이 맞아. 너는 그러면 안 돼. 그건 나에게 해당하는 말이고 나는 그렇게 할 거야. 나는 우리 사랑의 기억이 전부인 삶을 살 거야. 나는 눈을 감고 내 입술 위에 네 입술을 다시 느낄 거고 매일 파도를 보듯 또렷하게 네 웃는 얼굴을 볼 거야. 우리는 놀라운 친구였어, 레이프! 이 여름이 끝나지 않기를 우리가 얼마나 바랐는지! 앞으로 오는 여름은 다를 거야. 우리 둘 다 그걸 알아."

"나는 몰라. 그런 건 조금도 믿지 않아."

"우리가 가졌던 이 여름이 늘 그대로 있기를 바라, 시간 속에 정지한 채. 이제 욕심 부리지 말자. 나는 두 분이 돌아오는 걸 두려워했어. 때로는 두 분이 돌아오는 걸 원치 않는다는 생각이 들기도 했어. 내 끔찍하고 쓰라린 후회가 그분들한테 무슨 도움이 되겠어? 두 분은 용서할 게 너무 많아. 내가 어떻게 용서를 바랄 수 있겠어? 하지만 두 분이 지금 오시면, 우리가 저 절벽을 올라갔을 때 거기 계시면, 브리깃의 이야기를 듣고 두 분이 깜짝 놀라시면, 얼마나 멋질까! 그러면 너하고 나는 기억으로 만족하지 않아도 될 텐데."

이틀 뒤 레이프는 떠났다. 헨리가 에니실라 역까지 2륜마차로 데려다주었다. 루시는 그들과 함께 갈 수도 있었고, 기차가 레이프를 싣고 떠나는 동안 역 플랫폼에서 손을 흔들고 서 있을 수도 있었다. 그러나 그녀는 그러고 싶지 않다고 말했고 그 대신 현관문에서, 이어 진입로에서 손만 흔들었다.

3부

1

기도는 군인이 된 남자에게 꾸준히 위로가 되었다. 그러나 군 생활의 엄격함과 가혹함과 공동체적 성격이 혼란을 제어해 주리라는 기대는 꺾였다. 어머니의 죽음이 가까웠을 때 그는 자신의 고통을 어머니에게 이야기할까 생각했다. 상황이 상황 인지라 어머니는 그 이야기를 아무한테도 전하지 못할 것이었 기 때문이다. 그러나 그러려고 할 때마다 공황에 사로잡혔다. 있을 수 없다는 것을 뻔히 알면서도 엿듣는 사람이 두려웠다.

그는 이제 부대에서 선임자가 되었으며 공허한 표정과 엉 뚱한 곳을 향한 강렬한 눈길은 그의 주위를 오가는 모든 사람 에게 익숙해졌다. 어떤 사람들은 다른 부대에 가서 그의 홀쭉 하고 말수 적은 모습을 묘사했고 그가 이상하다고, 예배당 성 상을 혼자 자주 찾는다고 이야기했다. 그는 친구는 사귀지 않았지만 하는 일에서는 양심적이고 참을성 있고 믿을 만했으며 그런 자질이 그를 지휘하는 장교들에게도 알려져 있었다. 그는 변소를 파고, 도로에 자갈을 깔고, 취사장 임무를 적절히 수행하고, 장비 유지에 관한 지침을 준수하고, 자원자를 모집하면 제일 먼저 자원했다. 그러나 그가 강한 인내심으로 고통을 견디고 있다는 사실은 아무에게도 알려지지 않았다.

그런 식으로 호라한의 삶에서 오랜 세월이 또 지나갔다. 유럽에서 전쟁 소문이 들리기 시작하자 부대에서는 불안과 염려의 분위기가 느껴졌지만 그는 걱정하지 않았다. 침공 이야기가 있었다. 앞으로 있을지도 모르는 일에 대비하여 모래주머니를 비롯한 다른 방어 장비들이 나타났다. 이따금씩 훈련 시간이 길어졌다.

호라한은 급히 준비된 이 훈련을 잘 받아들였다. 그 자신도 이유는 알지 못했지만 자신에게 요구되는 모든 것을 순순히 따랐고 아무것도 묻지 않았다. 그러나 낮이면, 꿈에서 되풀이되는 장례식이 그를 사로잡았다. 영구차가 그가 아는 읍의 거리를 지나갔으며 그 자신이 묘혈을 팠고 진흙이 그의 머리 위를 메우고 들어왔다. 그는 관 옆에 누웠지만 관 안에서 아이가 불렀을 때는 그 여자아이에게 닿을 수가 없었다.

읍내에서 그는 그의 꿈속에서 불타올라 파괴된 집에 관해 물었다. 그러나 이번에도 그 집에는 불이 난 적이 없고 꿈에서 죽은 아이는 부모가 혼자 남겨두고 떠나 착오에 의한 피해자가 되었다는 말을 들었을 뿐이었다. 그럼에도 장례식과 낯익은 거리를 지나가는 영구차와 길에서 울려 퍼지는 말발굽 소리가 있었으며, 그럼에도 잠에서 깨면 몸이 땀으로 축축했다. 그는 밤이면 좁은 침대에서 자주 몸을 일으켜 맨발로 어둠을 헤치고 몰래 움직였다. 예배당에서 감히 초에 불을 켜지도 못하고, 보이지도 않는 성모 앞에 무릎을 꿇은 채 이적異蹟의 은혜를, 그가 버림받지 않았다고 소곤소곤 다독여주는 목소리가 들리기를 간구했다.

2

골트 대위 부부는 이탈리아를 떠났다. 확실치 않은 조짐들 때문에 대위는 예상보다 오래 출발을 미루었다. 베니토 무솔리니가 따뜻한 약속과 독특한 건축양식으로 국민을 끌어안으며 평화를 선언했던 것이다. 그러나 그는 숙고 끝에 전쟁을 선포하는 것이 더 유리할 것이라고 판단했다.

그들은 국경을 넘어 스위스로 들어가 17년 전에 왔던 길을 되짚어 갔다. 그들은 아쉬워하며 가능한 한 소지품을 많이 챙겨 갔다. 그들은 벨린초나라는 수수한 읍에 정착했고, 그곳에서는 이제 그들에게 익숙해진 말을 사용했다.

3

우리는 자주 선생님 생각을 하고—라이알 부인은 썼다—잘 지내는지 궁금해요. 내가 몇 번이나 "오늘은 레이프한테 편지를 쓸 거야" 하고 말했다가 결국은 그러지 못했는지 몰라요! 늘 무슨 일이 생기거든요. 아이들이 여기 있을 때는 집이 완전히 뒤죽박죽이고, 없을 때는 잼을 만들어야 하고, 아이들이 다시 떠날 때 가져갈 뭔가를 챙겨야 하죠. 아이들은 선생님이 기억할 모습보다는 분별력 있게 커가고 있어요. 이제는 아주 키 크고 홀쭉해요. 킬데어가 말이에요. 완전히 청년이에요! 잭은 원예가가 되고 싶대요. 나는 그냥 그 단어가 멋있어서 그러는 것뿐이라고 믿지만! 둘 다 선생님 이야기를 자주 하고 우리는 선생님이 여기서 보낸 몇 달에 감사하고 있어요. 루시 골트는, 기억하고 있겠죠, 틀림없이, 지금도 라하단에 있어요. 그곳에는 아무런 변화가 없어요.

여기 우리는 모두 잘 있답니다.

*

편지 주셔서 고맙습니다—레이프는 답장을 했다—아이들이
자리를 잡고 있다니 좋군요. 저는 제게 보여주신 친절을 잊지 못
하고 정원에서 보내던 그 길고 따뜻한 아침을 자주 생각합니다.
라이알 씨한테, 또 아이들에게도 다음에 집에 오면 꼭 안부 전해
주세요. 아마 언젠가는 어떤 식으로든 만날 일이 있겠지요. 모두
잘 계시다는 이야기를 들어서 좋네요.

그는 라이알 가족이 그렇지 않을 것이라고는 상상할 수가
없었다. 그들이 불행하거나 의기소침한 모습은 상상할 수가
없었다. 그들은 물론 그가 라하단에 다시 간 적이 없다는 것을
알고 있었을 것이다.

*

다른 책을 또 찾았어—루시가 편지를 썼다—레이디 모건의
《플로렌스 매카시》야. 별로 좋을 거라고는 생각하지 않았어. 하지
만 짐작보다는 훨씬 좋아.
어제는 바위에 가마우지들이 있었어. 바로 그때 네 생각을 했

지. 왜냐하면 — 기억나? — 우리가 어느 날 오후에 가마우지들을 관찰했으니까. 얼마나 오래된 일 같은지, 우리의 여름이. 어떤 순간에는 그런 시간 자체가 아예 없었던 것 같기도 해!

종종 루시는, 다시 한 번, 레이프가 떠난 후에 보낸 모든 편지들 가운데 첫 번째 편지를 읽었다.

……수를 더하다가 그 속에서 길을 잃어. 사무실 창유리 너머로 와자지껄한 움직임을 내려다보다가 우울해져서 다 헛수고라는 느낌이 들어. 기계가 덜거덕거리든 멈추든 무슨 상관이야? 느릅나무가 관으로 쓰기에만 좋든, 말리던 떡갈나무가 비틀렸든 무슨 상관이야? 바퀴에 걸린 벨트는 팽팽하고, 톱니들은 맞물려 있어. 나는 나무줄기가 제자리로 옮겨지면 톱질을 거쳐 널빤지가 되어 올라오는 걸 지켜봐. 공기 중의 먼지가 햇빛에 걸려 있고 사람들은 엔진이 덜거덕거리는 소리 때문에 입을 다물고 있어. 너는 넓은 문간에 흰옷을 입고 서 있어. 너는 손을 흔들고 나도 마주 흔들어. 하지만 백일몽의 유령들에게서 무슨 위안을 얻을 수 있겠어!

그녀는 언제나 그 편지에 입술을 갖다 댄 뒤에야 그것을 그동안 온 다른 편지들과 함께 묶어두었다. 묘사된 장면을 눈으로 보고, 기계의 소음을 귀로 듣고, 방금 켠 목재의 냄새를 코로 맡는 것은 어렵지 않았다. 나는 너한테 성가신 존재였어, 그녀는 또 읽었다. 너는 불침번을 서고 있었는데 내가 방해한 셈이지. 나는 몇 시간이고 계속 나 자신을 탓하다가 또 전혀 탓하지 않기도 해. 내가 너를 얼마나 사랑하는지 알아, 루시? 짐작이나 할 수 있어?

언젠가는 서로 편지를 쓰지 않게 될 거다, 루시는 생각했다. 그 모든 것이 이제는 반복이기 때문에. 레이프, 너는 네 인생을 살아야 돼, 그녀는 속으로 썼다.

*

헨리는 장화의 낡은 밑창을 비틀어 떼어내다가 남은 못 몇 개 때문에 깨끗이 떨어져 나오지 않는 것을 알고는 펜치로 못을 뽑았다. 과거 언젠가, 그가 라하단에 오기 한참 전에, 골트 집안 사람 하나가 구두 만드는 일을 했다. 모든 연장, 칼과 구두골까지 당시 작업장이었던 헛간에 아직 그대로 있었다. 그곳에는 가죽이 여전히 걸려 있고 그 옆의 선반에는 못, 절반짜리 금속 굽, 신기료장수용 실이 든 깡통들이 있었다.

전에도 두 번 헨리는 지금 수선하고 있는 장화를 수선한 적이 있었다. 그는 혼자 이 작업의 요령을 익혔다. 처음에는 각 칼이 어디에 쓰이는지 짐작해보다가 결국 필요한 기술은 인내심이 있으면 자연스럽게 찾아온다는 것을 알게 되었다. 그는 새 밑창을 오리다가 자기도 모르게, 자주 그러듯이, 이 외딴집이 1921년의 복수에서 잊히고 그냥 넘어갔다면, 그날 밤의 위협이 그런 공포와 그런 고통을 일으키지 않았다면 지금 어떻게 되었을까 생각했다. 다른 남자, 성격이나 기질이 대위와 다른 남자였다면 신경이 곤두선 아내의 예감에 주의를 기울이지 않았을지도 모르고, 그것을 근거 없고 어리석은 것이라며 떨쳐버렸을지도 모르고, 그렇게 당황하는 것은 아내의 본분이 아니라고 생각했을지도 모른다. 흥분해서 자기들이 뭘 하는지도 모르는 풋내기 아이들 세 명이 그런 힘을 휘둘렀다는 것이 여전히 헨리에게는 기이한 일로 여겨졌다.

그는 가죽 가장자리를 다듬어 창이 마침내 장화에 완벽하게 맞자 두 번째 창을 오렸다. 그가 예전에 루시에게 신발 한 켤레를 만들어주었을 때 신발이 편치 않았으나 그녀는 그런 말을 하지 않았다. "저런, 그 낡은 건 버려라." 그는 루시가 절뚝거리며 걷는 것을 보고 말했으나 그녀는 버리려 하지 않았다. 그가 그 청년과 결혼하는 것을 반대했을 때, 그렇게 사귀는 것에 반대했을 때, 그는 브리짓이 이해한 것을 이해하지 못하고 있었다. 그녀는 그런 면에서는 그보다 빨랐다. "당신이 걱정해야 할 건 외로움이에요." 브리짓은 말했다.

이제는 그들 둘 다 그것을 걱정했다. 남은 것은 주고받는 편지뿐이었는데, 진입로 마지막 몇 미터를 남기고 관성으로 내려오며 집 앞 자갈밭의 돌을 튀기는 집배원의 자전거는 이제 찾아오는 횟수가 줄어들어 때로는 몇 달 동안 한 번도 안 오기도 했다. 겨울 한 철 내내 편지가 오지 않던 어느 날 헨리는 멀리 바닷가에서 어떤 형체를 보고 누구인지 궁금했다. 한참 뒤 그해 다른 때에 같은 형체를 또 보았다. 누구일 수도 있었다. 헨리는 서둘러 결론을 내리는 사람이 아니었기 때문이다. 하지만 브리짓에게 이야기를 하자 그녀는 누구일 수도 있다는 게 말이 되느냐고 대꾸했다. 헨리는 지켜보았지만 혼자 나타났던 나그네는 돌아오지 않았고 그러다가, 라이알 씨의 르노가 처음 멈칫거리며, 당당하게 늘어선 진입로의 나무들 사이로 나타나면서 시작되었던 그 오랜 모든 것에 종지부를 찍는 것처럼 보이는―적어도 헨리에게는―날이 왔다. "루시 말이 그 청년이 입대하려 한다네요." 브리짓은 유럽의 전쟁이 시작되자 그렇게 전했고 헨리로서는 혼란스럽고 놀랍게도, 브리짓은 아무리 나쁜 바람이 불어도 어떤 식으로든 도움이 되기 마련이라고 덧붙였다. 헤어져 있는 것, 또 앞으로 찾아올 위험이 상황을 편하게 정리해주지 않겠나 하는 것이 브리짓의 논리였다. 남자가 전쟁에서 무사히 돌아오면 세상을 다른 눈으로 보게 되는 일이 흔치 않나.

헨리는 두 번째 창을 제자리에 깔고 발등에 붙일 가죽을 줄로 다듬었다. 그렇게 말하지는 않았지만 그는 처음에는 이런 예측을 브리짓이 흔히 빠져들곤 하는 소망적 사고라고 치부해 떨쳐버렸다. 하지만 그런 일이 얼마든지 생겨날 수도 있다는 점에는 의심의 여지가 없었다. 젊은이는 돌아올 것이고 그가 가져오는 안도감 때문에 질문이 나오게 될 것이다. 생기지도 않을 일을 더 기다리는 것이 무슨 의미가 있는가? 그렇게 되면, 전에는 아이의 아버지가 그랬지만, 이번에는 집을 폐쇄하라고 말하는 사람이 루시가 될 것이다. 헨리가 뜯어낸 창문 판자들은 잘 보관해두었으니 그런다고 걱정할 일은 없었다. 조만간 그는 원래 그들이 속했던 곳으로 돌아갈 수 있도록 문간채 지붕의 슬레이트를 수리할 것이다. 문과 창문을 열어 그곳에 차기 시작한 습기를 제거하고 필요한 곳에는 칠도 좀 할 것이다. 뒤쪽의 땅뙈기도 파고 고를 것이다. 때가 오면 한 번도 가져오게 한 적이 없던 이사용 포장 상자도 확보하고, 브리짓은 가구에 덮을 새 시트도 찾을 것이다. 상황이 어떻게 되든 헨리는 이것이 루시가 결혼이 확정되어 웩스퍼드 카운티로 떠나기 전에 원하게 될 것들이라고 추측했다. 브리짓이 말한 대로, 어떤 일이 이루어질 양이면 내 안의 뭔가가 그것을 알았다.

헨리는 가죽이 겉으로 드러난 곳은 검게 칠하고, 장화 한 짝에 새 구두혀를 꿰매 넣은 다음 이것도 검게 칠했다. 아이들이 태어날 거고, 브리짓은 말했다. 이따금씩 옛 집을 구경하러 아이들을 데려오는 길에 문간채에 들를 거다. 헨리는 하나씩 사용한 연장을 작업대 위 선반에 도로 갖다 놓았다. 손을 아래로 뻗어 벽의 못에서 광택용 걸레를 집어 들고 광택제를 가죽에 발랐다. 천천히 시간을 들여 일을 했다. 시간은 많았으니까.

*

레이프가 싸우러 나간 전쟁은 아일랜드가 선택한 중립에 영향을 주었다. 에니실라 근처 육군 부대에서 이미 시작된, 침공에 대비한 경계 조치는 전국으로 퍼져나갔으며 군대는 유럽에서 진격했고 먼 도시들은 폭격을 당했다. 등화관제가 실시되었고 방독면이 지급되었으며 소화용 수동 펌프 사용 훈련이 이루어졌다. 흔히들 '비상사태'라고 불렀던 전쟁은 물자 부족을 가져왔다. 휘발유, 여전히 라하단 같은 집을 밝혀주는 램프를 위한 등유, 차와 커피와 코코아, 잉글랜드제 의복의 부족 사태였다. 전에는 재배하지 않던 작물—사탕무와 토마토—을 길렀다. 숲과 잔디를 더 태웠다. 빵에서는 흰색이 점점 줄어들었다.

매일 루시는 킬로런까지 걸어가 〈아이리시 타임스〉를 사서 벌어지고 있는 상황을 파악했다. 이제 그녀가 레이프에게서 받는 얼마 안 되는 편지 가운데 일부는 시커멓게 지워져 있거나 군 검열관들이 잘라내버려 페이지 앞뒤 면이 다 사라져버렸다. 접근할 수 있는, 또는 허용되는 정보는 모두 보도에 의존했는데 거기에는 죽음이 숫자로 나타나 있었다. 돌아오지 않는 스핏파이어 전투기 수로, 소개나 퇴각 시의 사상자 수로. 그녀는 언급되거나 계산되지 않는 손실도 있다는 것을 알고 있었다. 응접실에 두려고 산 라디오에서 매주 일요일 저녁에

연합국들의 국가가 흘러나왔고, 이따금씩 여기에 새로운 국가가 추가되었는데 그래도 이것을 들으면 기운이 났다.

하지만 기운이 나는 순간은 짧았다. 루시에게, 바닷가와 숲속에서 레이프의 이목구비는 죽음에 사로잡힌 순간의 모습이었고 팔다리는 경직되었으며 사지를 제멋대로 뻗은 몸의 자세는 어색했다. 누군가가 그의 눈꺼풀을 내려 아무것도 보지 못하는 시선을 덮고 자리를 떴다. 그녀가 본 적 없는 군복 위에 먼지가 뽀얗게 앉아 있었다.

이런 이미지들에 시달리다 다시 그것과 어긋나는 편지가 왔다. 그러면 잠시 유예를 얻었다가 다시 두려움이 시작되었다. 그때, 여남은 번이나 안심의 시간이 너무 짧았을 때, 브리짓의 직관이 루시의 결심이 되었다. 레이프가 돌아오면 그 소식을 듣는 즉시 그에게로 갈 것이다.

4

"선생님(Signore)! 선생님(Signore)!" 수위가 밑에서 계단통 위로 소리를 질렀다. "의사 선생님이(Il dottore)……"

대위는 마주 소리를 질렀고 이윽고 계단에서 의사의 발소리가 들렸다.

"안녕하세요, 선생님(Buongiorno, signore)."

"안녕하세요, 닥터 루카(Buongiorno, dottor Lucca)."

대위는 기다리는 동안 커피를 만들었다. 밖은 여전히 얼어붙을 듯이 추웠다. 한 세대 동안 벨린초나에 이렇게 추운 겨울은 없었다고들 했다. 그는 사람들이 직장으로, 우편 버스 차고로, 사용하지 않으면 결함이 생길까 봐 기계를 계속 돌리기 위해 시계 공장으로 가는 것을 창문으로 보았다. 전쟁 동안 스위스가 고립되면서 고급 시계 거래가 별로 없었기 때문이다. 왼쪽 다리가 짧은 빵집 주인은 밤일을 마치고 기우뚱거리며 무거운 걸음으로 돌아가면서 외투를 바짝 여몄다. 도로 청소하는 사람들이 삽으로 눈을 펐다.

"환자가 살고 싶은 마음이 없으면." 의사가 이탈리아어로 말했다. "살지 못할 겁니다."

그는 자신감이 떨어진 목소리로 그 말을 영어로 되풀이했다. 대위는 두 번 다 이해했다. 도토르 루카가 늘 하는 말이었다. 진찰은 5분도 걸리지 않았고 대위는 이번에는 과연 가방에서 청진기를 꺼내기나 했는지 궁금했다.

"아내는 독감에 걸렸습니다." 대위도 이탈리아어로 말했다.

"맞습니다, 선생님, 맞아요(Si, signore, si)."

그들은 선 채로 함께 커피를 마셨다. 이제 독감은 전염병이 되었다, 의사는 말했다. 동네에서 안 걸린 집이 없다. 상황이 상황인지라 어떤 전염병이 돌더라도 이해할 수 있고 또 예상을 하고 있어야만 한다. 사실 부인(la signora)의 우울증이 더 다급하고 더 심각한 문제다.

"그게 사실입니다, 선생님(signore). 거기에 병까지 있으면 골치 아파지죠……"

"압니다."

의사는 악수를 하고 떠났다. 그는 인정 있는 사람으로 자신의 일에 대한 보수를 거의 받지 않고 다만 자신의 모든 환자가 병에서 회복되어 건강하고 행복하기만을 바랐다. 인생은 짧다, 그는 스위스인다운 분별력 있는 태도로 환자들에게 쉬지 않고 일깨웠다. 좀 길게 간다 해도 결국은.

"감사합니다, 닥터(Grazie, dottore). 감사합니다(Grazie)."

"또 뵙겠습니다, 선생님(Arrivederci, signore)."

그는 모든 사람에게 주는 처방을 남기고 갔다. 그것이면 열이 내리고 두통이 가실 것이다. 의사는 대위에게 부인 몸을 따뜻하게 유지해주라고 지시했다.

도토르 루카가 떠난 뒤에도 의사의 눈에 담겨 있던 절망감은 에버라드 골트에게 그대로 남았다. 그는 주둥이가 넓은 주전자에 묽은 차를 만들어 한 잔 따라 들고 침실로 갔다. 타향살이가 시작된 이후 오랜 세월 동안 그와 헬로이즈는 주전자에 차를 만드는 데 익숙해졌다. 이탈리아나 스위스에서는 찻주전자를 비치하지 않았고 스스로 굳이 산 적도 없었다.

"좀 식게 놔둬요." 그가 잔을 갖다 대자 헬로이즈가 말했다. 잎과 파란 꽃 무늬가 있는 잔으로, 몬테마르모레오에서 가져온 두 개 가운데 하나였으며 대위는 그것을 보면 늘 라하단의 수국 생각이 났다. 처음에는 그런 기억을 되살리는 물건이 마음에 들지 않아 잔과 받침을 치워버릴까, 찬장 안쪽에 처박아둘까 하는 생각도 했으나 그런 약한 마음에 굴복하는 것이 터무니없다 여겨 충동에 저항했다.

"몬테마르모레오의 성 체칠리아가 전쟁에서 살아남았을 거라고 생각해요?" 차가 식기를 기다리는 동안 헬로이즈가 중얼거렸다.

곧잘 소리를 내어 헬로이즈는 궁금한 마음을 드러냈다. 성체칠리아 성당에는 몬테마르모레오가 기리는 성자의 단 하나뿐인 이미지가 보관되어 있었다. 그게 돌무더기 속으로 사라졌을까, 폭력적으로 파괴되었을까, 그 성자 자신이 그렇게 되었듯이?

"우리가 이탈리아에 오지 않았다면 성 체칠리아라는 사람이 존재했는지도 몰랐을 거예요."

"그래, 그건 그래." 대위는 웃음을 지으며 잔을 내밀어 그녀의 입술에 갖다 댔다. 하지만 잔 안에 든 것은 조금도 줄지 않았다.

"피에로 델라 프란체스카의 〈부활〉 앞에 서보지도 못했을 거예요." 그녀의 목소리는 소곤거림으로 잦아들어 거의 들리지도 않았다. "또 프라 안젤리코의 수태고지 그림들 앞에도. 또 비토레 카르파초의 겁먹은 수사들 앞에도."

아내는 아주 쉽게 기억하는 것을 기억하지 못하는 일이 잦은 대위는 침대 옆에서 아내의 손을 잡고 조금 더 앉아 있었다. 그런 것들이 그녀 인생의 경이다, 그녀는 잠시 후에 그렇게 말했고 그런 뒤 갑자기 졸다가 잠들었다.

대위는 아내의 몸을 따뜻하게 유지해주려고 이불을 끌어 올리고 베개들 사이에 편안히 자리 잡게 해주었다. 이렇게 하는 동안에도 그녀는 깨지 않았고 카르파초의 수사들 이야기를 할 때 입가에 번졌던 웃음의 흔적도 사라지지 않았다. 대위는 그녀가 마시지 않은 차를 치우며 그녀가 그 수사들 꿈을 꿀까 생각했다.

그는 방을 나오며 문을 살살 닫고 혹시 귀 기울여야 할 일이 있을까 싶어 잠시 서 있었다. 그러다가 아무 소리도 들리지 않자 자리를 떴다. 아내의 일상의 핵심에 그녀의 노력에도 불구하고 그렇게 오랫동안 점점 커지기만 했던 두려움이 자리 잡고 있었음에도 그의 사랑은 놀랍게도 달라지지 않았다. 골트 대위는 외투를 걸치고 장갑을 끼고 이제는 습관이 된 오후 산책에 나설 때면 늘 그런 생각을 했다. 병이 시작되고 나서 거의 한 달 동안 그는 혼자 산책을 다녔다. 만나는 사람이나 그를 아는 사람들은 아내의 안부를 묻고 곧 회복될 것이라고 장담했다. 독감에 걸린 다른 동네 사람들도 그랬기 때문이다.

아직 공기는 녹지 않았고 오후 내내 차이가 없었다. 그는 결혼하던 날을 기억했다. 그녀가 고모의 반대를 웃어넘겨버리고, 처음 보는 사람이 그를 찾아와서 정말 운 좋은 남자라고 덕담을 하고. 그 이후 지금까지 그는 자신이 그렇지 않은 남자라고 생각해본 적이 없었다. 그날, 언어를 통해 관습적으로 결합된 그들의 삶은 이제 단단히 맞물려 떼어낼 수가 없었다. 아내는 늘 상관없으니 그러지 말라고 했지만 그는 아내를 오래 혼자 둘 수 없었기 때문에 서둘러 발걸음을 돌이켰다. 가로등에 불이 들어오자 아직 녹지 않은 서리가 반짝였다. 성당 옆

카페에서 브랜디를 한잔하자 기분이 한결 나아졌다.

"여보." 그는 돌아와 병실 문간에서 중얼거렸지만 그녀에게 다가가기도 전에 대답이 없을 것임을 알았다.

*

그날 밤 내내 대위는 울며 그녀와 함께 있을 수 있기를 바랐다. 그녀가 어디에 있든. 어깨가 들썩이고 흐느낌이 가끔 큰 소리로 바뀌고 슬픔이 분출되는 사이사이에 그는 그토록 오랫동안 사랑했던 얼굴을 다시 물끄러미 바라보았다. 그는 결혼 생활에 충실했으며 한 번도 다른 삶을 바라지 않았다. 그는 헬로이즈가 얼마나 자주 행복하다고 말했는지—여기 벨린초나에서 함께 보낸 마지막 몇 년 동안에도, 또 그 전에 몬테마르모레오에서도, 그리고 이탈리아의 도시들과 혼잡한 소읍들로 나들이를 갔을 때도—기억했다. 그녀는 최대한 행복을 누리려 했는데, 그녀가 어떻게 그렇게 했는지는 이제 중요하지 않은 것 같았다. 그녀를 애도하고 있으니 좋았던 순간들이 되살아났다. 기뻤던 일들, 그녀의 웃음과 자신의 웃음, 처음 결혼했을 때, 아직 사랑에 그림자가 전혀 드리우지 않았을 때 서로를 발견하던 과정. 지금은 거리를 덮은 눈만큼이나 텅 빈 공백이 있었다.

"당신은 얼마나 흔들림이 없었는지!" 대위는 중얼거리며 다시 과거로, 군대를 떠나야만 했던 시절로 돌아갔다. 그때도 알았지만 오늘 밤에는 다르게 알았다. 그토록 고요하고 그토록 부드럽게, 그토록 삼가는 태도로, 그녀는 그들 둘 다에게 힘을 공급했다. 그녀는 그 점에 관해 전혀 공치사를 받고자 하지 않았으며, 만약에 하려 했다면 터무니없는 소리라며 부인했을 것이다. 그러나 오래전의 그 진실은 그녀가 다른 무엇보다도 생생하게 남겨놓고 간 것이었다.

그는 날이 새도록 침대 옆에 그대로 있었고, 마침내 황량한 겨울 햇빛이 산과 마을 위로 다시 자리를 잡았다. 그제야 그는 장례 준비를 시작했다.

＊

관이 내려가자 영어로 작게 소곤거리는 소리가 들렸다. 헬로이즈 골트는 엄숙한 스위스 무덤들 사이에 묻혔다. 어떤 무덤은 유리 돔 밑에 인공 백합이 놓여 있었고, 어떤 무덤은 광택 나는 화강암에 고인의 사진이 박혀 있었다. 그 무덤들 사이에 언젠가 낯선 이의 죽음도 기록될 터였다.

이 잉글랜드 여자를 조금 안다고 느꼈던 사람들, 먼 방식으로나마 그녀를 좋아했던 사람들이 교회에서 열린 의식에 참석했고 몇 사람은 묘지까지 갔다. "아름다웠어요, 아름다웠어(Bella, bella)." 한 여자가 상처한 남자에게 소곤거렸고 굳이 더 설명이 필요 없었다. 그의 아내는 나이가 들어서도, 자신을 지치게 만드는 고통으로 눈이 흐릿해졌을 때에도 아름다웠다. 그 아름다움을 언급하는 것만으로도 여자는 그녀가 아는 것 이상의 위안을 주었다.

*

······고모님이 헬로이즈에게 유일하게 남은 가까운 친척이라고 생각하기 때문입니다. 독감과 그 합병증은 이제 젊지 않은 사람으로서는 감당하기 힘들었습니다. 모든 것이 평화로웠습니다.

그러나 헬로이즈의 고모도 이미 죽은 뒤였다. 대위의 편지를 받은 사람은 고모의 오랜 반려이자 재산과 소유물의 상속자였다. 샹브레 양에게는 조카딸이 존재했느냐 아니냐는 중요하지 않은 문제였다. 그녀는 적힌 것을 다시 읽고 나서 한 장짜리 편지를 작고 네모난 조각으로 찢어 불 속에 던졌다.

5

12월의 어느 잿빛 아침 다시 레이프에게서 아일랜드 소인이 찍힌 편지가 왔을 때 루시는 그의 전시 막사 가운데 하나가 체셔에 있었고 또 하나는 노샘프턴셔에 있었다는 것을 알게 되었다. 겸손하게 그는 군 검열관들이 삭제했던 소식을 전해주었다. 그는 아프리카에서 싸웠고 그리스의 코르푸 섬에서 수비대가 포로로 잡혔을 때 그 자리에 있었다. 어디에 있든 중단된 적이 없었던 그의 애원은 웩스퍼드에서 재개되었다.

그러나 루시가 자신에게 했던 다짐은, 아주 오랫동안 두려울 정도로 지속되었음에도 흔들리고 있었다. 안전한 아일랜드 소인이 찍힌 봉투에서 그의 필체를 보았을 때 레이프가 안전하다는 사실 때문에 그녀의 눈에서는 감사의 눈물이 나왔다. 그러나 당장은 아니었지만 점차적으로, 며칠이 지나면서, 그녀의 선의들은 계속 이어지는 안도의 바다에 쓸려 나갔다. 전쟁은 모든 곳에 변화를 퍼뜨렸다. 유럽 전체에, 세계 전체에, 예전과 같은 것은 하나도 없었다. 중단되었던 부모의 삶이 다시 재개될 가능성이, 6년의 전쟁과 그 뒤에 찾아온 평화가 그들을 아일랜드로, 역시 변화가 생겼고 이제 한 세대 동안 평화를 누린 아일랜드로 데려올 가능성이 커지지 않았을까? 그들을 기억할 때면 그들의 목소리가 들렸다. 에니실라에서 살던 옷 가방들, 이제는 긁히고 닳았을 반짝거리던 가죽, 개어서 미리 넣어둔 옷이 눈에 보였다. 내 마음은 돌이 아니야, 그녀는 레이프에게 편지를 써서 이해해달라고 간청했다. 오, 네가 이제 위험하지 않다니 얼마나 기쁜지! 네가 말해준 모든 곳에 있는 너의 모습, 이제 마침내 고향에 돌아온 너의 모습을 생각해. 하지만 나중에 편지를 부치고 나서 그녀는 그 편지가 거짓처럼 들린다고 생각했다. 그것은, 자신의 마음에 관한 말은 지나쳤다. 그녀는 다시 편지를 써서 그때는 자신이 너무 긴장한 상태였다고 말했다.

"아, 하지만 알 수 없는 일이지." 루시가 스스로에게 한 다짐이 깨져 브리짓의 직관이 어긋나자 헨리는 아내를 위로했다. 브리짓은 아무 말도 하지 않았다. 루시에게 말을 해볼 수도 있었다. 전쟁의 유익한 잔해에 관한 자신의 잘못된 낙관을 언급할 수도 있었고, 레이프의 헌신에 관해, 그들 사이의 따뜻한 교제에 관해, 우정을 계속 유지해주었던 편지에 관해 말을 해볼 수도 있었다. 그러나 도움보다는 해를 끼치지 않을까 하는 염려 때문에 아무 말도 하지 않았다.

레이프의 마지막 편지가 왔을 때 루시는 그것이 마지막인 줄 몰랐다. 하지만 편지가 더 오지 않자 다시 살펴보고 그 안에서 전에는 놓쳤던 분위기, 부정확한 진술과 고백 안에 담긴 의미를 발견했다. 마치 말이 머뭇거리다 다른 표현 방식으로 가지 못한 듯했고 평범하게 전하는 내용 밑에 절망을 적어놓은 듯했다. 그는 마침내 소용없다는 것을 받아들이고 있었다. 그러나 그의 마음은 쉽게 바뀔 수 있었고, 그녀가 한 줄만 썼다면 실제로 바뀌었을 것이다. 레이프의 안전에 대한 걱정과 더불어 점점 강렬해지던 자신의 사랑을 존중하지 않은 것 때문에 스스로를 배신한 것처럼 느꼈다는 말은 그가 마땅히 받아야 할 고백이었으며, 그것이 한 줄 보태질 수도 있었을 것이다. 공정하게 보자면 사랑은 그 자리에 그대로 있었다. 하지만 전쟁과 그 종결 때문에 가능해질 수 있는 일에 희망이 생기면서, 사랑에 대한 믿음을 잃은 것 또한 배신으로 보였다. 다시, 그녀의 뒤틀린 삶으로 레이프가 자신의 삶을 망치지 말아야 한다는 그녀의 고집은 전과 마찬가지로 고통을 주었다. 자신은 운명의 장난을 믿을 수밖에 없다고—모든 것이 다 운명이라고—느낀다는 것을 차마 변명으로 내세울 수는 없을 것 같아 그녀는 그렇게 하지 않았다.

킬로런을 찾는 새로운 세대의 여름 방문객들은 이따금씩 바닷가나 바위 사이에 홀로 있는 여자를 언뜻 보았고 여전히 오가는 이야기를 들으며 동정심을 느꼈다. 그들은 전대前代의 외지인들과 달리, 변덕스러운 마음으로 이 모든 일을 초래한 고집스러운 아이를 비난하지 않았다. 그 고집스러운 아이는 일어난 일에 직접 연결되어 있었다. 반면 외지인들이 과거의 사건을 이해하는 방식은 현재 외로운 삶에 대한 관찰에 영향을 받았다. 루시 자신은 이런 의견이 한때 분노와 혐오가 만들어냈던 의견과 마찬가지로 일시적임을 알았다. 그 이야기는 아직 신화로 넘어가지 않았으며 그녀의 삶이 끝나기 전에는, 시간의 차가운 빛 속에서 반추되기 전에는, 영원 속으로 던져지지 않을 것이었다. 그녀는 자신이 남의 입에 오르내린다는 사실에 별 관심이 없었다.

루시는 텐트 스티치 기법으로 수를 놓기 시작했다. 처음 스티치를 독학하기 시작했을 때 그녀는 자신에게 타고난 솜씨가 있다는 것을 발견했다. 명주실, 그리고 명주실로 장식하는 리넨은 가정 수공예를 전문으로 하는 더블린의 가게 안크린스에서 우편으로 왔다. 어머니가 받아놓았지만 《아일랜드 용기병》 책갈피에 끼워놓고 잊어버렸던 그 가게의 카탈로그를 발견했던 것이다. 2층 층계 앞의 긴 두 창문 사이에, 엷은 회색 천에 칠면조를 수놓은 자수 액자가 걸려 있었다. 그녀는 어머니가 그것을 수놓던 모습이 희미하게 기억났다. "이걸 수놓느라 네 어머니가 눈이 아팠지." 브리짓이 말했다. "이 칠면조를 수놓은 뒤에는 자수를 그만두셨어."

안크린스는 이미 디자인이 그려진 리넨을 보내주었지만 루시는 그것을 무시하는 쪽을 더 좋아했다. 그녀가 처음 시도한 자수는 마당의 배나무였고, 두 번째는 아버지와 함께 개울 얕은 곳에 늘어놓았던 징검다리였으며 또 하나는 절벽 위에 번성한 패랭이꽃이었다. 시간이 지나면서 그녀는 지금은 완전히 폐허가 된 패디 린던의 오두막도 수놓게 될 것임을 알았다.

"이야, 정말이지!" 설리번 씨는 그녀의 작품을 처음 보았을 때 정말로 감탄하여 소리를 질렀다. "이런! 이런!" 그 무렵 변호사 생활에서 은퇴한 설리번 씨는 라하단 방문을 재개했다. 다시 휘발유를 사용할 수 있었기 때문이다. 이제 80대 후반에 들어선 크로스비 신부는 여전히 교회 일에 열심이었지만 라하단까지 오는 대신 편지를 보냈다.

설리번 씨도 헬로이즈 골트가 칠면조의 점 박힌 깃털과 주홍색 머리와 골골 울음소리를 내는 목을 수놓던 일을 기억했다. 그러나 그는 그 기억을 입 밖에 내지 않았다. 식탁에 그를 위해 펼쳐놓은 것—완성된 배나무 자수, 막 시작된 징검다리—을 보자 이 행사는 온전히 루시만의 것이 되었다고 생각했기 때문이다. 그녀와 레이프—크로스비 신부와 마찬가지로 설리번 씨도 에니실라의 거리에서 알게 되었다—사이의 우정에 어떤 진전이 있었다면 그는 마침내 루시를 아이 이상으로 생각했을 것이다. 그러나 외부인인 그의 눈은 라하단, 그리고 그곳에 모여 살게 된 작은 가족을 석화된 존재처럼, 그곳에서 있었던 드라마 속에 갇힌 존재처럼 보고 있었다. 루시는 여전히 정지해 있었다. 그녀 자신의 자수 속의 구성 요소나 다름없었다.

"액자에 넣어야겠군." 복잡한 자수를 들여다보느라 썼던 돋보기를 벗으며 그가 말했다.

"그냥 심심풀이일 뿐인데요."

"오, 하지만 아름다운걸."

"글쎄요, 형편없진 않죠."

"상황이 좀 나아졌어. 너도 알겠지만 이제 비상사태가, 하느님 감사합니다, 끝났으니까 말이야. 물자가 가게들로 돌아오고 있어. 혹시 에니실라에 나갈 차가 필요하면, 루시, 말만 해라."

그녀가 빗속을 산책하러 나갈 때 신는 고무장화는 킬로런의 잡화점에서 왔다. 아주 가끔씩, 마음에 들면 사라는 조건으로 에니실라에서 구두가 왔다. 어머니가 남기고 간 하얀 여름 드레스가 낡아서 못 입게 되자 킬로런의 양재사는 아주 비슷한 드레스를 만들기 시작했다. 머리는 마을에 오는 미용사가 잘라주었다.

"킬로런을 벗어나지 않아도 충분히 지낼 만해요." 그녀가 말했다.

앨로이시어스 설리번이 보기에 그녀는 괴이할 정도로 자기 어머니를 닮아 있었다. 그 드레스를 입었기 때문만은 아니었다. 그는 그녀의 목소리에서 놀랄 만큼 헬로이즈 골트를 떠올

235

리게 하는 억양과 자주 마주쳤다. 마치 아주 어린 시절 어머니의 잉글랜드인적인 특징, 예를 들어 특정한 음절의 강조나 어떤 구의 선택을 흡수하고 절대 잊어버리지 않은 것 같았다. "글쎄, 그저 내 상상인지도 모르지." 설리번 씨는 라하단 방문 뒤에 차를 몰고 떠나면서 곧잘 혼잣말을 했다. 그러나 다음번에 눈을 감고 귀를 기울여도 똑같았다. 대위 부인의 말을 듣고 있었다.

"이거 가지세요." 또다시 자수에 감탄하자 그는 그런 제안을 받았고, 결국 마당의 배나무 자수를 들고 갔다. 그는 그것을 액자에 넣었고 그 뒤에 또 하나가 준비되자 그것을 에니실라로 가져가서 마찬가지로 액자에 넣어 다음에 라하단에 갔을 때 돌려주었다.

1949년 3월 10일 목요일에 그는 〈아이리시 타임스〉에서 레이프가 결혼한다는 기사를 읽었다. 루시도 읽었다.

4부

1

벨린초나에서 안절부절못하던 대위는 여행을 떠났다. 원래는 전쟁이 끝나면 헬로이즈와 몬테마르모레오로 돌아가 살기로 했지만 슬퍼질 것을 알았기 때문에 그렇게 하지 않았다. 또, 같은 이유로 그들이 수많은 이탈리아 여행에서 찾았던 도시들을 다시 찾지도 않았다. 그 대신 홀로된 첫해 말에 그는 프랑스로 갔다. 돌아올 생각이 없었기 때문에 ― 그곳에서도 노스탤지어가 끈질기게 따라붙었다 ― 벨린초나를 떠나기 전에 집 안 물건을 다 처분했다. 그는 미스트랄*이 불고 있을 때 방돌에 도착하여 바닷가 쪽 방을 하나 얻었다.

봄과 여름이 지나간 뒤 다시 움직여 발랑스와 클레르몽페랑

---

*겨울에 프랑스 남부에 부는 차고 강한 북풍.

으로, 오를레앙과 낭시로 갔다. 자신도 모르게 반쯤 익숙한 풍경 속에 들어가 있었고 귀에 익은 이름의 읍과 마을을 통과했다. 지난 전쟁 전의 전쟁에서 그는 부하들을 이끌고 마리쿠르를 통과했다. 철로를 따라 달리는 관목림에서 밤에 빠져나오던 기억이 났다. 버리고 간 것이 확인된 농가, 부엌의 아직 상하지 않은 빵, 스토브의 냄비에 담겨 있던 우유가 기억났다. 그들은 그곳에서, 농장 헛간과 본채에서 자고 동이 트자 다시 행군했다.

어린 시절 에버라드 골트는 전쟁을 상상하고, 혼자 그 불편과 모험을 꾸며내고, 군 생활의 격식과 전통에 매력을 느끼고, 십자군 이야기의 영향을 받았다. 그것에는 아버지가 라하단으로 계속 돌아오던—늘 갑자기—기억이 얽혀 있었다. 반짝거리는 장화, 넓은 가죽 벨트, 담배 냄새가 진하게 밴 거친 재질의 군복 재킷, 낮고 조용한 목소리가 다시 응접실과 정원에 자리 잡았다. 아버지의 직업이나 아버지 자신, 또 역사책의 영웅들과 연결되던 명예는 늘 에버라드의 마음을 끌어당겼다. 그러나 나이를 먹고 나서 그는 속으로 과연 명예를 자신의 특질이라고 주장할 수 있을지, 아니면 다른 사람들이 그를 명예로운 남자라고 생각할지 알 수가 없었다. 알 수 있는 날이 찾아오지도 않았다. 그것은 그의 아내가 그에게 사용하던 말이 아니었고, 그 역시 그 점에서 한 번도 그녀를 부추긴 적이 없었으며, 그런 특질이 소명을 받아들이는 데 영향을 주었다거나 스스로 명예를 가지는 것을 높이 평가한다고 고백한 적도 없었다. 대위는 이제 생각하고 있었다. 그들이 하지 않은 말이 너무 많았다. 서로 사랑했기에 직감이 발달했고, 직감에 의지하여 말을 절약하는 지름길로 가는 데 익숙해지면서 무심하게 너무 많은 것을 가슴속에 그대로 묻어두었다.

이 모든 것이 전쟁 중에 지났던 장소들을 다시 찾아갔을 때 그의 생각을 사로잡았다. 자신이 이끌던 부하들, 지금 그의 기억 속에서 얼굴이 꿈틀꿈틀 형체를 갖추는 부하들의 피를 먹은 땅을 터벅터벅 걸으며, 왜 방랑이 그를 다시 이 옛 전장으로 이끌었는지 궁금해할 때—마치 전에 너무 말이 없었던 것을 보상하듯—아내의 대답이 찾아왔다. 그가 예순아홉 살이 되어 살아남은 자라는 지위를 확인하고 있는 것이라고. 그는 고개를 끄덕여 그것을 받아들였다. 사실이라고 느꼈다. 살아남은 자가 된다는 것은 적어도 겉으로 보이는 것 이상의 무엇이었다. 그는 아버지보다 훨씬 못한 군인으로서 공포는 더 강하게 느꼈으리라고 확신했고 용기는 덜 경험했으리라고 확신했다. 그의 아버지에게 죽음이 전장에서 용맹의 표시가 되지 못하고 질병을 통해 슬며시 기어든 것은 모욕이었다. 그것은 아녀자들의 차지인, 자택에서의 죽음이었다. 당시 에버라드는 스무 살이었으며 관 세 개가 내려가는 동안 킬로런의 작은 묘지에 형과 함께 서 있었다. 세월이 흘러 헬로이즈를 약혼녀로서 라하단에 데려온 사람은 형이었다. "그분한테 편지를 써서 이야기해주세요." 두 사람이 처음 아일랜드를 떠나기로 결정했을 때 그녀는 그렇게 간청했고 그는 그러마고 약속했다. 그러나 그 안정되지 않은 시기에 그는 편지 쓰는 일을 미루었고, 나중에 몬테마르모레오에서는 편지를 보내면 감출 수밖에 없는 답장이 올까 두려워—아일랜드만이 아니라 인도에서도 얼마든지 그럴 수 있었다—더 꾸물거렸다. 하지만 이제는 모든 것이 달라졌다.

다음 날 그는 내처 파리까지 갔다. 콩코르드 광장을 가로지르는데 어떤 여자가 그를 불러 세워 몇 시냐고 물었다. 프랑스어에 자신이 없었기 때문에 그는 조끼에서 시계를 꺼내 그녀에게 보여주었다. 그녀는 웃음을 지으며 시계를, 이어 조끼를 칭찬하더니 영어로 말을 하기 시작했다. 그녀는 포크스턴에 간 적이 있었고, 런던에 간 적이 있었으며, 제러즈크로스에 한동안 산 적이 있었다. 그녀는 재봉사(couturière)였다.

"마담 바셸이에요." 그녀가 잘 가꾼 손을 내밀며 말했다.

그들은 카페로 갔고 마담 바셸은 압생트를 마셨다. "당신 지금 슬프군요(Vous êtes triste)." 그녀가 중얼거렸고 얼굴에 계속 감돌던 웃음이 순간적으로 가라앉았다. "괴로운 일이 있군요, 무슈." 그것은 진술이었지만 어조에는 의문이 담겨 있었기에 그는 고개를 저었다. 낯선 사람과 애도를 공유하고 싶지 않기 때문이다. 그는 그 대신 자신이 참여했던 전쟁과 그때 경험한 그녀의 나라 이야기를 했고 마담 바셸은 장난스럽게 그가 그렇게 오래전에 싸웠을 만큼 늙어 보이지 않는다고 말했다.

친근하게 그녀는 그의 팔을 잡았다. 마치 그 손아귀로 젊은 남자의 근육을 잡을 수 있다고 자신하는 것처럼.

대위는 마담 바셀과 함께 그녀의 방으로 갔다. 빵집이 있는 모퉁이 건물의 높은 층이었다. 그러나 재봉사가 기다리던 순간이 왔을 때 그는 사과를 하며 고개를 저었다. 떠날 수밖에 없다는 것, 그것도 그렇게 서둘러 떠날 수밖에 없다는 것에 그 자신도 실망했다. 마담 바셀과 함께 보낸 시간은 불쾌하지 않았음에도 고독이라는 장애는 극복하기가 쉽지 않았다. "겁쟁이(Cochon)!" 그녀는 위험하게 난간 위로 몸을 숙이고 그의 등에 대고 소리쳤다.

그날 저녁 대위는 형에게 편지를 썼다. 그의 편지 내용은 자세했다. 아일랜드 쪽 일은 틀림없이 이미 알고 있을 터였다. 형도 당연히 들었을 것이기 때문이다.

아일랜드가 지금 형과 내가 알아볼 수 있을 만한 곳인지 궁금하네. 혹시 형이 그곳에 돌아가서 지금 나보다 그곳을—그리고 라하단을—잘 알고 있을지 궁금해. 나는 폐허의 아일랜드라고 부르는 것을 들었어. 더 많은 폐허, 계속 더 늘어나는 폐허.

그는 그날 밤 사건 뒤의 자신의 감정, 그리고 헬로이즈의 감정을 약간 전했다. 이탈리아에서 보낸 시절, 스위스와 전쟁으로 인한 궁핍, 헬로이즈의 죽음에 관해서도 썼다. 헬로이즈가 형의 감정에 계속 같은 감정으로 답하지 않았다는 것에 대한 원망은 있어본 적이 없었다. 다만 실망이 있었을 뿐이다. 누구의 탓도 아니었고 어떤 씁쓸함도 남지 않았다. 자, 이게 다야, 대위의 긴 서신이 끝났다. 형은 어떻게 지내는지 궁금하네.

편지를 보낼 곳이 없었다. 안전한 수취를 보장해주는, 연대의 최근 주소가 없었다. 대위는 편지를 짐에 집어넣고, 기회가 생기면 인도 독립 후 형의 연대의 운명에 관해 알아보겠다고 마음먹었다. 한 달 뒤 그는 오스트리아 빈으로 긴 여행을 떠났다. 언젠가는 그 웅장함을 보고 싶었다는 것 외에 다른 이유는 없었다. 그러나 그가 본 것은 부서진 도시였다. 훌륭한 건물들이었던 것은 폐허 사이의 유령처럼 웅크리고 있었고 야단스러운 밤의 유흥이 초라함과 부패에 활기를 불어넣고 있었다. 그는 오래 머물지 않았다.

전쟁은 유럽의 심장의 피를 빨아 마셨다. 어디를 가나 그 지친 증거가 있었다. 너무 많은 죽음이 있었고, 너무 많은 배반이 있었고, 탐욕을 물리치느라 너무 큰 대가를 치렀다. 그는 수백 년간의 적의로 기운이 바닥난 아일랜드를 생각했고 그러자 타향살이 초기에 경험했던 감정이 다시 찾아왔다. 그의 가족이 어떤 역할을 했을지 모르는 과거의 죄들에 대한 벌을 받았다는 느낌. 골트 가문이 자신의 위치를 너무 오래 유지해온 것도 탐욕이었을까? 형법이 통과되는 동안 라하단에서는 파티가 열렸고, 교회에서는 왕과 대영제국을 위해 기도를 드렸으며, 빼앗긴 자들의 갈망은 무시되었다. 그런 갈망이 마침내 실현된 것일까? 유럽이 지금 그러고 있듯이 아일랜드도 그의 부재 동안 자신을 다시 만들었을까?

벨기에 브루게에서 그는 그루닝어미술관 근처 민박에서 묵었다. 헬로이즈는 이 도시에 묵은 적이 있었다. 그녀는 이곳 건물들의 벽돌과 회색 돌, 금박을 입힌 조각상과 초콜릿 진열장, 카페와 경장輕裝 2륜마차 이야기를 했다. 이제는 사라진 찻집, 수녀들 사진을 찍지 말라고 호소하는 안내판이 있는 수녀원 잔디밭 이야기를 했다. "오, 내가 그 작은 도시를 얼마나 사랑했는지!" 그녀의 목소리가 자주 그러듯 대위의 몽상 속을 둥둥 떠다녔다. 겐트에서 〈어린 양의 경배〉를 쳐다보며 그는 지금의 자신과 마찬가지로 경외감에 사로잡혔을 그녀를 상상했다.

"잉글랜드인인가요?" 그는 민박에서 질문을 받고 잠시 망설였다. 그 순간 자신이 어느 쪽인지 알 수 없었기 때문이다. 이윽고 그는 고개를 저었다.

"아니요, 아일랜드 사람입니다."

"아, 아일랜드! 아일랜드는 얼마나 아름다운지!"

열광하는 사람은 잉글랜드 여자로, 그보다 아마 스무 살은 연하인 것 같았으며 파리에서 다가와 말을 걸었던 여자와는 전혀 달랐다. 그는 떠돌아다니는 외롭고 나이 많은 남자들이 자연스럽게 그런 관심의 대상이 되는 것인지 궁금했고 이번에도 그런 관심을 환영하기는 했지만 콩코르드 광장에서보다는 조심했다. 그는 민박 식당에서 이 여자를 본 적이 있었다. 그때는 어머니로 보이는 여자와 함께 앉아 있었는데 나중에 이 추측이 맞았음이 확인되었다.

"네, 아름답지요."

"아일랜드에는 딱 한 번 가봤지만 잊히지가 않아요."

"나는 거의 30년 가까이 가보지 못했네요."

여자는 고개를 끄덕였지만 호기심을 보이지는 않았다. 금발이었고 미모는 약간 바랬지만 그 변화 자체가 매력적이었다. 결혼반지는 보이지 않았다.

"불쾌해하지 않으셨으면 좋겠네요." 그녀는 사과했다. "잉글랜드인이라고 지레짐작한 것에."

"아내는 잉글랜드인이었죠."

그는 사별의 무게를 감추려고 웃음을 지었다. 우물우물 나오는 동정의 말은 아무리 상냥해도, 그 의도와 관계없이 경박하게 느껴졌기 때문이다. 그가 혹시나 하고 바라던 것과는 달리 여행을 해도 기분은 나아지지 않았으며 이제 자신을 사로잡고 있는 애도를 떨쳐버리지 못할 거라는, 아니면 어째서인지 자신이 그럴 의사가 없다는 생각이 들기 시작했다. 세상에서 가장 부담을 주지 않았던 아내 헬로이즈가 죽어서는 때때로 감당할 수 없을 정도로 부담을 주고 있었다.

"우리 나라가 아일랜드에 몹쓸 짓을 했죠." 여자가 말했다.

"저는 늘 그렇게 생각했어요."

"뭐, 이젠 끝난 일입니다."

"네, 끝났죠."

이 여자의 삶에도 상실이 있었다. 전쟁이 그녀에게서 결혼을 앗아가버렸다. 둘 다 이야기가 그쪽으로 흘러가는 것을 막기는 했지만 그는 둘 사이에 공통점이 있다는 것을 느꼈으며 그녀도 느낀다는 것을 알았다. 느긋하게 그들은 오후 내내 이야기를 나누었다. 브루게와 그 비슷한 도시들에 관해, 다시 아일랜드, 잉글랜드에 관해. 그들은 한나절 동무였지만 여전히 개인적인 이야기는 하지 않았고, 드러내고 싶지 않은 것은 드러내지 않았다. 그가 여자의 어머니를 만날 기회가 생기기 전에 모녀는 떠났다.

몇 주 뒤 대위도 떠났다. 그는 프랑스 칼레에서 영국 도버로 건너갔으며 거기에서 기차를 타고 켄트를 거쳐 런던으로 갔다. 그곳에서 인도 연대에 관해 알아보았고 형이 오래전에 전사했다는 소식을 들었다. 혼자라는 느낌, 살아남은 자라는 느낌이 그 어느 때보다 더 대위를 사로잡았다. 승리가 아니라 기분 나쁜 굴복에 더 가깝게 느껴지는. 이 생기 없는 전후의 수도에서는 기운을 북돋울 것을 찾을 수가 없었다. 어디를 가나, 어떤 얼굴에나, 어떤 행동에나 울적함뿐이었다. 오직 길모퉁이의 건달과 달콤한 향기를 풍기는 수많은 매춘부만 흥겨울 뿐이었다.

2

아침은 화창하여 밝은 3월의 햇볕이 루시의 팔과 얼굴에 따뜻하게 비쳤다. 개울둑은 양이 와서 뜯어 먹기라도 했는지 풀이 아주 짧았지만 사실 양은 이곳에 절대 오지 않았다. 이 풀, 가장 긴 열파에도 녹색을 유지하고, 걸으면 기분 좋은 탄력이 느껴지는 풀은 전혀 자라는 것처럼 보이지 않는다는 것이 수수께끼였다. 루시는 풀밭에 드러누워 하늘을 올려다보았다. 신발은 걷어차 벗어버렸고 읽던 책은 옆에 엎어놓았다. 그녀는 책 생각을 하는 것이 아니었다. 거기 나오는 사람들도, 대성당이 있는 장소들도, 프루디 부인이나 하딩 씨나 종탑에 걸린 해를 생각하는 것도 아니었다. "편지로 이야기해줄래?" 그녀는 그렇게 부탁했지만 자신이 무리한 요구를 했음을 깨달았다. 당연히 레이프는 자신이 결혼한 아내가 어떻게 생겼다고 편지에 적어 보내지 않았다. 잊었거나 곤혹스러웠을 것이다. 그렇다고 그게 중요한 것은 아니었고 어쩌면 그 편이 낫기도 했다. 백일몽 속에서 루시는 예쁘고 유능해 보이는 얼굴을 보았고 그에 어울리는 행동거지를 느꼈다. 제재소 옆 덩굴식물로 덮인 집의 창문 하나가 열리더니 덩굴손 하나가 잘려 나갔다. 깔끔함도 하나의 자질이었다. 톱이 조용해지면 남편과 아내는 은은한 향기가 감도는 저녁 공기 속에 산책을 나가 다리건너 로건스 바 앤드 스토어스에 갔다. "여기는 정말 평화로워요!" 레이프의 행복한 아내가 말했다.

루시는 일어나 앉아 옆에 놓인 책으로 손을 뻗었다. 붉은 표지에는 비를 맞은 자국이 있었다. 앨로이시어스 설리번이 1년 전 경매에서 책 세 무더기를 사서 라하단에 가져왔다. 선물이었다. 소설을 읽는 것이 그녀의 큰 즐거움이라는 것을 알았기 때문이다. 면지에 어두운색 잉크로 앨프리드 M. 빌이라고 적혀 있었기에 루시는 그가 누구였을까 생각해보았다. 멍크스타운 로지, 1858. 그녀가 아는 모든 사람들 가운데 1858년에 살아 있었을 법한 사람은 크로스비 신부뿐이었다. 이름과 얼굴을 계속 떠올려봐도 다른 사람은 생각할 수가 없었다. 다정한 마음으로 그녀는 그 늙은 성직자를 떠올렸다. 그가 그녀를 얼마나 걱정해주었는지, 교회 묘지에서 그가 다가와 그녀 이야기를 하더라는 레이프의 말도 떠올랐다. 크로스비 신부는 아흔 살까지 살았다.

하딩 씨는 평생 그렇게 심하게 압박감을 느낀 적이 없었다. 마침내 다시 소설로 돌아간 그녀는 곧 빠져들었으며 10분 동안 레이프도, 그의 결혼도, 그의 아내도 궁금해하지 않았다.

*

그는 차를 탔지만 역에서부터 오는 내내 기사에게 한마디도 하지 않았다. 그는 킬로런까지 데려다 달라고 했다. 나머지 거리는 걸어갈 생각이었다. 그렇게 하고 싶었다. 차로 가는 40분 동안 기사는 두 번 입을 열었지만 그다음에는 입을 다물었다.

킬로런에 이르자 대위는 쉽게 기억이 떠올랐다. 옛날에 부두 아래 바위들이 있는 곳에서 조개를 찾곤 하던 여자가 있었는데, 지금 그곳에서 뭔가를 찾는 여자가 보이자 대위는 그 여자의 딸이 아닌가 생각했다. 그런 것처럼 보였다. 멀리서는 좀 닮아 보였기 때문이다. 어쨌든 대위는 그렇다고 상상했다. 예전에 모래사장에서는 어부들이 거의 매일, 그물에서 빠져나간 녹색 유리 찌를 찾곤 했다. 그러나 오늘은 그곳에 어부가 한 명도 없었다.

그는 바닷가를 걸었다. 단애면斷崖面은 눈에 익었다. 꼭대기의 들쭉날쭉한 가장자리, 흙이 덮인 곳의 갈라진 틈들. 오직 덤불만 달라 보였다. 부드럽고 축축한 모래가 가루처럼 느껴질 때 그는 방향을 틀어 조약돌 해변으로 갔다. 절벽을 오르는 편한 길은 예전 그대로였다.

한두 번은, 집이 타버렸을 거라고, 그자들이 다시 찾아와서 이번에는 성공했을 거라고, 그래서 이제 그곳에는 담만 남아 있을 거라고 생각한 적도 있었다. 구버네이 가족은 아글리시를 떠날 때 지붕의 납을 탐내던 농부에게 집을 팔았는데, 농부는 슬레이트를 떼어 가고 벽난로들을 파 간 뒤에 나머지는 비바람에 내맡겨두었다. 아이어 장원은 다 타서 기초를 드러냈다. 스위프트 가족은 앞으로 어떻게 할지 생각하는 동안 라하단에 머물렀다. 링빌에 남아 있는 건물은 신학교가 된다는 이야기가 있었다.

대위는 발을 멈추고 자신이 딛고 있는 밭들을 통과하던 행렬을 기억했다. 아버지는 형식을 갖추어 차 바구니를 앞으로 들고 있었고, 어머니는 깔개와 식탁보를 들고 있었으며, 누나는 가족 모두의 수영복과 어깨에 두르는 천과 수건을 들고 있었다. 그와 형에게는 나무 삽만 맡겨졌다. 그때 넬리가 햇빛 속에서 날카롭게 소리를 지르며 그들을 쫓아 달려왔다. 앞치마와 검은 원피스 자락이 펄럭이고 모자의 리본이 뒤로 둥둥 떠 있었다.

잠시 에버라드 골트는 자기가 다시 아이가 되었다고 생각했다. 햇빛이 창유리에 반짝이는 것을 보았다고 생각했지만, 그럴 리가 없다는 것을 알았다. 유리는 나무판자에 가려져 있으니까. 계속 걸으며 헨리에게 넘겼던 소 떼를 헤아려보았다. 지금은 두고 떠났을 때의 두 배였다. 젖소 한 마리가 호기심을 느끼고 느릿느릿 다가와 그 쪽으로 목을 길게 빼고 코를 킁킁 거렸다. 다른 소들도 발을 질질 끌며 뒤따랐다. 목초지 너머 오라일리네 밭에서는 근대가 자라고 있었다.

다시 햇빛이 유리에 반짝였다. 계속 걷다가 그는 커튼이 펄럭이는 것을 보았다. "파라솔 두고 가셨어요!" 넬리는 그날 머리 위로 파라솔을 흔들며 소리쳤다. "파라솔을 두고 가셨어요, 마님!"

그는 〈코리에레 델라 세라〉 신문에서 아일랜드의 소 전염병에 관해 읽은 적이 있었다. 그는 그때 이 소 떼가 그런 병에 걸릴까 걱정을 했다. "라하단에서는 늘 몇 마리 기르고 있지요." 아버지는 찾아오는 사람에게 젖소를 자랑하며 그렇게 말했었다. 이제 더 가까이서 보니 판자로 막은 창문은 하나도 없었다.

대위는 당황하여 어쩔 줄 모른 채 밭과 집 앞 자갈밭을 가르는 울타리에 난, 흰색 페인트를 칠한 철문을 통과했다. 다시 한 번 그는 발을 멈추고 잠시 수국의 짙푸른 색에 시선을 빼앗겼다. 이윽고 그는 천천히 열린 현관문을 향해 걸어갔다.

*

마당에서 헨리는 우유 통을 트레일러에서 들어내 자갈 위로 굴렸다. 낙농장에서 물을 틀어 우유 통을 가득 채운 뒤 호스를 다시 고리에 걸었다. 자면서도 할 수 있는 일이다, 그는 루시가 어렸을 때 말하곤 했고 그러면 아이는 그 모습을 상상하며 웃음을 터뜨렸다. "루시, 루시, 네 답을 다오, 다오!" 그는 그렇게 노래를 하여 루시가 또 웃음을 터뜨리게 하곤 했다.

브리짓이 그를 부르자 그도 마주 소리치며 낙농장에 있다고 말했다. 픽업트럭과 트레일러를 아직 치우지 않은 것을 보면 그녀도 알 터였다. 그런데 왜 저러는 건지, 왜 무턱대고 큰 소리로 부르는 건지 의아했다.

"그만." 그녀가 소리쳤고 그는 그녀의 어조에서 무슨 일이 생겼음을 알아챘다. "그만하고 들어와요."

양치기 개들은 우유 통이 덜거덕거리는 소리에 흥분했다가 다시 배나무 밑에 자리를 잡았다. 몇 주 더 있으면 매일 낙농품 공장에 가는 일도 필요 없을 터였다. 우유 트럭이 진입로 초입까지 올 테니까. 거의 1년 전에 그는 우유 통을 싣고 내리는 데 필요한 단을 완성했다.

"헨리! 좀 들어오라니까요!" 브리짓은 다시 소리쳤지만 뒤쪽 문간으로 나서지는 않았다.

개 통로에 이르자 웬 남자가 말하는 목소리가 들렸지만 너무 낮아서 헨리는 웅얼거림밖에 듣지 못했다. "하느님께 영광을!" 그가 부엌에 들어섰을 때 브리짓이 작은 소리로 말하고 있었다. 그녀는 처녀 시절에 곧잘 그랬던 것처럼 얼굴이 빨개져서 탁자에 앉아 있었다. 손끝이 입술에 연신 닿았다가 떨어지고 다시 닿았다. "하느님께 영광을!" 그녀는 계속 중얼거렸다.

헨리는 남자를 알아보기 전에 추측했고 나중에 어떻게 자신이 말문이 막히지 않았는지, 즉시 말할 수 있었는지 궁금해했다. "말씀드렸어?"

"말해줬네, 헨리." 대위가 말했다.

그는 그곳에 온 지 꽤 된 듯했다. 따라놓은 차가 있었고 브리짓은 손대지 않았지만 대위는 다 마셨다. 헨리는 레인지로 가서 찻주전자를 들고 와 대위에게 한 잔 더 따라주었다.

*

루시는 바닷가를 통해 돌아왔다. 아버지가 그랬듯이 바다에 바짝 붙어 걸었지만 온 방향은 반대쪽이었다. 하지만 이제는 물이 빠지고 있었기 때문에 아버지의 발자국과 달리 그녀의 발자국은 남았다. 그녀는 절벽을 향해 방향을 틀었다. 양손에 신발을 한 짝씩 들고 축축한 모래 위를 어슬렁어슬렁 걸었다. 모래가 말라서 부드러워지자 그 위에 앉았다. 스탠호프 가족의 커다란 특징은, 그녀는 읽어나갔다. 어쩌면 무정함이라고 말할 수도 있었다. 그러나 이런 감정의 결여는 그들 대부분에게 어마어마하게 선한 천성과 함께 나타났기 때문에 세상에는 거의 드러나지 않았다.

그녀는 잠시 스탠호프 가족에 관해 기억하지 못했지만 이윽고 완벽하게 기억이 났다. 멍청하게 하딩 씨가 선창자, 슬로프 씨가 프루디 주교 밑의 예배당 신부라는 것을 잊어버리다니, 그녀는 속으로 말했다. 그녀는 다시 한 번 읽었지만 긴 문단 하나의 의미가 머리에 들어오지 않았다. "나는 얼마나 운이 좋은지!" 레이프의 부인은 저녁 산책에서 돌아오며 말했다.

*

들어가보는 위층 방마다 대위는 우선 창으로 가 밖을 내다보았다. 그는 목초지에 있는 딸을 보았고 잠시 혼란에 빠져 그녀가 아내라고 생각했다.

그녀가 현관에 들어섰을 때 그는 층계의 굽이에서 내려다보다 자신도 모르게 다시 그렇게 상상했다. 그녀는 걸을 때 거의 눈에 띄지 않을 정도로 멈칫거렸고 그는 딸이 다리를 전다는 것을 깨달았다. 딸아이는 제 어머니의 이목구비를 빼닮았다.

"누구시죠?" 딸이 물었을 때 그 목소리도 자기 어머니와 똑같았다.

에버라드 골트는 층계에서 몸을 가누기가 힘들어 손을 난간 쪽으로 뻗고 천천히 내려왔다. 부엌에서 알게 된 소식―그리고 바로 이어서 이렇게 딸과 만난 것―때문에 몸에 기운이 없었다.

"나를 모르겠니?"

"모르겠는데요."

"나를 봐, 루시." 대위는 층계를 다 내려왔다.

"무슨 일이세요? 제가 왜 당신을 알아야 하는데요?"

그들은 서로를 물끄러미 바라보았다. 그녀의 뺨이 입고 있는 드레스만큼이나 하얘졌고, 그 순간 그는 딸이 자신을 알아보았음을 알았다. 그녀는 아무 말도 하지 않았고 그는 가만히 서 있었다. 딸에게 다가가지 않았다.

※

브리짓은 처음에 대위가 집 주변을 걸어 다니는 소리를 들었을 때 미지의 것으로부터 보호받기를 바라며 성호를 그었다. 식당에서 찬장 옆에 낯선 사람이 서 있는 것을 보았을 때 또다시 성호를 그었다. 부엌에서도 인도해주시기를 바라며 또 성호를 그었다.

"처음에는 그분이라고 생각하지 않았어요." 그녀가 말했다. "뼈하고 가죽만 남아버렸더라고. 하지만 그 때문만은 아니야."

"아, 그분 맞아."

"내가 말씀드리니까 가엾은 분이 충격을 받아서 제정신이 아니더라고요."

"루시도 그럴 거야, 루시도."

"어떻게 될까요, 헨리?"

256

헨리는 고개를 저었다. 그는 왜 대위가 혼자 왔는지 브리짓
에게 설명을 듣는 동안 잠자코 귀를 기울였다.

*

그는 딸을 끌어안고 싶었지만 그렇게 하지 않았다. 딸에게
서 그를 막는 뭔가를 느꼈기 때문이다.

"왜 이제야?" 그가 들은 것은 속삭임이었다. 그 말은 그에게
하려는 것이 아니었다. 이윽고 그 말을 후회하듯 루시는 그를
아빠라고 불렀다.

3

킬로런 마을과 에니실라 읍에서 사람들은 골트 대위가 나타
나는지 지켜보았다. 그가 눈에 띄는 것을, 연극에서 무대 뒤의
중요한 인물이 처음 등장하는 순간만큼이나 열렬하게 고대하
고 있었다. 그는 자기 집의 어두운 방들을 돌아다니다가—사
람들은 그렇게들 추측하고 이야기를 옮겼다—조용히 떠날 생
각이었다. 그런데 딸이 살아 있었다.

다른 곳과는 달리 라하단에서는 그가 위층 창문에서 소총을
겨누었던 밤 이후의 사건들이 연대기로 정리되지 않았다. 한
번도 이야기를 퍼뜨리기 위한 목적으로 말끔하게 정리된 적이
없었고, 실제 벌어진 대로 기억 속에 뒤죽박죽 남아 있었다.
또 대위의 귀환으로 생겨난 커다란 변화, 그리고 그가 가져온
상처했다는 소식도 다른 곳에서 추정되었던 것과는 달리 사건

들을 완성하는 패턴으로 받아들여지지 않았다. 라하단에는 충격의 생생함이 그대로 남아 있었고 더 일상적으로는 대위가 피우는 작은 시가와 그가 마개를 여는 위스키의 냄새가 배어 있었다. 브리짓과 헨리 사이에는 대위의 목소리가 세월이 흐르면서 더 저음이 되었다는 이야기가 오갔다. 층계를 딛는 발걸음은 완전히 낯선 사람의 것이라고 할 수는 없었지만 거의 그런 느낌을 주었다. 말리려고 과수원에 널어놓은 그의 셔츠는 이질적으로 느껴졌다.

대위 자신도 여전히 혼란스러웠고, 또 가끔은 의혹에 빠져들었다. 이게 지금 꿈일까. 딸이 살아 있다니, 이 장소를 두고 자신이 상상했던 모든 것이 지금 주위에 실재하는 것보다 더 진실 같다는 느낌이 들다니. 그는 딸과 함께 있을 때면 본능적으로 딸아이의 손을 잡고 싶었고, 어렸을 때 모습을 찾고 싶었다. 마치 아이에게 닿으면 자신이 잃었던 것을 어떤 식으로든 발견하게 될 것 같았다. 그러나 그 본능은 매번 억눌렸다.

"라하단은 네 거야." 그는 본능을 따르는 대신 어설프게 말했다. 어떤 말을 하든 아무 말도 안 하는 것보다는 나을 것 같았기 때문이다. "나는 손님일 뿐이야."

딸의 반응은 항변으로 가득했지만 어디까지나 말에 지나지 않았다. 딸의 어린 시절 어리석음을 용서하는 것, 자신뿐 아니라 아이 엄마도 용서하리라는 것은 그가 내놓을 수 있는 가장 적은 것에 지나지 않았다. 딸의 작은 죄는, 알기만 했다면, 저

지르고 나서 한 시간도 지나지 않아 사면받았을 것이다. 그런 식의 다짐이 그의 입에서 진지하게 흘러나왔다. 초조한 상황에서 아이의 불안을 무시했다는 것이 지금까지 남아 있는 잔혹함이었다.

그러나 회한과 후회와 관련하여 그가 한 모든 말에도 불구하고 대위는 뭔가 해소되지 않은 것이 남아 있음을 알고 있었다. 딸의 음울한 세월은 그 나름의 뭔가를 만들어내 오래전에 딸아이를 사로잡고, 한기를 느끼게 하는 안개처럼 딸아이를 감싸고 있었다. 그렇게 보였다.

둘은 식당의 긴 식탁 양쪽 끝에 앉았다. 이곳이 그들의 대화가 주로 이루어지는 곳이었다. 아무 이야기도 하지 않는 경우가 많기는 했지만. 식사 때마다 대위는 딸의 가는 검지가 마호가니의 광택이 나는 표면에 무엇인지 알 수 없는 무늬를 그리는 것을 지켜보았다. 딸아이는 예의를 차리느라 때때로 자신이 그날 한 일을 이야기해주었고, 아직 이른 시간이면 이따가 할 일을 말해주었다. 꿀을 모을 거다, 꽃을 돌볼 거다.

*

시간이 지나 레이프도 소식을 들었다.

결혼한 지 1년이 넘었지만 하루 전에 했다 해도 다르지는 않았을 것이다. 그녀가 상상한 것과 똑같지는 않았지만, 레이프의 아내는 갈색 눈에 키가 컸고 거무스름한 머리는 뒤로 꽉 묶었으며 첫아이를 낳은 뒤 원래 타고난 늘씬한 몸으로 돌아가고 있었다. 상상한 대로 그녀는 과연 유능하고 깔끔했다. 결혼하면서 레이프의 차지가 된, 덩굴식물로 덮인 집의 창에서, 뻗어 나오는 덩굴손을 실제로 잘라주었다. 레이프의 부모는 그 집이 언젠가 레이프의 아픈 어머니에게 너무 큰 짐이 될 것을 깨닫고 짓기 시작한 근처 작은 단층집으로 옮겨 갔다.

골트 대위가 돌아왔음을 레이프가 안 것은 월요일 오전이었다. 오래전 그는, 제재소에 자주 들러 목재를 잔뜩 싣고 가는 트럭 기사가 킬로런 출신으로 그곳의 누이들과 계속 연락한다는 것을 알게 되었다. 그와 레이프는 그곳 마을이나 동네 이야기를 했고, 레이프는 자신이 그들과 얼마나 친밀한지 밝히지는 않았지만 절벽 위의 집에 관해 자주 이야기했다. 루시 골트가 관련된 대목에 이를 때면 그는 늘 입이 무거워졌다. 군대에 있던 6년 동안 그는 과묵해졌고, 그 무렵에는 불가피해진 일─자신과 루시 골트는 절대 결혼하지 못할 것이라는 사실─을 한 번도 드러내 말하지 않았다. 또 그녀나 자신이 라하단에서 지내던 시절에 관해, 그녀 대신 결혼하게 된 아내에게 이야기한 적도 없었다. 그렇다고 이것이 결혼 생활에 사랑이 없었다거나 레이프가 차선에 만족했음을 암시하는 것은 결코 아니었다. 그저 그는 불가능한 것에서 물러나버렸을 뿐이었다.

"설마 그럴 리가?" 트럭 기사의 말에 레이프는 차분하게 놀라움을 표했다.

"오, 다 사실이라고 말씀드릴 수 있습니다, 사장님."

사내는 자신했다. 그의 목소리에 확신이 담겨 있었기 때문에 레이프는 눈을 감고 고개를 돌리고 싶었다. 그 목소리가 그의 어딘가를 찔렀고 그는 그곳이 심장이라고 상상했다. 그러나 그의 심장은 그 어느 때보다 분명하게 고동치고 있었고 그는 그것을 느낄 수 있었다. 쓰디쓴 과일에 타버린 것처럼 입안이 바싹 말랐다. 트럭 기사는 너도밤나무 널빤지들이 천천히 잘리는 날카로운 소리에 다른 톱이 움직이기 시작하는 소리가 보태지자 악을 써야 했다.

"좀 된 일입니다, 사장님."

그들은 밖으로 나갔다.

"골트 부인도?"

"골트 부인은 돌아가셨다고 하던데요."

레이프는 준비해둔 송장을 사내에게 주었다. 트럭이 후진으로 제재소 마당에서 도로로 나갈 때는 안내를 해주었다. 그는 여전히 차분함을 가장한 채 손을 흔들어 작별 인사를 하고는 혼자 있고 싶어 자리를 떴다.

*

돌아왔다는 소식을 들었을 때 설리번 씨는 어찌할 바를 몰랐다. 그의 관점에서 볼 때 에버라드 골트는 복잡한 일을 당한 단순한 남자였는데, 이제 더 복잡한 일이 보태졌다. 앨로이시어스 설리번은 기뻐해야 할지 걱정해야 할지 알 수가 없었다.

"글쎄, 에니실라에서는 변한 걸 한두 가지 보게 될 거요, 에버라드." 마침내 두 남자가 센트럴 호텔 바에서 다시 만났을 때 그는 말했다. 그는 과거 에버라드 골트와 나눈 많은 이야기를 떠올리면서, 그와 대화할 때는 너무 깊이 파고들지 않는 쪽이 현명하다고 생각했다. "에니실라에서 레인코트를 만들게 되리라고 짐작이라도 했소?"

"거기 그게 있나요?"

"오, 있고말고, 있고말고. 에니실라에는 전과 같은 게 별로 없지."

대위는 변화 가운데 일부를 직접 보았다. 그가 기억하는 하숙집들이 일부 사라지고 중심가 가게들도 달라졌다. 역은 쇠락했고 개철 경매장은 폐쇄되었는데 다시 열리지 않을 거라고들 했다. 낯익은 가게들도 막상 발을 들여놓으면 낯익지가 않았고 다가오는 얼굴들도 새로웠다.

"물론 예상할 만한 일이죠." 그는 지금 센트럴 호텔에서 그렇게 말하고 있었다. "어디를 가나 전과는 다른 아일랜드니까."

"대체로 그렇지."

"더 일찍 만나자고 하지 못한 걸 사과드려야겠군요. 자리 잡는 데 시간이 좀 걸렸습니다."

"그거야 이해할 수 있지."

작은 바에서는 그들만 술을 마셨고, 불러야만 종업원이 나타났다. 대위가 자리에서 일어나 잔 두 개를 들고 목제 카운터로 갔다.

"같은 거로." 사시인 젊은 종업원이 나타나자 그가 말했다. 그들은 제임슨 위스키를 마시고 있었다.

"우리는 떠나지 않았을 겁니다, 아시겠지만." 대위는 앉았던 자리로 돌아와 말했다. "숲을 수색해서 아이를 찾았다면 떠나지 않았을 겁니다."

"그 생각은 하지 않는 게 좋소, 에버라드."

"오, 압니다, 알아요." 그는 잔을 들어 올렸고 정적이 흐르자 자기 집 식당에서는 전하기가 두려웠던 것을 털어놓았다. "헬로이즈는 자기 아이가 스스로 목숨을 끊었다고 믿었습니다."

대화는 변호사가 원하던 안전한 표면의 아래쪽으로 파고들어버렸다. 그는 그것을 막으려는 노력을 하지 않았다. 이제 그러려고 해도 그럴 수 없다는 것을 알았기 때문이다. 대위가 말했다.

"하지만 모든 면에서 우아했지요. 아내는 더할 수 없이 우아했습니다. 그걸 감당하고 살면서도."

"헬로이즈는 그럴 수밖에 없는 사람이지."

"겉으로 드러나는 아름다운 모습은 다 그대로였습니다."

앨로이시어스 설리번은 고개를 끄덕였다. 그는 헬로이즈 골트를 처음 만났던 때가 기억난다고 말했다. 하지만 마치 그가 다른 이야기를 한 것처럼, 또는 아무 이야기도 하지 않은 것처럼 대위는 계속 말을 이어갔다.

"헬로이즈는 수태고지 그림들을 사랑했어요. 성 도마의 의심의 본질을 궁금해했지요. 또 토비아의 천사가 진짜로 새의 형태를 취했는지도, 시므온이 도대체 어떻게 기둥 꼭대기에서 살 수 있었는지도요. 우리는 그림을 많이 봤거든요."

"안타까운 일이오, 에버라드."

변호사는 여자에 대한 이야기를 들으면서 그녀가 젊었을 때 자신이 보았던 침착한 눈을 기억했다. 그는 그녀가 평생 어떤 영혼도 해치고자 한 적이 없는 사람이라고 자주 생각해왔다. 결혼 생활의 친밀함을 경험하지 못한 것을 한 번도 아쉬워한 적이 없는 앨로이시어스 설리번이지만 지금은 잠시 아쉬움을 느꼈다.

"대위는 좋은 남편이었소."

"부족한 남편이었죠. 우리는 하루하루를 더 감당할 수 없게 되자 라하단을 떠났습니다. 그렇게 부주의하게 서두르지 말았어야 했어요."

"나라도 대신 수색에 나섰어야 했는데. 이런 이야기는 끝도 없이 계속될 수 있소."

"내가 방금 한 얘기를 루시도 알 필요가 있을까요?"

"모르는 게 더 자비롭지."

"나도 그 아이가 몰라야 한다고 생각합니다."

"나는 그렇게 확신하오."

두 남자는 술을 마셨다. 이야기가 느슨해지고 제멋대로 뻗어나가자 두 사람 모두 더 편해졌다. 잠시 후 산책로를 걷는 그들의 걸음도 약간 제멋대로 뻗어나갔다. 그들은 예전에 그랬던 것처럼 다시 친구가 되었다. 변호사—열한 살 위이지만 여전히 에버라드 골트가 기억하는 모습 그대로였다—는 걸어가면서 그들 둘 다 아는 사람들, 변호사 사무실의 서기, 그가 아주 오랫동안 데리고 있는 가정부 이야기를 했다. 그는 자신의 사생활에 그 이상 가까이 다가가지 않았다. 그가 하는 모든 말은 과거에도 그랬던 것처럼 다른 누구에게도 하지 않는 말이라는 인상을 주었다. 대위는 여행 이야기를 했다.

"헬로이즈한테 이 근방에서 찍은 게 분명한 사진 한 장이 있었어요." 그가 다른 이야기를 중단하고 말했다. "갈색으로 바래고 약간 찢어지고 구겨지기도 한 거였지요. 헬로이즈는 그게 자기 소지품 속에 있다는 걸 몰랐던 것 같아요."

그는 예전에 높은 파도가 넘어왔을 때 산책로를 돋운 장소를 가리켰다. 루시는 자기 어머니의 사진에서 바다로 뻗어나간 낡은 방파제 기둥들 사이에 서 있었는데, 썩어가는 기둥 몇 개가 지금도 그 자리에 있었다. 방파제는 교체될 거다, 앨로이시어스 설리번이 말했다. 아마 머지않아 그렇게 될 거다.

그들은 의자 옆에서 발을 멈추었지만 앉지는 않았다. 대위는 방파제에 관한 이야기에 귀 기울이며 바다 위쪽, 멀리 떨어진 곳에 점점이 박혀 있는 얼룩 같은 양골담초를 보았다. 동네 소식이 바닥나 다시 침묵이 쌓이기 시작할 때 그가 입을 열었다.

"딸아이가 돈이 부족하지 않도록 살펴주셨더라고요. 그 긴 세월 동안."

"그 아이가 많이 쓰지도 않으니 뭐."

"루시는 나하고 이야기를 하지 않아요."

그는 그들이 다시 만난 순간, 저항에 마주친 포옹, 식당의 침묵, 식탁 위에 무늬를 그리는 손가락, 너무 자주 박살 나는 자신의 행복감 이야기를 했다.

설리번 씨는 머뭇거렸다. 그는 자신의 속을 털어놓는 사람이 아니었지만 아버지와 딸, 둘 다에 대한 애정 때문에 지금은 그렇게 하는 것이 필요했다.

"루시는 결혼할 뻔했소." 그는 말을 끊었다가 덧붙였다. "하지만 아이는 용서받았다고 느끼기 전에는 사랑할 권리가 없다고 믿었지. 아이는 우리 모두와 달리 대위가 돌아오리란 걸 절대 의심하지 않았소. 결국 그 애가 옳았지."

"그게 시간이 좀 지난 얘긴가요? 아이가 결혼할 뻔했다는 게?"

"그래요." 다시 말이 끊겼다가 이어졌다. "남자는 이제 결혼을 했지."

그들은 조금 전과 다름없이 느린 속도로 걸었다. 앨로이시어스 설리번이 말했다. "돌아오니 좋군, 에버라드."

"우리 집의 다른 비극들과 어쩌면 이렇게 똑같은지 모르겠네요. 내가 너무 늦게 돌아온 게 말입니다!"

4

산책로의 두 남자를 멀리서 지켜보는 사람이 있었다.

망상에 시달리던 군인은 이제 군인이 아니었다. 복무 기간이 끝나자 추가로 계속 근무하는 문제를 생각해보겠냐는 제안이 들어왔지만 연장을 거절했다. 호라한은 군대에 실망하기는 했지만 악의는 전혀 없었고, 군 복무의 마지막 시기를 평소와 다름없이 주의 깊게 인내심을 갖고 보냈다. 군화에 구두약을 바르고 버클과 재킷 단추를 반짝거리게 닦았다. 마지막 날이 오자 간이침대 스프링 위에서 매트리스를 말았다. 검은 양복이 로커에 걸려 그를 기다리고 있었다.

그는 지금 그 양복을 입고 있었다. 일시적인 실직 상태였으며 어린 시절 살던 집, 어머니가 세상을 뜨기 전까지 계속 살던 집에서 멀지 않은 집에 방을 세내 살고 있었다. 그는 골트

대위가 돌아왔다는 이야기를 듣고 읍내 거리로 나와 찾아다
녔고, 오늘은 그를 따라다니면서 산책로 위의 두 형체를 계속
관찰했다. 슬픔이나 당혹의 눈물이 아닌 다른 눈물이 그의 눈
에 차올랐다가 움푹 꺼진 뺨으로 넘쳐 셔츠 깃 속으로 흘러내
렸다. 그는 알고 있었다. 의심의 여지가 없었다. 이것은 마침내
성모마리아가 보낸 신호였다. 성모의 거룩한 개입으로 골트
대위가 그의 고통을 끝내려고 돌아온 것이다.

지나가던 그리스도교 형제 세 명이 제대 군인의 얼굴에서
환희에 찬 표정을 보았다. 그를 지나친 후에 그들은 그가 외치
는 소리를 들었고 돌아보니 그는 무릎을 꿇고 있었다. 그들은
그가 다시 일어설 때까지 지켜보았고 마침내 그는 자전거에
올라타 그곳을 떠났다.

5

"이 사람들은 적선을 받아 살았지." 레이프는 수사들의 무덤 주변을 걷다가 질문을 받자 말했다. "아우구스티노회의 수사들은 늘 탁발을 했어."

이 말을 할 때 그의 말투에 짜증의 기색이 있었을까? 하루 일을 마친 뒤의 피로로 위장하지 못한 어떤 표시가? 그는 아내에게 웃음을 지었다. 그녀는 알지 못하겠지만 그녀에게 하는 사과였다. 공기는 부드러웠고 바람은 없었다. 어딘가에서 비둘기가 아직 하루를 마무리하지 않고 구구 울어댔다.

두 사람은 수사 이야기를 하면서 그들 모두가 똑같이 소박한 선에 헌신했을지, 그들의 수도원 생활에 의미를 부여하는 것에서 똑같이 동력을 얻었을지 의문을 품었다. 그들이 가졌던 것과 같은 믿음은 사람들을 똑같이 만들까? 그녀가 물었다.

그들 모두가 똑같았을까? 그들의 옷이 보여주는 것처럼.

"안 그랬겠지." 다시 그의 말투에 짜증이, 아내에게 부당한 노여움의 흔적이 묻어 있는 듯했고 그는 다시 창피해졌다. 더 다정하게 그가 말했다.

"여기 남은 것은 그들의 성당 가운데 일부야. 그들이 살던 곳은 이 들판 전체에 퍼져 있었고 또 그 너머까지도 이어졌을 거야. 그 사람들의 작은 방, 큰 식당, 틀림없이 있었을 정원, 물고기가 있는 연못."

들판 한구석에는 돌 하나가 세워져 있었는데 그 목적은 아직 확인되지 않았다. 기단에 새겨진 것은 손상되어 알아볼 수 없었다. 어쩌면 십자가가 망가져 수직 기둥만 남은 것인지도 몰랐다. 또 깨져서 들쭉날쭉했던 곳은 둥글게 마모되고 추가로 장식을 새기고. 하지만 확실하게 알 수는 없었다.

"이제 돌아갈까?" 레이프가 제안했다.

아이는 자고 있었다. 아이가 울면 울음소리가 안전 창살을 댄, 열린 창문 너머로 그들에게까지 들릴 터였다. 고요한 저녁 공기 속에서 그들은 잠시 귀를 기울였다.

"네, 돌아가는 게 좋을 것 같아요."

그녀가 결혼을 망설였을 때 그는 밀어붙였다. 그녀의 의심에 귀 기울였고 진정에서 우러나오는 다정한 웃음으로 그것을 가라앉혔다. 그녀가 주춤한 것은 겸손 때문이 아니었다. 앞에 놓인 일을 감당할 자신의 능력에 대한 믿음 부족 때문이 아니었다. 조심스러운 마음에 가까웠는데, 그녀는 이유는 잘 몰랐지만 왠지 그 마음이 터무니없지 않다고 느꼈다. 레이프는 지금 그 모든 것이 떠올랐다. 마치 시간이 그 의미를 이해시켜주려고 기다리고 있었던 것처럼.

"이렇게 방치하다니 안된 일이네요." 그녀는 아무도 돌보지 않는 폐허를 돌아보았다. 들에서 풀을 뜯는 소들이 해가 뜨거울 때면 그늘을 찾아 폐허 사이로 들어가 우거진 쐐기풀을 밟고 다녔다. 레이프는 그녀가 그런 말을 한다는 게 이상했지만 물론 전혀 이상할 것은 없었다.

"그래, 안타까운 일이지."

그들은 문을 타 넘어 길로 나섰다. 그렇게 하는 것이 녹슨 빗장과 씨름하는 것보다 편했기 때문이다. 자전거는 로건네 가게의 반짝거리는 연푸른 담에 기대놓았다. 저녁에도 바에 손님이 있는 동안은 가게가 열려 있었다.

그들은 그날에 관해, 제재소에 전해진 모든 소식에 관해 이야기했다. 그들이 처음 만났을 때 그는 한때 평생 목재상으로 살아가는 자신의 모습을 상상할 수 없었다고 고백했다. 그녀는 자주 그 이야기를 입에 올렸는데, 그는 마치 지금 그녀가 그 말을 했다는 듯 갑자기 대꾸했다.

"이게 나야."

그녀는 당황하여 얼굴을 찌푸렸으나 레이프가 설명하자 웃음을 지었다. 이내 둘은 함께 웃음을 지었다.

"다른 건 전혀 바라지 않아." 레이프가 말했다.

그 말은 쉽게 나왔다. 그는 외면할 필요가 없었고 심지어 그녀의 손도 잡을 수 있었다. 그녀의 짙은 갈색 눈에는 그들이 함께하는 삶을 즐겁게 해준 모든 사랑이 담겨 있었다.

"당신은 얼마나 다정한 사람인지!" 그녀가 소곤거렸다.

그들은 좁은 다리를 건넜고 그러자 그의 부모가 사는 단층집이 나타나면서 공기에서 담배 냄새가 났다. 큰 몸집에 머리가 허연 레이프의 아버지는 입 한가운데 파이프를 꽉 물고 느긋하게 꽃밭에 물을 주고 있었다. 레이프의 아버지가 손을 흔들었고 그들도 마주 손을 흔들었다. "그냥 혹시 관심이 있을까 해서 한 말일 뿐이에요." 아까 트럭 기사는 그렇게 말했다.

전에는 한 번도 기만처럼 느껴지지 않던 것이 그 이후부터는 그렇게 느껴졌다. 자신의 비밀을 지키는 것, 오래전 누군가가 에니실라에서의 그 여름에 관해 너무 많은 질문을 했을 때 막연한 대답으로 얼버무렸던 것은 귀중한 것을 보호하는 수준을 넘지 않았다. 이제는 그 수준을 넘어섰다. 과거와 현재가 어떻게 된 일인지 하나가 되었다. 지금 이 순간 루시는 무슨 생각을 할까? 매일 아침 또 하루가 밝아오는 어스름에 눈을 뜰 때 무슨 생각을 할까? 그가 소식을 들었을 것이라는 생각? 그가 무엇을 할지 알고 어떤 방법을 찾을 것이라는 생각?

딸은 평온하게 누워 있었다. 어떤 꿈도 아이를 겁먹게 하지 않았으며 어떤 소리도 텅 빈 평화를 깨뜨리지 않았다. 느슨하게 주먹 쥔 손에 기대고 있던 한쪽 뺨이 약간 불그레했다.

*

대위는 아내가 죽은 뒤 자신이 군인다운 행동거지를 얼마간 잃었다는 것—노년의 부주의함 때문에 긴장을 풀어버렸다는 것, 피곤할 때는 비슬비슬 걸었다는 것—을 깨닫자 딸을 위해 옷이나 외모에서 이런 관리 부실을 고치기로 했다. 그래서 에 니실라에서 정기적으로 이발을 했다. 손톱을 바싹 깎았고 넥 타이를 세심하게 맸다. 아침이면 어김없이 구두에 솔질을 하 고 완전히 닳기 전에 굽을 갈았다.

그러나 여전히 딸보다는 브리짓이나 헨리와 대화하는 것이 편했다. 그는 그들 앞에서, 애도의 초기에 정처 없이 방황하며 이 기차 저 기차를 타고 다녔다고, 이미 반쯤 사라져버린 어떤 감정이나 선호가 그의 움직임을 결정한 경우는 아주 드물었다 고 회고했다. 또 어느 날 공원에서 할 일 없이 의자에 앉아 아 일랜드에 두고 온 관리인들을 생각하던 일도 회고했다. 그는 가느다란 여송연을 피우면서 무의식 중에 그들 또한 자신만큼 이나 나이가 들었을 것이라는 생각을 했고 가축이 그들의 생 계를 계속 책임져주지 못할지도 모른다는 생각도 했으며 그럴 경우 그들의 처지를 걱정했다. 그들이 아직 살아 있을지 궁금 해하기도 했다. 지금 그들에게 그 말은 하지 않았지만.

"문간채를 수리할 수도 있소." 그는 브리짓에게 제안했다. "거기로 돌아가고 싶으면."

"아 아닙니다, 주인님. 주인님이 그러고 싶으신 게 아니라면 아니에요."

"이럴지 저럴지 결정할 사람은 내가 아니에요, 브리짓. 나는 브리짓에게 빚을 졌소."

"아 아닙니다, 주인님, 아니에요."

"두 사람은 내 딸을 길러주었소."

"누구라도 할 일을 한 거예요. 최선을 다한 거죠. 차이가 없다면, 주인님, 우리는 그냥 이 집에 계속 있었으면 좋겠네요. 그게 주제넘은 게 아니라면요, 주인님."

"아니고말고."

딸의 절뚝거림이 세월이 갈수록 나아졌다는 것, 어린 시절 그 긴 세월 동안 좌절하면서 아이 안에서 금욕적 태도가 자라나게 되었다는 것, 그럼에도 계속 믿음을 잃지 않았다는 것, 사랑이 깨졌다는 것을 그에게 이야기해준 사람은 브리짓이었다. 대위는 과수원에서 블랙베리 나무를 베어내거나 세코틴을 토닥여 지붕에 바른 납의 구멍을 메우면서 이런 식으로 자기 자식 이야기를 듣다 보면, 지금까지 형성되어온 딸의 기질에 대한 설명을 듣다 보면, 자신이 겸손해진다고 생각했다. 그와 딸이 서먹서먹하지 않다면 오히려 놀라운 일이었을 것이다. 그는 그 사실을 받아들였다. 그는 열네 살, 열일곱 살, 스무 살의 딸을 상상하려 해보았다. 그러나 자신의 품에 안긴 어린 아이였던 딸의 기억, 너무 독립심이 강한 딸을 걱정하던 기억이 더 강하게 끼어들었다. 이제 딸아이는 이 황량한 낡은 집에 은둔하고 있었다. 딸이 에니실라에 전혀 가지 않는다는 것, 어른이 된 후에 한 번도 그 긴 중심가를 걸어본 적이 없다는 것, 강어귀의 물에 떠다니는 백조나 산책로나 야외 음악당이나 어린 시절 알던 땅딸막한 작은 등대를 거의 기억하지 못한다는 것이 걱정되었다. 킬로런의 잡화점보다 나은 가게에서 물건을 사고 싶지 않은 걸까? 치과에 갈 일은 어떻게 해결할까?

그는 식당에서 딸에게 물어보고 치과 의사가 가끔 던가번에서 온다는 것, 닥터 버시슬이 그 전의 닥터 카니와 마찬가지로 일주일에 한 번씩 킬로런에서 진료를 한다는 것, 일요일이면 얼굴이 환한 젊은 부제가 에니실라에서 골함석으로 지은 아일랜드 성공회 교회로 온다는 것을 알게 되었다. 그러나 그의 긴 부재 기간 가운데 범상치 않은 일이 일어났던 날들의 이야기를 그에게 들려준 사람은 브리짓이었다. 마당의 펌프가 얼어붙었던 추운 아침, 그녀의 조카딸들이 첫 영성체 때 입을 옷을 보여주러 왔던 일요일, 크로스비 신부가 프랑스 함락을 전해주었던 화창한 오후. 그날은 벨린초나도 화창했다. 그는 어려움 없이 그날을 떠올릴 수 있었다.

"아직도 이것들을 갖고 있구나." 그는 식당에서 그렇게 말했다. 브리짓이 접시와 채소 그릇을 치우러 왔을 때 식탁에는 이탈리아의 도시와 풍경을 보여주는 그림엽서들이 흩어져 있었다. 브리짓이 부엌에서 전한 바에 따르면 루시는 그것들을 한 장씩 넘길 때마다 예의 바르게 고개를 끄덕였고, 그것들을 한 군데에 모아 야트막하게 쌓았다.

*

라하단에 전기가 들어왔다. 대위가 딸이 그런 편리를 누려야 한다고 느꼈기 때문이다. 그는 집으로 찾아온 외판원에게서 일렉트로룩스 진공청소기를 샀으며 어느 날은 압력솥을 집에 들고 왔다. 브리짓은 일렉트로룩스는 좋아하게 되었지만 압력솥은 위험하다고 치워두었다.

대위는 킬로런에 있는 정비소의 대니 콘던에게서 자동차를 샀다. 전쟁 전에 나온 모리스 트웰브로, 그 시기의 특징대로 뒤쪽이 비스듬하게 기울었고 색깔은 녹색과 검은색이 섞여 있었다. 1921년에 누군가가 두고 떠난 이 자동차는 단단한 고무 타이어가 끼워져 있었으며 그때도 이미 골동품 취급을 받던 것으로 거의 사용되지 않았다. 그 후 마당의 헛간에 처박힌 차의 보닛 주름 사이에 울새가 둥지를 틀었고, 황동으로 세공된 부분은 울새 똥으로 시커멓게 얼룩지고 먼지 때문에 광택이 흐려졌다. 대니 콘던은 그 점을 인정하여 모리스의 가격을 조금 깎아주었다.

차를 산 것은 대위 입장에서는 딸을 고립으로부터 구출하려는 또 다른 시도였다. 진입로에서, 또 에니실라의 영화관으로 가는 길에, 그는 딸에게 운전을 가르쳤다. "오늘은 경마장에 갈까?" 그가 제안했고, 그들은 리스모어나 클론멜을 향해 출발했다. 그는 딸을 코크의 오페라하우스에 데려가서 먼저 빅토리아 호텔에서 저녁을 먹었는데, 그곳에서 한번은 늙은 여자가 일어나 떨리는 목소리로 〈탄호이저〉의 아리아 마지막 몇 소절을 불렀다. 식사하던 사람들은 갈채를 보냈고 대위는 옛 시가지에서 보낸 어느 오후, 군악 연주 명령이 내려지기 전에 흘러나오던 〈토스카〉의 곡조들이 떠올랐다. 그는 그날 오후의 이야기를 했고 딸은 예의 바르게 귀를 기울였다.

*

레이프는 늘 제재소에 있는 것이 더 편했다. 실제적인 일들이 안도감을 주었다. 톱의 윙윙거리는 소리와 대패의 갈아내는 소리, 집중하고 조심하는 사람들, 땀과 송진과 먼지 냄새는 감정을 하찮게 만들었다. 그는 책임자였고 책임을 져야 했다. 그러나 기계와 사람들을 굽어보는 사무실로 통하는 사다리를 올라가면, 문을 닫아 소음이 꽤 잦아들었지만 그래도 작게는 남아 있을 때면, 그의 생각은 너무 쉽게 탈주해버렸다. 주문과 청구서와 장부의 항목들에 대한 관심, 닳은 구동 벨트나 무디어진 톱에 대한 걱정, 주급 계산에 빠져 있다가도 의도와 관계 없이 업무가 중단되었다. 그러다 마치 잠에서 깨어나는 것처럼 잠시 후 원래의 자리로 돌아와 당황한 눈으로 손에 쥔 것이나 앞에 펼쳐진 것을 물끄러미 바라보곤 했다.

곧잘 그의 아버지가 사무실에 와서 그날 해야 할 일을 함께 이야기하곤 했다. 아버지는 이런 멍한 순간들, 그런 순간을 위장하려 사무실의 맨바닥을 갑자기 가로지르는 것, 너무 오래 등을 돌리고 있는 것에 관해 아무런 말도 하지 않았다. 간계는 레이프의 방식이 아니다. 그의 아버지는 그렇게 말하곤 했다. 사람들은 정오에 톱이 잠잠해졌을 때, 샌드위치를 들고 바깥에 앉아 따뜻한 햇빛을 받으며 그 말을 했다. 사람들은 로건의 바에서 그 말을 했다. 저녁 술꾼들, 식료품점에 장 보러 온 여자들, 레이프를 평생 알아온 사람들이 그렇게 말했다. 잠시도 그는 의심받지 않았다. 그가 아내를 데리고 와 함께 사는 집에서 의심받지 않았던 것처럼. 그의 어머니와 아버지를 위해 지은 단층집에서 잠시도 의심받지 않았던 것처럼.

그러나 습관이 한 가지 생겨나기 시작했다. "두넌까지 산책 좀 할게." 그는 저녁에 집에 돌아오면 그렇게 말하곤 했고 하루의 고달픔을 덜어내기 위해, 일이 잘 풀리지 않아서, 기계의 부품을 아직 구할 수 없거나 약속된 배달이 또 안 와서 남겨진 걱정을 덜어내기 위해—그렇게 보이리라는 것을 그는 알았다—이 방향이나 저 방향으로 걷곤 했다. 완전한 거짓말은 아닌 거짓말—약간의 기만, 드물긴 했지만, 허풍스러운 연기—이 하루하루를 채색해갔다. 전에는 하나같이 그가 경멸했던 것들인데.

"캐시디네 암송아지들이 밖에 나왔던가요?" 아내는 그가 저녁 산책에서 돌아오면 묻곤 했다. 또는 "로스모어에서는 타르 칠을 시작했나요?"

그러면 그는 눈여겨보지 않았음에도 이러니저러니 말하곤 했다. 그는 아내에게 상처를 주는 것은 견딜 수 없었지만, 그럼에도 그녀의 만족한 모습은 자연스러워 보이지 않았다. 세상에 이렇게 고통이 많은데 왜 그녀는 아무런 고통도 느끼지 못하는 것일까?

"전에는 더 자세하게 말해줬는데." 그녀는 불평으로 오해될 수도 있는 말을 웃음으로 넘기곤 했고, 그러면 그는 힐리스크로스에 집시들이 돌아왔더라고 말하곤 했다. 아니면 피어스 부인이 푸크시아를 일찍 잘랐더라고. 아니면 두년에서 냇물이 넘쳤더라고.

그녀는 집안일에 까다로웠으며 그는 그녀의 그런 특질, 되는대로 하지 않고 정성을 쏟는 태도가 마음에 들었다. 그녀가 준비하는 음식이 마음에 들었다. 깨끗하게 청소해놓은 방들, 아주 쉽게 아이를 다독이는 방법이 마음에 들었다. 만일 그가 억눌러왔던 것을 말했다면 그녀는 특유의 조심스럽고 진지한 태도로 말을 끊지 않고 귀를 기울였을 것이다. "사실 아무한테도 말하지 않았어" 하고 그는 고백을 끝낼 수도 있었다. "당신한테만 말하지 않은 게 아니야." 하지만 이제는 그런 고백을 하기에는 너무 늦었고 그녀가 하얀 드레스를 입은 여자, 라이알 씨의 차, 야외에 차려놓은 다과를 보게 하는 것은 너무 잔인했다. 높은 파도가 거품 섞인 비를 뿌리는 바닷가에 서 있게 하는 것은 너무 잔인했다.

"맬리의 비탈을 살까 생각 중이야." 그가 어느 날 저녁 말했다.

"밭요?"

"그걸 그렇게 부를 수 있다면. 사실 불모지에 가깝지."

"불모지를 왜 갖고 싶은데요?'

"땅을 정리해서 물푸레나무를 기르려고. 아니면 단풍나무나."

투자다, 그는 말했다. 뭔가 마음을 쏟을 만한 일이다, 하고 덧붙이지는 않았다. 그를 자신이 속한 곳에 붙들어줄 일이라고. 실제로 벌어지기 전에 미래에 형태를 부여하기 위해 내기를 거는 것이라고.

"맬리가 팔고 싶어 해요?"

"누가 그 몇천 제곱미터를 원할 거라는 생각도 안 해봤을 걸."

그들이 앉은 방은 거의 어두워졌지만 그는 불을 켜고 싶은 마음이 들지 않는 데서 더 큰 배신감을 느꼈다. 불을 켠 것은 그녀였다. 그러자 그곳에 그녀의 행복한 얼굴이 있었다. 하루

중 이맘때면 가끔 그러듯이 밤색 머리는 풀어놓았다. 그는 그
녀가 블라인드를 내리고 그의 곁에 앉으려고 다가오는 것을
지켜보았다.

6

"더 좋은 옷이 있어야 돼요, 레이디."

그녀의 어머니에게는 이탈리아 만토바에서 만든 외투, 피렌체의 베키오 다리의 노점에서 그녀를 위해 꿰어준 진주 목걸이가 있었다. 그녀의 어머니는 늘 맵시 있었으며 이탈리아의 방식을 습득했고 이탈리아 패션에 빠져들었다. 그녀의 어머니는 벨리니의 아기 천사들에게서 기쁨을 느꼈고, 웨이터나 호텔 청소부에게 친절했으며, 자연스럽고 편안하게 이탈리아어를 구사했다. 거리의 거지들이 그녀의 어머니를 알아보았으며 그녀의 관대함은 몬테마르모레오에서 유명했다.

식당에서 루시는 귀를 기울였고 이따금씩 고개를 끄덕였다. "어머니 드레스를 입곤 했어요." 그녀가 말했다.

"어 그래, 당연히 그랬겠지."

"지금은 다 낡았지만."

"새로 몇 벌 살까?"

그녀는 고개를 저었다. 그녀의 옷은 그녀가 입겠다고 선택한 것이었다. 그녀는 고개를 돌려 벽난로 안의 불붙지 않은 장작, 그 위의 검은 선반, 벽지의 낯익은 파란 줄무늬를 보았다. 그녀는 먹고 싶지 않은 접시의 음식을 이리저리 밀었다. 무슨 끔찍한 어리석음에 사로잡혔던 것일까? 고작 노인의 어수선한 말이나 들으려고 그 긴 세월을 그렇게 고집스럽게 기다렸단 말인가?

"발코니가 있었지." 그가 말했다. "점심을 먹으려고 식탁보를 펼치면 아래 거리에서 지나가는 사람들이 '맛있게 드세요(Buon appetito)!' 하고 소리치곤 했어." 마술사의 나비가 사라졌다가 다시 돌아왔다. 성 체칠리아의 날 행렬이 지나갔다. "그런 일이 있었지." 그가 말했다.

그녀는 나이프와 포크를 한데 모았다. 그녀 자신이 불러낼 수 있는 이미지들은 저녁 식사 대화에서 식탁 위의 접시와 그릇을 앞에 두고 입 밖에 내기에는 너무 연약했고 시시한 화젯거리로 내놓기에는 너무 귀중했다. 그녀는 결국 받아들일 수밖에 없는 것들을 받아들였다. 지금까지 그럭저럭 버텨왔지만 이제는 그럴 수가 없었다. 그녀는 슬퍼할 수가 없었다. 어머니가 살아 있지 않다는 건 그저 하나의 사실로만 느껴졌다.

"미첼스타운 동굴은?" 아버지가 말했다.

"가본 적 없어요."

"가볼까?"

"가고 싶으시면요."

*

며칠 뒤 대위는 일흔한 살에 접어들었으나 그런 이야기는 하지 않았다. 하고 싶기는 했다. 때로 인생에서 이정표로 여겨지기도 하는 것을 딸과 공유하고 싶었다. 그러나 그날이 지나가면서 그런 마음은 스러져버렸다. 그는 딸을 위로할 수 없었고 그럴 수 없다는 사실이 나이 듦의 이정표보다 중요했다.

그는 딸 때문에 고통을 겪었다. 딸에게 다른 사람을 자신의 불안 속으로 끌어들이는 것을 막는 특질이 있음을 이해했다. 그것 때문에 딸은 특별한 존재였지만 자신은 모르고 있었다. 그러나 알았다 해도 위로가 되지는 않았을 것이다.

저녁마다 식사 후에 그들은 응접실에 함께 앉아 있었다. 그녀는 의무감으로 그곳에 있는 것이었다. 그녀는 책을 읽었다. 그는 가는 여송연을 한 대 피우고 위스키를 조금 마셨다. 매일 저녁이 똑같았다.

그러나 한번은 불안해진 루시가 책을 옆으로 밀고 잠시 아무것도 하지 않고 앉아 있다가 소파 탁자에서 자수 서랍을 빼내 바닥에 내려놓았다. 그녀는 옆에 무릎을 꿇고 앉아 비단실

타래, 바늘, 종잇조각에 그린 그림, 몽당연필, 리넨 조각, 연필 깎이, 지우개를 정리했다. 아버지가 지켜보는 가운데 그녀는 직접 스케치해둔 널찍한 사각형 모양의 리넨을 펼쳤다. 난로 앞 깔개에 펼쳤는데 아버지가 앉은 곳과 아주 가까웠다. 갈매 기는 간신히 갈매기임을 알아볼 수 있었을 뿐 사실 모래 위의 점에 불과했다. 점선들로 이루어진 둥그스름한 부분은 절벽 밑의 조약돌 해변을 나타냈다. 두 형체가 바다를 향해 튀어나 온 바위 곶 옆에 서 있었다. 자수는 오래전에 중단된 상태였 고 그녀는 눈물이 났다. 아버지는 그녀가 어지러운 서랍을 재 정리하는 것을 지켜보고 있었다. 그녀는 그곳에 들어 있던 다 른 스케치들은 살펴본 뒤 묶어서 치웠고 그것 하나만 챙겼다.

"레이디." 아버지가 중얼거렸지만 그녀는 듣지 못했다.

대위는 그날 밤 잠을 이루지 못했고 헬로이즈라면 이 모든 일을 더 잘 바로잡았을 것이라고, 딸한테 하는 말의 내용이나 말하는 방법도 지혜로웠을 것이라고 생각했다. 그녀의 실용적 태도는 그런 효과가 있었다. 처음 라하단에 와서 침실의 벽지 를 바른 것도 그녀였고, 조식실에서 연기가 나는 것을 고칠 수 있다고 주장한 뒤에 자신이 옳았음을 증명한 것도 그녀였다. 또 여름 파티를 열고, 12월이 되자 킬로런의 아이들을 위하여 홀에 크리스마스트리를 세운 것도 그녀였다.

그는 침대 옆 램프를 켜고 벽지의 빛바랜 장미 무늬를 보다 가 다시 램프를 껐다. 어둠 속에서 몸을 일으켜 창문 아래 소파에 몸을 늘어뜨렸다. 잠이 안 오면 가끔 하는 행동이었다. 전에도 한두 번 그랬듯이 뒤꿈치를 들고 층계 앞을 가로질러 베개에 펼쳐진 부드러운 금발, 살며시 감긴 눈을 볼 수도 있었다. 그러나 오늘 밤에는 그렇게 하지 않았다.

그는 결국은 아주 쉽게 선잠에 빠졌다. 그러자 어떤 이탈리아 성당에서 여자 관리인이 저녁 봉독을 했다. 광장의 그늘진 구석에서는 남자들이 카드놀이를 했다. "사랑은 굶주리면 탐욕스러워져요." 걷기 힘들게 포장된 도로를 가로지를 때 헬로이즈가 그에게 일깨웠었다. "기억나지 않아요, 에버라드? 사랑은 굶주리면 모든 이성을 넘어서버려요."

＊

여기만 아니면 어디라도 좋겠다, 루시는 생각했다. 그녀는 지금 미첼스타운 동굴을 탐험하는 데 동의한 것을 후회했다.

축축한 아침이라 방문객은 그녀와 아버지뿐이었다. 안내인이 빛을 비추어 길을 안내했다. 그들이 종유석 밑의 미끄러운 바위를 올라가는 동안 안내인은 그들을 위해 여러 동굴 이름을 알려주었다. 하원, 상원, 킹스턴 갤러리, 올리리스. 그들은 이곳에만 사는 거미가 틈에서 기어 나오기를 기다렸고 나중에는 이곳 동굴들에 이름을 빌려준 마을을 돌아다녔다. 크고 넓은 광장과 가난한 신교도를 위한 피난소의 조지 왕조풍 우아함이 주요 볼거리였다. 한때 당당했던 미첼스타운 성은 라하 단에 휘발유 통이 남겨진 뒤 찾아온 여름에 불타고 약탈당해 아무것도 남지 않았다.

"기묘한 가문이야." 아버지가 말했다. "그 가엾게 미쳐버린 킹스턴 집안 말이다."

그들은 차를 몰아 안개로 변한 비를 뚫고 떠났다. 도랑을 치 우던 남자들이 그들이 지나가자 경례를 했다. 그녀의 아버지 에게 군대 시절부터 익숙한 읍인 퍼모이에서 차를 멈출 때까 지 그들 말고는 다른 누구도 만나지 않았다. "퍼모이 알아?" 그녀는 레이프가 그렇게 묻던 기억이 났다. 물론 그녀는 알지 못했다. 레이프는 라하단에 우연히 이르기 전 어느 수요일 오 후에 라이알 씨의 차를 몰고 그곳에 가본 적이 있었다. 코크 카운티의 마을 가운데 반은 가보았다, 그는 말했다. 그녀를 알 게 되기 전에. 그녀는 그와 함께 있는, 지금 그와 함께 있는 상 상을 했다.

"멋진 옛 도시야." 아버지가 말했다.

그들은 함께 안개비가 여전히 부슬부슬 내리는 텅 빈 보도 를 걸었다. 잔디 태우는 연기가 허공을 가득 채우고 있었다. 거리에서 소 떼가 몰려갔다.

"여기서 커피나 마셔볼까?" 아버지가 말했다.

호텔의 조용한 라운지에서 벽시계가 부드럽게 째깍거렸다. 검은색과 흰색이 섞인 옷차림의 웨이트리스가 창가에 서 있었고, 커튼의 레이스가 약간 젖혀 있었다. 그들은 코트를 벗어 스카프와 함께 빈 소파에 쌓아두었다. 팔걸이의자에 앉자 웨이트리스가 다가왔고 그들은 커피를 주문했다.

"그리고 뭐…… 비스킷이라도?" 루시의 아버지가 물었다.

"비스킷을 가져오겠습니다, 손님."

시계가 열두 번을 쳤다. 웨이트리스가 커피 주전자와 우유병, 분홍색 아이싱을 올린 비스킷이 담긴 접시를 들고 돌아왔다. 노부부가 들어왔다. 부인은 남편의 팔을 잡고 있었다. 그들은 아까 웨이트리스가 서 있던 창문 근처에 앉았다. "못이 더 필요한데." 자리에 앉았을 때 남자가 기억해냈다. "키팅스 파우더 살충제하고."

루시가 비스킷을 반으로 쪼갰다. 커피는 펄펄 끓인 맛이 났다. 아이싱의 달콤함이 도움이 되었다. 결혼은 더 이상 영원하지 않았다. 결혼은 파기될 수 있다, 요즘 흔히 그렇게 되듯이. 아일랜드에서도 파기될 수 있었다.

"그 안내인은 아는 게 별로 없더구나." 아버지가 말했다.

"별로 없더라고요."

웨이트리스가 새로 들어온 부부에게 차를 가져다주었다. 퍼모이 장날이다, 웨이트리스가 말했고 늙은 여자는 알고 있다고 대답했다. 모를 수가 없다, 거리의 상태를 보면. 오, 지독하긴 하다, 웨이트리스도 맞장구를 쳤다. 아침 6시에 소 떼가 들어오기 시작한다. 아까 한참 구경했다. 자신은 글랜워스 출신이다, 그녀는 말하고 자리를 떴다. 퍼모이 장으로 가는 소 떼가 밤새도록 길에서 몰려오는 것을 자주 보았다.

"우리는 여기 오랜 단골이에요." 늙은 여자가 라운지 반대편에서 부녀에게 소리쳤고 루시는 웃음을 지으려 했다. 그녀의 아버지는 오래전부터 이 호텔을 알았다고 말했다.

"이제는 모든 게 옛날 일이에요." 늙은 여자가 말했다.

그들의 잔 받침에서 티스푼이 달그락거렸다. 정적 속에서 시계가 째깍거렸다. 이윽고 늙은 남자가 소곤대는 소리가 점점 커졌다. 부인이 들리지 않는다는 신호를 보냈기 때문이었다. 집에 벼룩이 있다는 게 창피하다, 그가 말했다. 닭한테서 온 것이건 아니건 창피하다.

"레이디."

이미 조금 전부터 아버지는 그녀의 주의를 끌려 하고 있었다. 그녀도 그것을 의식하고 있었다.

"죄송해요." 그녀가 말했다.

"예전부터, 부치지 않은 편지를 썼어."

그녀는 이해하지 못했다. 무슨 편지를 말하는 것인지 알지 못했다. 그녀는 고개를 저었다.

그런 상황에서는 알아봐야 하는 게 자연스러운 일이었다, 아버지는 그렇게 설명했고 봉투마다 우표를 붙였다고, 하지만 나중에 그냥 자신이 편지를 갖고 있었다고 말했다. 세월이 흐른 뒤 그는 그 편지들을 한 통씩 불에 집어넣고 새까매진 종이가 돌돌 말리다 바스러지는 것을 지켜보았다.

"그런 일이 있었지." 아버지가 말했고 이어서 어머니가 아일랜드 소식을 결코 알고 싶어 하지 않았다는, 자신은 사랑 때문에 어머니를 너무 열심히 보호하려 한 나머지, 어머니가 사진으로 보는 것 이상의 놀랄 일은 알지 못하도록 막았다는 이야기가 나왔다. 아버지는 공감을 구하려 하지 않고 자기 내부의 어떤 태만을 사과하듯 이런 사실들을 단조롭게 늘어놓았다.

그녀는 고개를 끄덕였다. 소설에서 사람들은 달아났다. 소설은 현실의 반영, 세상의 모든 절망과 행복의 반영이었다. 절망만큼이나 행복도 반영했다. 왜 아직 바로잡을 수 있을 것 같은데도 실수와 어리석음을 ― 현실에서도 ― 바로잡지 않고 놔두어야 할까? 간절한 호소들이 있었고, 이것이 가장 중요하다는 확신이 있었고, 모든 것이, 갈망, 간청이 너무 자주 되풀이되었다. 말 한 마디 한 마디, 입에서 나오고 글로 쓴 그 모든 말들이, 아버지가 침묵하고 그녀도 침묵하고 있는 동안 루시의 머릿속에서 격류를 만들었다. 사람들이 그들의 집을 나가며 옷 속에 벼룩이 있다는 것을 알게 된다고 늙은 남자가 불평하는 소리가 들렸다. 그래서야 고개를 들고 살 수 있겠나.

"말하지 않을 수가 없구나." 그녀의 아버지가 말했다. "네 어머니가 느낀 죄책감은 감당하기 힘들었던 것이라고."

"말씀해주셔서 기뻐요."

늙은 남자가 일어섰다. 비가 그쳤다, 그가 말했고 두 사람은 소지품을 챙겼다. 탁자에 동전을 놓고 노부부는 천천히 자리를 떴다. 두 사람은 다시 서로 달라붙어 있었다. 그때 대위와 딸은 침묵 속에 앉아 있었다.

*

왔다 갔다, 왔다 갔다, 굴착기는 맬리의 비탈을 가로지르며 돌을 쑤시다 헐렁해지면 하나를 들어 돌무더기에 올려놓았다. 토끼를 막으려면 울타리를 완전히 새로 해야 했고 철망 하단을 땅 속으로 15센티는 집어넣어야 했다. 어제 레이프는 묘목을 주문해놓았다. 물푸레나무와 단풍나무는 풍경을 바꾸어놓을 것이다. 강해지고 널리 퍼져 몇 킬로미터 밖에서도 보일 것이다.

가파르게 비탈을 그리는 들의 가장자리에 서서 레이프는 토끼 한 마리, 또 한 마리가 종종대며 덤불 안으로 들어가는 것을 보았다. 너는 그토록 자주 라하단으로 돌아오고 싶어 했는데. 셀 수 없을 만큼 나는 어리석었지. 이제 온 지 겨우 하루밖에 되지 않은 한 장짜리 편지에서 그는 이미 완벽하게 각 단어가 어디에 놓이는지, 줄이 어디에서 끊기는지 기억할 수 있었다. 어떻게 그게 우리 잘못이라 할 수 있을까?

어떻게 그럴 수 있을까? 잔디밭에서 좁은 널을 잇대 만든 탁자에 앉고, 한 번 더 바닷가를 걷고, 그녀의 아버지를 만난 뒤에 차를 몰고 떠날 수 있을까? 굴착기의 엔진이 씩씩대다가 다시 힘을 모았다. 토끼들은 아무런 방해를 받지 않고 뛰어다녔다.

또 다른 수요일 오후. 공교롭게도 또 수요일이라 그들은 그것을 의식하고 이야기할 것이다. 밤나무 가지들 사이로 햇빛이 들어오고 하얀 현관문은 반쯤 열려 있을 것이다. 조약돌 깔린 마당에는 정적이 흐르고 높은 굴뚝들에 앉은 떼까마귀들은 돌처럼 꼼짝하지 않을 것이다. 그녀의 웃음소리와 그녀의 미소가 있고 그녀의 목소리가 있을 것이다. 그는 떠나고 싶지 않을 것이다. 남은 인생 내내 떠나고 싶지 않을 것이다.

굴착기 기사가 기계에서 내려 비탈을 건너오더니 자기가 다시 와서 토끼를 잡겠다고 말했다. 트랙터의 헤드라이트로 붙들어놓고 쏘기 시작하면 아마 하룻밤에 100마리는 잡을 수 있을 거다. 그렇게 하지 않으면 그곳에서 토끼를 없애는 데 평생이 걸릴 거다.

레이프는 고개를 끄덕였다. "고맙습니다." 그가 말하자 사내는 담뱃불을 붙였다. 그는 토끼 이야기를 하고 싶어 했고, 잠시 쉬고 싶어 했다. "언제든 오세요." 레이프가 말했다. 다음 주에, 사내는 그렇게 약속하고 기계로 어슬렁어슬렁 돌아갔다.

몇 분만이라도, 그냥 잠깐 들르기만 해도. 어떻게 그게 잘못이라 할 수 있을까? "레미브라이언." 그는 말할 수 있었다. "레미브라이언에서 오래된 떡갈나무들을 쓰러뜨렸어." 아무렇지도 않게 아침 식탁에서 마지막 차 한 잔을 마시며 아직 식탁에서 그릇을 치우지도 않았을 때, 그는 거기 가서 어떻게 되었는지 보고 오겠다고 말할 수 있었다. "아직 한가할 때 가려고. 그 목재를 놓치고 싶지 않아." 그러면 아내는 가면서 먹으라고 샌드위치를 만들어줄 것이고, 기다리고 있으면 보온병도 가득 채워줄 것이다. 클론로시, 이어 밸리앤, 이어 서두르지 않고 레미브라이언을 통과할 것이다. 서두르는 것은 잘못이라고 느낄 것이기 때문이다. 멈추어도 샌드위치를 먹고 싶은 마음은 없을 것이고 그것을 어떻게 할까 생각하다가 새더러 먹으라고 던져버리고 다시 차를 몰고 갈 것이다. 차를 몰고 올라가면 그녀의 아버지가 손을 내밀 것이고 그녀는 처음에는 그 자리에 없다가 이윽고 집에서 나올 것이다. 그는 눈을 감았지만 그 어느 것도 사라지지 않았고, 사라졌을 때는 사라지기를 바라지 않았다.

여전히 장난스럽게 토끼들은 뛰어다녔다. 왔다 갔다 굴착기는 움직였다. 돌 하나가 또 무더기에 올라갔다.

"오, 하느님!" 레이프는 이를 악물고 신에게 호소하며 눈에서 뜨거운 눈물을 느꼈다. "오 하느님, 당신의 동정심은 어디 갔나요?"

7

헨리는 방문객을 보고 누군가 싶었다. 수국 잔디밭 저 위쪽
의 나무들 사이에서 불쏘시개로 쓸 잔가지를 꺾어 한데 묶다
가 현관문 앞에서 거의 그림자에 지나지 않는 형체를 보았다.
헨리가 지켜보는 가운데 그 형체는 열린 문을 통과하여 집 안
으로 들어갔다.

그날 오후 늦게 루시가 버섯을 들고 부엌으로 갔을 때 브리
짓이 말했다.

"어떤 남자가 왔어."

루시의 버섯은 과수원에서 모은 것이었다. 그녀는 낡은 광
주리에 든 버섯을 식기 건조대에 쏟아놓았다.

"누구예요?"

브리짓은 빵 구울 반죽을 치대며 고개를 저었다. 앞문 종이

울리지 않았다, 그녀는 말했다.

"네 아버지가 홀에서 나를 불러서 준비가 되면 차를 들여오라고 하셨어." 누구인지 몰라도, 그녀는 말했다. 초인종을 누르지 않고 그냥 걸어 들어간 건지도 모른다. "아버지가 너 있느냐고 물으시던데."

"저요?"

"네가 있느냐고 물어보셨어."

손님은 흔치 않았다. 설리번 씨가 운전을 그만둔 지도 1년이 넘었다. 대위가 구입한 진공청소기를 어떻게 사용하는지 알려주러 어느 날 아침 찾아온 남자가 몇 달 만에 처음 온 외부인이었다. 오라일리네 사람 혹은 오라일리 부인이 크리스마스에 병을 들고 왔을 때, 또는 E.S.B.* 직원이 계량기를 읽으러 왔을 때 그들은 앞문으로 오지 않았다. 자주는 아니지만 가끔 집배원이 오후 늦게 오기도 했는데 집배원을 응접실로 초대하여 차를 대접하지는 않을 터였다.

"주전자에 물을 끓이고 있어." 브리짓이 말하며 밀가루 묻은 손을 앞치마에 닦았다.

"제가 차를 내갈게요."

그녀는 실수할까 봐 더 말하지 않았다. 브리짓이 목소리를 들었을까? 문이 닫히기 전에 응접실의 대화가 잠깐이라도 귀

---

* 아일랜드 전기 공급 위원회.

에 들렸을까? 루시는 묻지 않았다. 흥분으로 인한 떨림, 서늘하면서도 유쾌한 떨림이 온몸을 훑고 가며 살갗을 살며시 콕콕 찔러댔다. 달리 누가 그냥 안으로 걸어 들어오겠는가?

*

헨리는 닭과 칠면조를 지금보다 더 많이 키울 때는 모이 헛간으로 썼던 헛간에 잔가지 꾸러미를 들고 들어갔다. 잔가지를 묶는 데 쓴 끈을 풀어 잡아 빼고 꾸러미를 이미 쌓아둔 것에 맞추어 단정하게 쌓았다.

"누가 와 있는 거야?" 그는 부엌에서 물으며 니트 소매에서 나뭇가지 조각을 떼어냈다.

브리짓은 모른다고 말했고, 준비한 반죽을 양철 빵판 두 개에 채우는 일을 멈추지 않았다.

그녀는 오븐 문을 열었다. 응접실에 내갈 차반은 준비가 되었고 주전자는 레인지에서 노래를 부르기 시작했다.

"좋은 버섯이네, 저거." 헨리가 말하며 개수대 옆에서 하나를 집어 들었다.

*

방에서 머리를 빗을 때 루시는 서둘지 않았다. 화장대 거울에서 그녀의 눈이 그녀를 마주 응시하고 있었다, 너무 빛나고 너무 강렬해서 마치 다른 사람 것인 듯했다. 입술은 막 웃음을 지으려는 듯 벌어져 있었다. 머리카락은 느슨하게 늘어져 있고, 상아 장식이 달린 빗은 계속 머리를 빗어 내리고 있었다. 그녀가 쟁반을 들고 들어가면 두 사람의 고개가 동시에 방향을 틀 것이었다. "자, 우리가 드디어 만났군요." 그런 말을 들었지만 어느 목소리가 그 말을 했는지는 알 수 없었다. 아마도 아버지가 한 말일 것이었다.

창밖을 본다고, 몰고 온 차를 본다고 해서 김이 샐 리는 없었다. 차를 본다고 해서 그녀가 뭘 알 수 있는 것도 아니었지만. 물론 디키 좌석이 있는 옛날 차일 리는 없었다. 하지만 창밖을 보았을 때 차는 없었다.

그녀는 치마와 스웨터를 드레스로 갈아입었다. 기차로 에니실라까지 왔을까? 아니면 던가번까지? 그것이 더 빨리 오는 방법이니까. 그녀는 던가번에 철도역이 있는지 기억해보려고 했다. 더 가능성이 큰 것은 버스로 워터퍼드까지 와서 갈아타고 다시 크릴리스크로스로즈까지 오는 것이었다. 나머지는 걸었을 것이다. 한 시간 이상 걸렸겠지만 결국은 기차를 타는 것보다 빨랐을 것이다.

그녀는 드레스의 벨트를 묶고 목걸이를 찾았다. 다시 거울을 보며 발랐던 립스틱을 닦아내고 다른 색조로 바꾸었다. 그는 아버지 앞에서 수줍어할까? 아버지는 그가 마음에 들까?

그를 마음에 들어 하지 않는 사람은 있을 수 없었다. 그가 나타남으로써 생겨날 문제에도 불구하고 아버지는 그녀의 행복을 원할 것이다. 아버지는 모든 것이 다시 괜찮아지기를 바랄 것이다.

그녀는 뺨에 분을 두드려 발랐다. 홍조가 있었지만 지금은 사라졌다. 브리짓이 그녀에게 떠오른 생각을 짐작했을지, 그 혼란의 순간들을 눈치챘을지 궁금했다. 그가 어떻게 변했을지 궁금했다.

그녀는 등 뒤로 문을 살며시 닫고 아래층으로 내려갔다. 그들은 부엌으로 들어오는 그녀를 보고 깜짝 놀랐다. 브리짓은 빵 재료를 섞을 때 쓰는 커다란 갈색 사발을 막 선반에 올려놓은 참이었고 헨리는 레인지를 등지고 서 있었다.

"차는 우렸나요?" 그녀는 브리짓에게 물었고 브리짓은 아직 안 우렸다고 대답했다.

"그럼 제가 할게요."

그것은, 그가 집에 오는 것은 두 사람에게 충격일 터였다. 그러나 그를 위해, 이미 결혼한 남자를 위해 옷을 차려입는 것은 더 큰 충격일 터였다. 그녀는 그 생각은, 단순하고 복잡하지 않은 삶을 살아가는 그들이 어떻게 느낄까 하는 생각은 미처 하지 못했다.

그녀는 차를 만들었다. 브리짓은 빵에 버터를 바르고 킬로런에서 산 케이크, 반밖에 남지 않은 케이크 속에 잼을 더 넣었다. 앞문 밖에 자전거가 있다, 헨리가 말하자 루시는 크릴리 스크로스로즈에서 차장이 버스 지붕에서 그것을 내려주고 레이프가 그것을 받으려고 두 손을 위로 뻗는 상상을 했다. 당연히 그는 자전거를 가져왔을 것이다. 교차로에서 얼마나 먼지 알기 때문에 당연히 그랬을 것이다.

"멋지네요, 브리짓." 그녀가 쟁반을 들며 말했다. 그녀는 그것을 들고 부엌을 나가 홀로 이어지는 통로를 따라갔다. 앞문은 여전히 열려 있었다. 아버지는 날씨가 추울 때도 문을 그렇게 열어두는 버릇이 있었다. 그녀는 자전거 뒷바퀴를 보며 아버지가 돌아온 이후로 어지러워진 홀의 긴 탁자에 쟁반을 내려놓았다. 아버지가 화창할 때 쓰는 하얀 모자를 두는 곳이었다. 과수원으로 일하러 갈 때는 넥타이를 풀어 거기에 던져놓았다. 청구서가 그곳에 쌓였고 뜯은 갈색 봉투들이 그 옆에 있었다. 잔돈과 열쇠가 흩어져 있었다.

층계 밑의 벽감에 걸린 거울 앞에서 그녀는 드레스 옷깃을 바로잡고 머리카락 한 올을 제자리로 밀어 넣었다. 이윽고 그녀는 한 팔로 차반의 균형을 잡고 응접실 문을 열었다.

*

"저기서 자전거를 봤어, 숲에서 내려오는 길에 말이야." 헨리가 부엌에서 말했다. "폴리 경사 거로군, 그렇게 혼잣말을 했지."

"폴리가 여긴 뭐 하러 와요?"

"그 친구 게 아니었어. 자세히 보니 아니더라고."

헨리는 자전거를 묘사했다. 광택 없는 검은색 철제 부분, 챙이 달린 흙받기, 묵직하게 똬리를 틀었지만 앞쪽이 툭 튀어나온 안장 스프링. 브리짓은 듣지 않았다. 경사 거라고 생각했다, 헨리는 말했다. 경찰 자전거처럼 생겨서.

"다음에 든 생각은 오라일리네 아들 건지도 모른다는 거였어. 창문으로 안을 들여다보기 전까지는."

브리짓은 빵 반죽하는 도마를 씻다가 멈추었다. "루시가 생각하는 사람이 절대 아니라는 거예요?"

천천히 헨리는 고개를 저었다. "누군지 말해주지." 그가 말했다.

*

"들어와요, 들어와, 레이디." 아버지가 말했다.

바가텔 테이블 옆 팔걸이의자에 앉은 남자는 그녀 쪽을 보지 않았다. 초조해 보였다. 한 손의 손가락으로 다른 손의 마디를 문지르고 있었고 고개는 한쪽으로 기울이고 있었다. 검은 서지 천으로 만든 양복 차림이었고 한쪽 라펠에는 파이어니어 금주운동* 배지를 달았다. 해진 셔츠 옷깃에는 넥타이를 바싹 맸다. 자전거를 탈 때 바짓단이 걸리적거리지 않도록 묶는 밴드가 아직도 거무스름한 서지 바지의 접어 올린 단을 붙들고 있었다.

"차예요." 그녀는 그 말을 목구멍에서 끄집어내다 남자가 그녀를 보려고 고개를 들어 올린 것을 의식했다. 그의 눈에는 표정이 없었다. 이목구비의 공허한 느낌 때문에 인상이 독특했다. 그의 두 손이 아래로 내려가 바짓단을 묶은 밴드를 풀었다.

"아, 차로군." 그녀의 아버지가 말했고 찻잔이 받침에 자리를 잡으며 달가닥거렸다. "아니면 위스키가 좋겠소, 호라한 씨?"

위스키는 마시지 못한다, 남자는 그렇게 말했는데 차가 들어온 것을 눈치채지 못한 표정이었다. 아버지는 남자의 어깨가 괜찮다고, 아까 물어보았는데 그게 장애가 된 적은 없었다는 답을 들었다고 그녀에게 전해주었다. 홀에서 봤을 때는 누구인지 알아보지 못했다, 아버지는 그렇게 말했다. 하지만 이름을 듣는 즉시 기억이 났다. "호라한 씨야." 그는 막 호라한 씨에게 지나간 일은 지나간 것이라고 말하고 있었다고 덧붙였다.

그녀는 이해할 수가 없었다. 그녀는 그 남자가 누구인지 알지 못했다. 무슨 이야기를 하는 것인지 이해하지 못했다. 그녀는 그 남자를 한 번도 본 적이 없었다.

---

* 아일랜드에서 시작된 가톨릭 금주운동.

"혹시 있으면 광천수를 마시겠습니다." 남자는 말하며 라펠의 배지를 어루만졌다.

그 순간 그녀는 몸을 돌려 나왔다. 뒤에서 아버지가 부르는 소리가 들렸다. 아버지는 그녀가 닫은 문을 열었다. 그는 다시 홀에다 대고 부르며, 괜찮다고 말했다. 그러나 그녀는 이미 밖으로 나와 자갈 위를 달리고 있었다.

*

"하지만 하느님의 이름으로 묻는데." 브리짓이 괴로워하는 표정으로 되풀이했다. "그 사람이 뭘 원하는 거예요? 여긴 왜 온 거예요?"

그녀는 벽난로 선반으로 손을 뻗어 그곳에 두는 묵주를 집었다. 눈을 감고 바로 옆 벽에 몸을 기댔다. 얼굴은 그녀의 드레스의 검은 천에 여전히 흩뿌려져 있는 밀가루처럼 새하얬다.

탁자 밑에서 끌어낸 의자에 앉아 헨리는 그녀의 손가락이 구슬을 만지고 입술이 소리 없이 탄원하는 것을 지켜보았다. 이윽고 응접실 종이 스프링 위에서 흔들려 주의를 끌었다. 브리짓이 눈을 떴다. 그 방에는 들어갈 수 없다, 브리짓이 말했기 때문에 헨리가 대신 갔다. 대위와 그의 아내가 29년 전 이곳을 떠난 뒤 집에서 현관문에 달린 종 이외의 종이 소리를 낸 것은 이번이 처음이었다. 그것이 브리짓의 의식에 기록되었고 그녀의 당혹감과 침범당한 감수성을 뚫고 미끄러졌다.

"저자는 티티*야." 헨리가 돌아와서 말했다. "레모네이드를 달라는군." 그는 레모네이드 가루를 찾아 벽장 한 곳을 뒤졌다.

"오래됐어요." 그가 레모네이드 가루가 조금 남은 병을 찾아내자 브리짓이 말했다.

"괜찮아." 헨리는 남은 것을 유리컵에 붓고 수도꼭지의 찬물로 채웠다. 뜨거워야 한다, 브리짓이 말했다. 가루가 녹으려면.

"하지만 성모님." 그녀가 갑자기 소리쳤다. "저 사람한테 레모네이드를 주다니 우리가 지금 무슨 생각을 하고 있는 거죠?"

*

"안됐지만 호라한 씨 때문에 딸이 당황한 것 같구려." 대위가 응접실에서 말했다. "솔직히 말해서 호라한 씨를 홀에서 데리고 들어올 때까지도 누군지 모르고 있었소."

"요즘에는 제가 일자리가 없었습니다, 선생님. 선생님이 설리번 씨하고 산책로에 나가셨던 날, 저는 전역한 뒤였습니다."

"군인이었소?"

"선생님을 본 날은 일자리가 없었습니다. 그 뒤에 네드 웰런

---

*teetotaller. 술을 한 방울도 마시지 않는 사람.

네에서 일자리를 얻었죠. 군대에서 길을 닦은 경험이 있었을 거라는 이유로 저를 채용해주더군요."

헨리가 레모네이드를 들고 들어왔지만 대위가 보기에 사실 그것은 전혀 필요 없는 듯했다. 홀에서 어슬렁거리던 남자의 수다스러움이 갑자기 사라져버렸다. 헨리가 다가가자 의자 안으로 움츠러들었다. 어찌해야 할지 몰랐기 때문에 헨리는 레모네이드 잔을 바닥에 내려놓았다.

"우리는 부엌에 있습니다, 혹시 다시 종을 치실 거면." 헨리는 말하고 자리를 떴다. 모자는 벗은 채였다. 헨리가 문을 닫기 전에 그는 불안한 표정으로 흘끗 돌아보았다.

"저 사람은 누굽니까, 선생님?"

"헨리는 우리를 위해 일하오."

"저는 처음 보는 사람을 조심해서요, 선생님."

"호라한 씨, 여기는 왜 온 거요?"

"네드 웰런이 이틀 전에 저를 내보냈습니다, 선생님. 제가 그 말씀을 드리는 것은 혹시 선생님이 모르실까 해서입니다. 제가 어떤지 말입니다, 선생님."

대위는 스스로 따라놓은 차를 마셨다. 그런 다음 좀 당황스럽다고 말했다.

호라한 씨는 환영한다, 그는 덧붙였다. 지나간 일은 지나간 일이다, 그는 되풀이했다. 어떤 식으로라도 나쁘게 대접하고 싶지 않다. 그래도 당황스럽기는 마찬가지다.

"시간이 우리를 굴복시켜버렸소, 호라한 씨. 그럼에도 호라한 씨가 여기 다시 오지 않는 편이 나았을 것 같소."

말하다 보니 이 사람이 일을 찾아 온 것이라는 생각이 들었다. 일자리가 없다고 했기 때문이다. 만일 그래서 왔다면 희한한 일이었다. 전에는 집을 태워버리려고 왔고 이제는 그런 목적을 염두에 두고 오다니. 그런 일은 불가능해 보였지만 그럼에도 대위는 말했다.

"안됐지만 여기에는 호라한 씨한테 제공할 게 전혀 없소. 일을 생각하고 있는 거라면."

이 말에는 아무런 응답이 없었다, 그렇다고도 아니라고도. 몇 분 동안 아무 말도 없다가 이윽고 손님이 말했다.

"우리 셋은 저 아래 야외 음악당에서 꽁초를 피우고 있었는데, 제가 먼저 그 사람들 좀 손봐주는 게 어떨까 하고 말했어요. 그 말을 한 것은 저였고 다음에 나온 말은 페힐리 씨한테 조언 좀 해주지 않겠냐고 물어보면 어떨까였죠."

"다 오래전 일이오."

"'개한테 약을 먹여라.' 그 사람이 말해요. '맨 처음 할 일은 개한테 약을 먹이는 거야.' 페힐리 씨한테는 모아놓은 약이 있어요. 우리를 위해 자전거도 마련해주겠다, 하고 말하더군요. '지형을 익혀.' 그 사람은 말해요. '어두워지기 전에는 발을 들여놓지 마.' 페힐리 씨는 아일랜드 때문에 장애인이 됐습니다, 선생님. 등뼈가 여러 군데 부러졌어요. 손가락이 두 개 날아갔고요. '휘발유는 가진 게 뭐가 있나 볼 때까지 기다려.' 그 사람은 말했어요. 깡통들은 뒤쪽, 말라버린 배수로 안에 있었어요. '가져가는 걸 다 덮어.' 그 사람이 다시 우리에게 지시를 해요. 그 사람한테는 깡통들을 자전거 가로대에 묶어놓을 때 가릴 낡은 방수복도 있어요. '어디에도 들르지 마, 담배 피우려고 멈출 때는 조심해.' 제대로 말할 수 있을 때까지 전부 되풀이해요. 유리창을 깨고, 손을 넣어 걸쇠를 찾는다. 창을 밀어 올리고 주스*를 안에 던진다. 커튼에 던진다. 주위에 있을 아무 쿠션에나 던져야 안에 든 깃털이 활활 타오른다. 하인 부르는 종을 울려서 온 집을 깨운다. 위층에서 램프를 켤 때까지 기다렸다가 성냥을 켠다. 성냥갑은 가져온다. 성냥갑을 그냥 두고 오면 안 된다."

"레모네이드 마셔요, 호라한 씨, 마음 가라앉히고. 그 일은 그냥 놔두는 게 낫소."

대위가 일어섰다.

"선생님은 영영 알지 못하실 것들이 있습니다." 손님이 말했다.

"어, 그래, 그렇겠지, 하지만 그래도 그냥 놔두는 게 나을지도 모르겠소."

"우리한테 저택은 적이라고 말하던 '형제'가 있었습니다.

---

* 휘발유.

'화이트보이스'* 이야기를 들어보셨나요, 선생님?"

"오, 저런."

"그리고 또 '리본보이스'**. 그리고 또 '헤지 학교'***. 그 형제가 우리한테 그런 걸 얘기해주곤 했습니다. 화이트보이는 자기 이름을 마음대로 골랐대요. 슬래셔나 크로퍼, 피어낫, 번스택**** 뭐든 원하는 대로요. 한 아이가 죽으면 그 이름은 다른 사람이 이어받곤 했답니다. 저는 부대에서 몇 년을 잘 보냈습니다, 선생님."

"그랬군."

"제가 군대에 들어간 건 막 꿈을 꾸고 그랬기 때문입니다."

"아."

"부대에서도 전혀 안정이 안 됐어요. 그 후로도 한 번도 안정된 적이 없었습니다, 선생님, 예전엔 조용한 적도 있었지만요. 철도역에서 일어난 소동은 8월 행락객을 태운 코크 기차가 연착했을 때뿐이었습니다. 호인 씨는 모래밭에 그림을 그리곤 했는데 8월의 아이들이 그걸 보기도 전에 바닷물에 씻겨 나갔

---

* 아일랜드 농민 비밀결사.
** 신교도 지주들에 대한 대항운동인 리보니즘의 신봉자.
*** 영국 정부가 아일랜드인들을 개종시키기 위해 천주교 학교를 금지하자 주민들이 자체적으로 세운 학교.
**** 각각 난도질하는 자, 베는 자, 두려워하지 않는 자, 낟가리에 불을 지르는 자라는 뜻.

지요. 그해 같은 달, 피에로들이 뚜껑에 경첩이 달린 버들고리를 들고 왔고 제가 그걸 카트에 싣고 플랫폼까지 굴려 가면 그 사람들이 동전을 몇 개 주곤 했죠. 또 한번은 '소년단'*이 플랫폼을 따라 행진해 내려갔어요. 저는 거기 서서 지켜보고 있었는데 아무도 뭐라 하지 않더라고요. 아이들 대여섯 명만 거기 있었거든요, 작은 드러머 모자**를 쓰고. 그 뒤로는 그렇게 생긴 모자를 본 적이 없네요, 선생님. 그건 완전히 사라졌나요?"

"어쩌면 그런지도 모르지."

"저는 처음 얼마 동안은 역에서 훌륭했습니다, 선생님. 여자하고 데이트도 하고요. 우리는 백조들이 있는 곳까지 걸어가곤 했죠. 담배 파는 오두막에서 작고 하얀 개 한 마리가 뛰어나와 여자의 뒤꿈치를 물려고 하자 여자는 마치 어린애를 야단치듯 개를 꾸짖었습니다. '잠깐 기다려, 먼저 이걸 좀 봐.' 저는 여자한테 말하고 어깨를 보여줬습니다. 허세를 부린 거죠, 푹 빠진 여자한테 다들 그러듯이 말입니다. 오, 저는 그 여자한테 푹 빠져 있었어요. '그게 어쩌다 생긴 거야?' 여자가 묻고 제가 답하니 여자는 제가 그런 게임에 나가는 아이인 줄 몰랐다고 하더군요. 솔직히 옛 흉터가 눈에 잘 보이지는 않았지만, 어찌 됐든 그다음 일은, 그 뒤로는 한 번도 그 여자애하고 백

---

* 보이스카우트와 비슷한 영국의 기독교 단체.
** 군대에서 북을 담당한 소년 병사들이 쓰던 모자.

조 옆을 걷지 않았다는 거예요. 그 여자애를 찾으려고 해보았지만 안 보이더라고요. 미사에서 마주치면 저한테서 허둥지둥 도망가곤 했습니다."

"오, 그거 안됐군."

"저는 꿈을 꾸기 전까지는 진실을 알지 못했습니다. 그제야 진실을 알았습니다, 선생님. 그 뒤로는 절대 편치가 않았어요. 꿈이 무서웠습니다, 선생님."

대위는 이 남자가 전에도 집에 온 적이 있는지, 자신의 부재 중에 그가 손님이었던 적이 있는지 궁금했다. 그런 일이 있었다 해도 지금까지 한 번도 언급된 적이 없었기 때문에 대위는 잠시 그것을 자신에게 감추거나 이야기하지 않은 것은 아닌지 궁금했다. 때때로 정신장애자의 행동을 그렇게 하듯이. 그러나 딸이 방에 있는 동안 보여준 태도도, 헨리의 태도도 그럴 가능성은 없다는 것을 보여주었다.

군인 출신인 남자가 쑥 들어가 앉은 자세로 몸을 구부리고 어색하게 팔걸이의자를 차지하고 있는 것 자체가 그 스스로 말하는 불안을 확인해주었다. 침묵이 쌓이거나 그의 파편적인 이야기가 이어지는 동안 그의 두 손은 가끔씩 뭔가를 찾듯 옷의 여러 곳을 만지작거렸다. 그러다 갑자기 멈추고는 곧이어 손가락과 손바닥으로 다른 손의 마디를 비벼댔다. 두 눈은 가늘게 뜬 채 계속 바닥을, 널찍한 마룻널을 거의 덮고 있는 깔개를, 구석의 징두리널을 보았다.

"그건 모르셨을 수도 있겠네요, 선생님. 그 두 아이는 완전히 떠났다는 걸요."

"누구를 말하는 거요, 호라한 씨?"

"떠난 지 아주 오래됐습니다, 선생님."

"그날 밤에 여기 왔던 청년들, 그 얘기요? 그 사람들이 이민을 갔다, 그런 건가요?"

대위는 풀밭에 서 있던 젊은이들 가운데 한 명에게 부상을 입혔음을 깨달았을 때 자신의 안쪽 어딘가를 움켜쥐던 숨 막히는 후회와 두려움, 그 청년이 쓰러지지 않았을 때 느꼈던 안도감을 기억했다. 청년이 비틀거리며 몇 걸음 걷자 동료들이 그에게 손을 뻗었다.

"뜻하지 않은 일이었소." 그가 말했다. "부상을 입히려는 의도는 없었소. 그런 일이 생겨 안타깝소."

그는 작은 여송연에 불을 붙이고, 위스키가 필요하다는 생각이 들어 위스키를 따르러 방을 가로질렀다. 가는 길에 창문 근처에 세워둔 자전거가 잠깐 눈에 들어와 저게 전에 이 집에 두 번 타고 왔던 그 자전거인가 하는 의문이 들었다. 부상당했던 날 밤에 호라한의 두 동료가 그를 어떻게 에니실라까지 데려갔는지 궁금했다. 자전거 세 대를 끌고 가는 것은 쉽게 처리할 수 있는 일이 아니었을 것이다. 그는 의도한 것보다 위스키를 더 따랐다. 그리고 천천히 의자로 돌아갔다.

"그 이야기를 하려는 사람은 아무도 없습니다, 선생님. 함께

다니던 여자아이도 그 이야기는 하려고 하지 않았죠. 너무 끔찍한 일이라 누구한테도 얘기할 수 없는 거죠. 마찬가지로 에니실라에서도 사람들은 아직까지 그 이야기를 하려고 하지 않습니다. 가게에서도 안 하려고 해요. 우리 어머니도 평생 하지 않으려 했습니다, 하느님 그분에게 안식을. 저 위 부대의 애들도 마찬가지였습니다. 네드 웰런 밑에서 일하는 사람 가운데도 그 이야기를 입 밖에 내려는 사람은 없습니다, 선생님."

"그런데 사람들이 하지 않으려고 하는 이야기를 나한테 하려는 거요, 호라한 씨?"

대위는 부드럽게 말했다. 그렇게 하는 것이 이 대화를 더 잘 나누는 길일지도 모른다고 생각했기 때문이다. 그는 방금 언급된 어머니를 기억했다. 그 집을 찾아갔을 때 굳은 얼굴에 칙칙한 옷을 입고 모직 슬리퍼를 신고 있었다. 입을 열지는 않았지만 남편만큼이나 적대적이었다.

"픽처 하우스에서 불이 켜지면 〈병사들의 노래〉*가 흘러나오곤 했습니다. 하지만 밖으로 나가는 사람들은 아무도 입을 열지 않았어요, 선생님. 남자도 여자도 말이에요. 연병장에서 훈련을 마치고 난 뒤에도 내내 똑같았습니다. 식사를 할 때도 아무 말이 없었습니다. 선생님을 다시 데려온 건 성모님입니다, 선생님."

---

* 아일랜드의 국가.

동정심이 너무 갑자기 찾아오는 바람에 대위는 깜짝 놀랐다. 그는 군대에 가서 고통받던 이 남자, 연병장에 어울리지 않는 모습으로 혼자 떠돌고, 등 뒤의 수군거림의 표적이 되고, 잠들면 두려움을 안겨주는 꿈과 싸우던 남자를 상상했다. 에니실라의 영화관에서 국가가 연주되는 동안 차려 자세로 서 있는 남자가 눈앞을 스쳤다. 그가 뚫어져라 바라보는 텅 빈 화면이, 무엇인지는 몰라도 그의 고통이 만들어낸 것으로 가득 찼을까? 거리에서, 바닷가에서, 백조가 있는 강어귀의 둑에서 그것들이 다시 나타났을까?

"선생님이 산책로에 나와 걸어 다니던 날 성모님이 저한테 말을 걸었습니다, 선생님."

*

벌통 위에서 원을 그리고 있는 벌 몇 마리를 제외하면 대부분은 안에서 일하고 있었다. 꿀벌은 한 번도 그녀를 쏜 적이 없었지만 장수말벌은 한 번, 신발 안에 들어가 있어서 어머니가 차가운 뭔가를 그 자리에 발라주고 오전 내내 녹색 표지의 그림 형제 동화집을 읽어준 일이 있었다. 오랜 세월이 흐른 뒤 어머니가 떠나고 없을 때 헨리가 배나무 담장의 갈라진 틈에서 말벌 집을 발견했다. "때로는 바닷가, 또는 징검다리가 놓인 곳 같아." 레이프가 가장 좋아하는 장소가 어디냐고 물었을 때 그녀는 대답했다. "때로는 과수원이라고 생각하고." 그들은 그때 '바스의 미녀' 사과를 땄고, 이제 그 사과들이 다시 익어 마지막으로 보았을 때의 하나의 뺨처럼 분홍과 빨강이 줄무늬를 그리고 있었다. 해가 잘 드는 모퉁이의 까치밥나무 덤불에는 두꺼운 종이처럼 뻣뻣하게 마른 브리짓의 행주가 널려 있었다. 나중에 비가 올지 몰라 그녀는 행주를 걷었다.

마당에 들어서자 양치기 개 한 마리가 느릿느릿 다가왔다. 부드럽고 거무스름한 머리를 쓰다듬자 그 머리로 그녀의 허벅지를 미는 것이 느껴졌다. 그녀는 겨울에 먹이 헛간에 불을 계속 피워둘 때는 불 옆에 앉아 있곤 했다. 브리짓도 어렸을 때 그랬다고 말한 적이 있었다. 루시는 그곳으로 가서 그늘진 어둠 속으로 들어갔다. 불은 없었다. 오래전에 용도가 바뀐 뒤로는. "여기다가는 장작을 쌓아둘까?" 헨리가 마치 그녀의 의견이 중요하기라도 한 것처럼 물었다. 그때 그녀는 열한 살이었다.

그녀는 등받이가 떨어져 나가기 전까지는 부엌에 있었던 의자에 앉았다. 양치기 개는 그녀를 따라 들어오지 않고 문간에서 차가운 공기에 등을 돌렸다. 마당에서 헨리의 발소리가 들렸고, 그는 찾아온 사람이 호라한이라고 말했다. 그녀는 호라한이 누구인지 몰랐다. 다만 그것이 그녀의 아버지가 말한 이름이라는 것만 알 뿐이었다. 그녀는 헨리에게 물었고 헨리는 말해주었다. 헨리는 그녀에게서 행주를 받아 들며 부엌에 가는 길이라고 말했다.

"그 시절에 호라한은 온전한 실링이 아니었지.*" 그가 말했다.

그녀는 먹이 헛간 문간에 서서 헨리가 마당을 가로질러 집으로 가는 것을 지켜보았다. 모든 일에 책임을 져야 할 사람이 라하단에 다시 왔다는 것도, 그가 온전한 실링이 아니라는 것도 중요해 보이지 않았다. 레이프가 출발했을까? 조금은 가까이 왔을까? 오늘, 오늘 오후에? 그게 그녀에게 찾아온 강렬한 직감의 원인이었을까? 바로 지금, 차 한 대가 텅 빈 도로에서 어떤 집 문간으로 후진했다가 방향을 돌려 떠나고 있을까?

"오 그래." 그녀는 한때 하나의 현실이었지만 지속되지 못했던 것의 남은 부분이 어떻게 될지 확신하며 소곤거렸다. "오늘이었어."

그녀는 다시 과수원으로 들어가 풀이 웃자란 정원으로 갔다. 갑자기 늙은 것처럼 몸에 피로를 느꼈다. 그는 알 것이다. 그녀가 스스로의 어리석음 때문에 고통을 겪는다는 것을 알 것이다. 언젠가 슬픔이 가득한 답장이 올 것이고, 그녀도 다시 편지를 쓰고 싶을 것이고, 쓰려고 할 것이다, 아마 쓰지는 못하겠지만.

레이프 대신 온 남자가 지금쯤 갔을지 궁금했지만 정원에서 마당으로 들어가 아치형 입구를 통과하여 집 앞까지 갔을 때

---

* 지능이 낮다는 뜻.

에도 자전거는 여전히 그곳에 있었다. 홀에 들어서니 목소리들이 들렸다. 거기서 방향을 틀 수도 있었다. 위층으로 올라갈 수도 있었다. 하지만 뭔가가 미진한 듯하여 그러지 않았다.

"한잔할래?" 응접실에서 아버지가 말했다. "차가 아직 따뜻한 것 같은데."

그녀는 고개를 저었다. 집에 들어온 남자가 누구인지 들었으리라고 짐작한다는 것을 아버지의 눈길로 알 수 있었다. 아버지 자신은 언제 그것을 깨달았을지 궁금했다. 왜 가라고 하지 않았는지 궁금했다.

"호라한 씨는 군인이었다는구나." 아버지가 말했다.

마무리되지 않은 바닷가 인물들의 자수가 소파 팔걸이에 걸려 있었고 옅은 파란색 실이 바늘귀에 꿰여 늘어져 있었다. 여기저기 색깔들이 채워지길 기다리는 빈 공간이 있었다. 그녀는 리넨을 말아 바늘과 함께 챙겨 자수 서랍에 넣었다.

"여기 앉으시지요, 레이디." 아버지가 말했다.

그녀는 아버지가 술을 한 잔 더 따르는 것을 지켜보았다. 아버지는 조금 전 그녀가 술을 사양했음에도 그녀 것도 한 잔 따랐다. 아버지가 그것을 그녀에게 가져다주었고 그녀는 고맙다고 말했다. 새 한 마리가 창유리에 부딪혀 퍼덕거렸고 흥분해서 날개로 창을 치다가 이윽고 균형을 회복하여 날아갔다.

남자는 중얼거리고 있었다.

＊

그가 정신병원에서 창문을 칠하고 있을 때 환자 한 명이 갑자기 나타났다. 아니 두세 명인가. 그들은 창살 사이로 손을 내밀어 악수를 하면서 퍼티 좀 나누어 줄 수 있느냐고 했고 그는 작은 공을 몇 개 만들어 안쪽 창턱에 놓았다. "오, 네가 누군지 알아." 한번은 한 환자가 그렇게 말하자 다른 환자들이 이야기를 듣고 싶어 와자지껄 떠들었다. "네가 누구인지 내가 모르겠나?" 연병장에서 하사가 그렇게 말했고 펠런네 가게에서 나오던 남자도 술에 취해 흐린 눈으로 그 말을 했다. "아일랜드를 위한 또 한 명의 절름발이지." 한 청년이 말했고 커튼이 폭발로 터져 나가며 하늘을 배경으로 타올랐다.

"매일 저는 그 아이를 위해 촛불을 켭니다."

그는 눈을 들어 전혀 수리하지 않은 방, 창에 새 유리조차 끼우지 않고 거무스름해진 벽조차 청소하지 않은 방을 둘러보았다. 타서 거의 남은 게 없는 가구도 그대로 있고, 바닥에는 유리 조각들이 널려 있고, 누더기가 된 커튼이 늘어져 있었다. "어이쿠, 서둘러." 동료들이 말했다. "어이쿠, 돌아보지 마."

무릎을 꿇자 지저깨비가 파고들었다. 다시 일어서자 다리에 작은 핏방울들이 따뜻했고 그는 방에 피를 또 가져와서 미안하다고 말했다.

"그림자들뿐이었습니다." 그가 말했고 상대가 무슨 말인지 알아들을 수 없을 것이기 때문에 설명을 했다. 그가 돌아보았을 때 연기 속에는 그림자들뿐이었고 사람들이 몸뚱어리를 옮기고 있었다.

*

"이쪽은 내 딸이오, 호라한 씨. 내 딸이 그때 여기 있었던 아이요."

바다에서 바람이 불어오면 가끔 그러듯이 위층에서 문 하나가 가볍게 쿵 소리를 냈고 손잡이가 헐거워 덜거덕거렸다. 방의 정적 속에서 루시는 자신이 사랑하는 남자와 결혼할 수도 있었는데 못 했고, 아버지와 어머니가 쫓기듯이 집을 떠났으며, 어머니는 괴로움에서 결코 회복하지 못했다고 말하려 했다. 그것이 사실이었다. 남은 할 말은 그것뿐이었기 때문에 그 말을 하려고 응접실에 왔지만 말이 나오지 않았다. 그녀가 아까 꽂아놓은 하얀 초롱꽃이 햇빛에 갈색으로 변한 벽지를 배경으로 창백했다. 아버지의 가는 여송연에서 연기가 구불구불 천천히 피어올랐다.

"산책하듯 집으로 가기 좋은 저녁이로군요." 아버지가 말했다.

그녀는 잘못 들은 줄 알았다. 그런 예의가 아주 특이해 보였다. 다시 그들의 파괴된 삶을, 한때 행복이 있던 자리에 나타났던 공포와 혼돈을, 고통을 이야기하고 싶은 충동이 일었다. 그러나 이번에도 그녀의 분노는 무너졌고 터져 나오지 못했다.

"자, 이제." 아버지는 말하고 방을 가로질러 가서 문을 열고 서 있었다. "이제 잘 가시오." 그가 홀에서 말했다.

그녀는 그와 함께 갔다. 마치 그가 부탁이라도 한 것처럼. 하지만 그는 부탁하지 않았다. 밖에서는 해가 비스듬하게 자갈과 현관 층계를 비추고 있었다. 멀리 바다는 잠잠했다. 그녀는 아까 울 수도 있었지만 울지 않았고 지금도 울지 않았다. 다시 울게 될지도 의문이었다. 잠시 그녀는 그토록 오랜 세월이 흐른 뒤 다시 온 남자의 이목구비를 찬찬히 보았지만 거기서는 광기 밖에 보이지 않았다. 그의 귀환을 고귀하게 만들어주는 의미 같은 것은 없었다. 혹시 있지 않을까 싶었지만 과거와 현재를 정리해주는 질서 같은 것도 없었다. 아무것도 해명되지 않았다.

"매일 저는 촛불을 켭니다." 그가 말했다.

"물론 그러겠지." 아버지가 말했다. "물론 그러겠지."

세심하게 바짓단을 밴드로 묶더니 오후의 방문객은 자전거를 타고 떠났다. 커다란 철제 자전거 위의 호리호리한 형체. 그들은 진입로를 따라 자전거가 사라지는 것을 지켜보았고 아버지가 안된 일이라고 말했을 때 그녀는 그 어조에서 그녀가 왜 옷을 차려입었는지 아버지가 깨달았다는 것을 알았다.

그들은 진입로를 조금 걸었다. 아무 말도 하지 않고 걷다가 마침내 그녀의 분노가 터져 나와, 저만의 에너지로 그녀의 피로로부터 격렬하게 몸을 떼어냈다. 그녀는 가버린 남자 뒤에 대고 소리를 질렀다. 그녀의 괴로움이 진입로의 나무들에 메아리쳤고, 아버지가 그녀를 안았을 때 그녀의 눈물이 아버지의 옷을 축축하게 적셨다.

"그만 됐어, 그만 됐어." 그녀는 아버지의 목소리를 들었다. 그는 그 두 마디만 중얼거리고 있었다. 다시, 또다시.

8

헨리와 브리짓은 아직은, 나중에 두 사람 모두를 무력하게 만드는 노인병으로 심각하게 고생하기 전이었다. 통증이 시작되면─날씨가 습할 때 헨리는 무릎, 브리짓은 어깨에─그들은 섭리에 의지했다. 어느 날 작업장에서 헨리는 가슴이 죄어오는 것을 느꼈지만 가만히 서 있자 이내 사라졌다. 브리짓은 한쪽 귀가 들리지 않게 되었지만 다른 쪽은 죽을 때까지 버티고도 남을 것이라고 주장했다.

더 큰, 그리고 예상치 못했던 재난은 낙농품 공장에서 라하단의 우유가 오염되었다고 공표한 것이었다. 나중에 가축들 사이에 결핵이 돌았다는 것이 밝혀졌다. 살처분 뒤에는 소가 여덟 마리밖에 남지 않았다. 대위는 돌아온 이후로 헨리가 젖짜는 것을 도왔지만 솜씨는 좋지 않았다. 이 일과 이와 관련된 다른 모든 일―하루 두 번씩 소 떼를 착유장으로 데려가고, 우유 통을 삶고, 낙농장을 물로 씻어내는 것―이 예전에 헨리 혼자 할 때도 그랬던 것처럼 두 노인의 힘으로는 이미 감당하기 어려웠다. 헨리는 전부터 안간힘을 써왔고 대위의 도움을 받으면서 좀 나아지기는 했지만, 젖소 여덟 마리는 낙농품 공장에 우유를 보내지 않는다면 너무 많고 보낸다면 너무 적다고 먼저 입을 열었다. 결국 젖이 가장 잘 나오는 세 마리만 남기고 나머지는 팔았다.

그와 더불어 끝이 찾아왔다. 비슷한 결말이었을 것이다, 브리짓은 생각했다. 몇 세대 전 오라일리 집안과 카드놀이를 해서 라하단 땅의 반 이상을 잃었을 때도. 헨리는 불운으로 자신의 일을 빼앗긴 것을 슬퍼했다. 비록 그 일이 힘에 부치기 시작했음에도, 비록 그가 한 말 때문에 가축에서 그나마 남았던 것이 더 줄었음에도. 현재 상태로는 철마다 젖소 세 마리가 양껏 먹어도 풀을 다 먹어치우지 못할 것이다. 그러면 밭에는 풀이 우거질 것이고, 엉겅퀴는 거칠 것 없이 씨를 퍼뜨릴 것이고, 쐐기풀이 퍼질 것이다. 무력하게 그는 이 모든 것을 지켜볼 것이다. 자신의 낫으로 문제를 감당할 마음도 힘도 없이. "내버려둬요"가 브리짓이 내린 명령이었다.

다른 일들은 의미가 없었다. 빗속에 나가 비를 맞고 젊은 남자라면 절대 걸리지 않을 지독한 감기에 걸리는 것은 의미가 없었다. 헨리는 몇 번이나 속옷까지 흠뻑 젖어 밭에서 부엌으로 돌아왔고 그러면 브리짓은 도르래 줄에 젖은 옷을 널었다. 헨리는 예전에 여름이면 새벽 5시부터 어두워질 때까지 낮이나 손잡이가 긴 갈고리를 들고 일을 하고 산울타리를 다듬었다. 매년 3월 수국 잔디밭의 풀이 자라기 시작하면 잔디 깎이의 겨울 녹을 긁어내고 축에 기름칠을 했다. 그 일은 지금도 했다.

"아 아니에요, 주인님, 아니에요." 브리짓은 킬로런에서 그녀를 도와 집안일을 거들 여자를 찾아볼 수 있다는 대위의 제안을 거부했다. 예전에 해나가 오곤 했듯이, 대위가 그렇게 강권했지만 브리짓은 낯선 여자가 집 안팎을 돌아다니는 게 도움이 되기보다는 성가실 거라고 말했다. "아, 그럼요, 우리는 훌륭하게 해나가고 있어요." 그녀는 말했다.

대위는 그들이 그렇지 않다는 것을 알았다. 그들은 그들 방식을 고집했다. 자부심이 길러준 완고함이었다. 그들은 자신들이 유지해온 라하단, 그들이 그 안에서 해온 지속적인 역할, 그곳을 관리하고 상황에 맞게 대처하고 그가 맡기고 간 관리인 이상의 역할을 한 것에 자부심이 있었다. 목초지가 장차 방치되고 퇴락되지 않을 방법을 제안한 사람은 헨리였다. 오라일리 집안은 소액의 연세를 내고 담장을 관리하는 대신 그곳에서 방목을 하는 것에 동의했다.

1년여 전 어느 날 오후에 집을 다시 찾아왔던 방문객에 관해서는, 제정신이 아니니 엄격히 말해 침입에 책임을 물을 수 없다고만 이야기되었다. 헨리가 머뭇머뭇 그렇게 말했고 브리 짓은 기도 뒤에 머뭇머뭇 동의했다. 그러나 두 사람 모두 원한 을 완전히 흩어버린 것은 아니었다. 대위는 더 진심을 담아 그 이야기를 했다.

루시는, 다시는, 레이프에게 편지를 쓰지 않았다, 쓰지 않을 것임을 스스로 알고 있었듯이, 그에게서 짧은 편지가 왔을 때 도 마찬가지였는데 그 편지 또한 올 것임을 알고 있었다. 어 느 날 오후의 혼란, 아주 이상한 방식으로 일어났던 혼란은 이 제 차분하게 돌이켜볼 수 있었지만, 루시에게 그 오후는 잿빛 으로 칙칙해진 것이 아니라 그림처럼 생생한 색깔을 유지하고 있었다. 현실의, 또 환각의 이미지들은 여전히 그대로였다. 차 가 멈추었고 방향을 바꾸었다. 그녀는 덤불에서 행주를 걷었 다. 그날 왔던 남자, 그가 집에 와 있다는 것은 우발적이면서 도 동시에 그렇지 않았는데, 그 남자는 기도를 하려고 무릎을 꿇었다. 그녀의 아버지는 그녀를 끌어안았다.

일이 그렇게 되고 만 거지, 레이프는 썼다. 누구 탓도 아니야. 그 녀가 원래 의도했던 것은 그의 방식과는 달랐다. 하지만 그렇 게 달랐다는 것이 처음 그녀가 그를 사랑하게 되었고 지금도 사랑하는 이유였다. 당시에는 몰랐고 지금에야 알게 되었다, 세상 모든 편지로도, 모든 갈망으로도 달라지지는 않았을 것 임을. 생명이 다하는 날까지 그녀는 다른 사람과 결혼한 남자 를 사랑할 것이었다.

"몬테마르모레오 이야기 좀 해주세요." 어느 날 아침 식사 때 마치 아버지가 한 번도 그 이야기를 한 적이 없는 것처럼 그녀는 말했고 아버지는 이미 했던 이야기를 되풀이했다. 다시 경마장을, 오페라하우스를 찾아가는 외출이 시작되었고 루시는 아버지가 결코 이루어질 수 없는 것을 바란다는 것을 알았다. 경마장의 군중이나 극장 관객 가운데서 어떤 남자가 나타나기를 바란다는 것을. 마치 오래전 레이프가 난데없이 나타났던 것처럼. 아버지는 그런 이야기를 하지 않았지만 루시는 아버지의 배려에서 그런 갈망을 느꼈다.

그들의 동반 관계 — 한때 루시 쪽에서는 원한으로 날이 서 있었고 아버지 쪽에서는 너무 많은 것을 얻으려고 안달했지만 — 는 그들이 처한 현실을 받아들였다. 이제 루시의 눈에는 전에 자신이 아버지를 거부했던 것으로 보였다. 당시 아버지에게도 그렇게 보였을 것이 틀림없었다. 그녀는 그것이 부끄러웠고 어머니를 애도하지 않은 것, 사랑의 이기심이 그렇게 몰인정하게 우위를 차지했다는 것이 부끄러웠다. 상황이 그녀의 삶에 빈 곳을 만들어냈지만 이제 사랑의 서툰 열정은 다른 아주 많은 것들과 함께, 아무것도 요구하지 않는 과거에 속했다. 서른아홉 번째 생일에 그녀는 아버지와 함께 에니실라에 픽처하우스 대신 생긴 멋진 새 영화관에서 〈니컬러스 니클비〉를 보았다. 그들은 밤늦도록 함께 앉아 있다가 라하단으로 돌아왔다. 요즘은 가끔 있는 일이었다.

몇 주 뒤 11월의 어느 화창한 오후에 그들은 함께 가족 무덤을 보살피러 킬로런에 갔다. 과거에는 늘 루시 혼자 하던 일이었다.

"우리가 우리 일족 속에 있구나." 아버지가 무성하게 자란 풀을 깎으며 말했다.

묘비는 골트 집안의 전통에 따라 수평으로 누워 있었으며 그 주위로 풀이 높이 자라 있었다. 미나리아재비 싹들이 퍼져 나가서 글자를 가렸고 토끼풀이 석회석의 모서리를 부드럽게 감쌌다.

루시는 제라늄과 개쑥갓과 참소리쟁이를 뿌리째 뽑았다. 지나간 시간에 그녀는 아버지가 응접실에서 헛소리에 귀를 기울이던 침착한 모습을 곰곰이 생각해보곤 했다. 아버지는 단순한 사람이었기 때문에 그날 오후에 오래전 위층 창문에서 쏘았던 소총을 찾아와서 군인 본능에 의지하여 그 무기를 다시 사용하겠다고 위협할 수도 있었다. 그러나 아버지는 자신이 어쩔 수 없는 상황으로부터 물러났다. 그리고 그 이후로도 계속 그렇게 했다.

"물론 언젠가는……" 아버지는 지금 예측하고 있었다. "여기 와서 이런 일을 해줄 사람이 한 명도 남지 않겠지. 그렇다고 그게 중요하다는 건 아니지만. 지금 우리가 이렇게 하고 있으니까. 그렇게 생각하지 않니?"

그녀는 고개를 끄덕이며 뿌리를 하나 더 캤다. 그들의 집안은 그들이 끝나면 끝날 것이고, 그러면 그 사람들에 대한 모든 의무도 완료될 것이고, 그 사람들에 대한 모든 기억도 죽을 것이다. 오직 신화만, 입으로 전해지는 이야기만 뒤에 남을 것이다.

"오, 그래, 다 그렇게 되겠지." 아버지도 같은 생각이었다.

그녀는 어떤 묘비의 매끈한 잿빛 표면에 흩어진, 잘린 풀들을 쓸어냈다. 가끔 그녀는 경마장에 가는 것이 아버지에게 너무 부담스러운 일이 아닌가 하는 생각이 들었다. 아버지가 센트럴 호텔의 바에서 앨로이시어스 설리번과 아침 시간을 보내기 시작한 지도 꽤 오래되었다. "대위님이 느려졌어, 눈치챘겠지만." 루시는 헨리가 그렇게 말하는 것을 들은 적이 있었다. 뚜껑 문을 통해 지붕으로 올라갈 때 층계에서 느렸다. 예전보다 민첩하지 못했다. 사과 과수원에서 낫질이 느렸고, 가시나무를 파낼 때 삽질이 느렸다. 이제 자동차를 운전하는 것은 그녀였다. 아버지를 차에 남겨두고 장을 보러 가서 브리짓이 적어준 목록을 들고 에니실라의 카운터에서 카운터로 돌아다녔다. 브리짓의 단단한 필체는 낙농품 공장에서 돌아오는 길에 헨리가 맥브라이드 부인에게 목록을 건네주던 시절 이래 변함이 없었다. 맥브라이드 부인의 가게 밖에는 매물이라는 안내문이 오래전부터 붙어 있었는데 얼마 전에 내려졌다. 아무도 그곳에 살러 오지 않았다.

"그래, 어쨌든 나아졌어." 아버지는 꿇었던 무릎을 펴면서 고개를 돌리고 얼굴을 찌푸렸다. "좀 나아졌지요, 레이디?"

묘지 구석에는 잡초와 풀을 두는 곳이 있었다. 그녀는 벌써 시들기 시작한, 잘린 풀을 그곳으로 가져갔다.

"훨씬 낫죠." 그녀는 돌아와서 말하고 사용한 연장을 모으기 시작했다.

그들은 차를 몰아 에니실라로 들어갔다. 그리로 가던 길이 었기 때문이다. 그녀는 사야 할 것을 샀고, 어느 가게에서나 그녀를 알았기 때문에 인사를 받았다. 그녀는 자신이 에니실 라 사람들의 신경을 예민하게 만드는 것은 아닌가 하는 생각 을 자주 했다. 이상한 사건들이 그녀를 이상하게 만들어놓았 을 것이 분명했기 때문이다. 그들이 그렇게 생각한다고 해서 탓할 수는 없었다. 어쨌든 그녀는 이제 그곳에서 늘 느긋하게 시간을 보냈다. 과거에는 무관심했던 읍내를 좋아하게 되었기 때문이다.

이날 오후에 그녀는 왔다 갔다 헤엄을 치거나 그보다는 덜 우아하게 둑을 독차지하고 뽐내듯 행진하는 백조들을 지켜보 았다. 산책로로 가는 길에 지나치는 높은 벽에 늘어진 불그스 름한 분홍색 마타리에 감탄했다. 아버지가 처음 돌아왔을 때 보라고 했던 것이 눈에 들어왔다. 우편함의 녹색 페인트 밑에 아직도 남아 있는 왕실 휘장이었다. 그녀는 방파제 밑의 바위 에서 노는 아이들을 내려다보았다. 멀리 끌려 나가는 해초 무 더기를 지켜보았다. 가끔은 버려진 경매장 옆 빵집의 카페에 앉았고 또 가끔은 야외 음악당에서 햇볕을 쬐었지만 오늘은 그런 곳들을 지나쳐 차로 돌아갔다. 아버지는 그곳에서 〈아이리시 타임스〉를 펼쳐놓고 졸고 있었다.

그날 저녁 아버지는 지금은 사라진 에니실라 조정漕艇과 여름 축제 이야기를 했다. 그러자 그녀는 예전에 설리번 씨가 긴 중심가를 행진하던 블루셔츠*의 소식, 한밤중에 아일랜드 일주 여정의 반을 마치고 읍내를 시끄럽게 통과하던 경주용 자동차들 소식을 가져오던 일을 떠올렸다.

"그날 저녁 에일워드 씨한테 작별 인사 하러 갔던 거 기억나니?" 아버지가 말했다. "네가 귀가 안 들리고 말을 못하는 어부를 찾던 일도?"

아버지는 침대로 가는 길에, 홀의 어지러운 탁자에서 집어든 낡은 가죽 장정 책을 손에 쥐고 탁자 옆에 잠깐 멈춰 섰다.

"그 어부는 자기한테 이야기하는 방법을 저한테 가르쳐줬어요." 그녀가 말했다. "제가 그 얘기 했나요? 제가 방과 후에 집에 갈 때 그 어부가 기다리곤 했다고."

"손가락으로 말을 할 수 있다는 건가요, 레이디?"

"네, 할 수 있어요."

그녀는 서 있던 곳에서, 응접실의 열린 문간에서, 아버지에게 보여주었다. 어부의 두 손은 거칠고 흉터가 많았으며 나이 들어 손등에 검버섯이 퍼져 있었지만 어부의 손동작을 보면

---

* 1930년대 아일랜드 자유국의 극우 조직.

그녀도 그것을 해보고 싶어졌다. 그들의 대화는 어린아이들이 서로 나누는 이야기 수준일지도 몰랐지만 서로 잘 알지 못하는 노인과 아이에게는 그 이상이 요구되지도 않는다고 생각하곤 했다.

"그때 너는 외로웠지." 아버지가 말했다.

"상관없어요, 좀 외로운 건."

"그래 없지, 아마 상관없겠지."

멍하니 그는 책을 다시 탁자에 올려놓았다. 책등 가죽의 찢어진 부분이 너덜거렸다. 그 책은 W. R. 르 파누의 《아일랜드의 삶 70년》이었고, 대위가 책갈피에 꽂아놓은 것은 전기료 청구서였다. 잠시 그의 손이 너덜너덜한 가죽에 머물렀다. 종종 그러던 것과는 달리 생각이 얼굴에 드러나지 않았다. 그는 아내라는 자리에 대한 딸의 선망을 알고 있었다. 전보다는 덜 고통스럽다는 것도 알았다. 그러나 그런 이야기가 입 밖으로 나온 적은 한 번도 없었다.

"언젠가, 레이디, 스위스의 묘지를 찾아가보겠어요? 그리고 몬테마르모레오도?"

"함께 몬테마르모레오에 가도 좋지 않을까요?"

"그러고 싶어?"

"네, 그러고 싶어요."

"있잖니, 그 시절에 네 어머니가 늘 불행했던 건 아니야."

"피곤하셔요, 아빠."

"설명하기 어려워. 하지만 그냥 알 수 있었어."

그녀는 아버지가 자리를 뜨는 것, 집어 들었다가 다시 내려놓은 책 없이 자리를 뜨는 것을 지켜보았다. 이 집에는 서로 밤 인사를 하는 습관이 있었던 적이 없고 지금도 없었다.

"벌들은 라하단을 떠나지 않았어." 그가 층계를 반쯤 올라가다 내려다보며 말했다. "언젠가는 떠날지 궁금하구나."

루시는 응접실에서 혼자 잠시 더 앉아 있다가 벽난로 안에서 아직 밝게 빛나는 깜부기불 앞으로 차단 막을 쳤다. 쿠션과 의자를 정리하고 구석장의 문을 닫았다. 뻑뻑해서 약간 밀어야 되는 곳은 조심해서 움직였다. 바가텔 테이블 앞을 지나가다 공들을 핀 사이에 놓았다. 210이 그녀의 최고점으로, 여섯 살 때 올린 점수였는데 오늘 밤에도 그것을 넘지 못했다.

다 괜찮은지 보려고 뒤를 돌아본 순간, 예전에 불에 타버렸을 수도 있는 방이 보였고 다시 괴로움에 시달리는 목소리가 들렸다. 이른 아침 잠에서 깰 때면 그녀는 자주 어떤 불안한 꿈으로부터, 음산한 검은 옷을 입고 텅 빈 눈으로 겁에 질린 채 팔걸이의자에 웅크린 형체를 데려오곤 했다. 한번은 등대 근처 담에 기대둔 커다란 구식 자전거를, 그리고 멀리 모래밭에서 자신이 살인자라고 믿는 남자의 홀쭉한 형체를 본 적이 있었다. 그녀는 잠시 그를 지켜보았다. 자신이 왜 그러는지도 모르면서. 두 손의 불안한 움직임이, 고통의 모든 장소를 만지려고 더듬는 흥분한 손가락들이 왜 그렇게 잘 기억나고 다시 보이는지도 모르면서. 모래밭에서 그는 자기가 선 자리에서 꼼짝도 하지 않고 내내 바다만 바라보고 있었다.

*

배개에 머리를 받친 채 대위는 딸의 발걸음을 찾아 귀를 기울이다가 그 소리가 자신의 방문 앞을 지나가는 것을 들었다. 밤에 잠시 그는 무덤들을 깔끔하게 손본 것이 기뻤다. 얼마 뒤에 그는 통증을 의식했다. 그러나 통증이 그를 깨우지는 않았다.

5부

1

　장례식이 끝나고 한참 뒤, 또 다른 해가 시작되었을 때 루시는 아버지의 소지품과 옷을 하나하나 살펴보았다. 눈에 보이는 것 가운데 놀랄 만한 것은 없었다. 셔츠와 양복을 개어 챙기면서 그녀는 이제 자신의 것이 된 집에서 마침내 드라마가 끝난 것인가 하는 생각을 했다. 아버지는 마지막까지 위스키를 마셨고 그녀는 막지 않았다. 아버지는 죽음이 슬금슬금 다가온다는 걸 알고 있었다. 여러 번, 죽음이 그렇게 다가오는 것보다 확실한 것은 없다고 말했다. 아버지는 자연의 긴축을 그렇게 받아들이면서 웃음을 지었고, 그녀도 웃음을 지으며 아버지가 병적인 기대를 물리치는 과정을 함께했고, 아버지를 다시 사랑하게 되는 느린 여정 동안 예전에 그가 어땠는지를 기억했으며, 아버지를 말없이 책망한 것을 용서받았다.

아버지의 소지품 몇 가지는 챙겼다. 커프스단추 몇 쌍, 손목시계, 가끔 그녀를 따라 산책을 나갈 때 사용했던 지팡이, 끼고 있던 결혼반지. 그녀는 아버지의 옷을 싣고 에니실라로 가서 바오로의 성 빈첸시오회에 보낼 기증품을 모으는 여자에게 주었다. 아버지가 간직하던 그림엽서들은 버렸다. 주인 없던 시절 무덤 같았던 침실은 다시 무덤이 되어 문이 닫히고 아무도 들어가지 않았다.

대위의 죽음과 더불어 집에서는 어떤 격식이 사라졌다. 그의 과거에 속한, 그가 귀중하고 소중하게 여기던, 그가 돌아오면서 당연하게 자리를 잡았던 운영 방식이었다. "아니요. 그건 필요 없어요." 루시는 단호하게 말했다. 브리짓이나 헨리가 계속 접시가 든 쟁반을 들고 부엌과 식당 사이를 왔다 갔다 하는 것을 바라지 않았기 때문이다. 이제는 그들이 그녀를 돌본다기보다는 그녀가 점점 그들을 보살피게 되었다. 그녀는 어린 시절과 그 이후 오랫동안 그랬던 것처럼 다시 부엌 탁자에 앉았다. 이런 것을 조정하면서 그녀가 염두에 둔 것은 자신의 편의가 아니라 그들의 편의였다. 아버지가 계속 있었다면 아무런 불평 없이 쟁반이 식당을 들락거렸을 것이다. 아버지나 자신이 무슨 말이나 행동을 했어도 그것을 바꿀 수 없었을 것이다.

브리짓은 여전히 식사 준비를 했다. 헨리는 마당에서 장작을 패고, 우유를 짜고, 과수원의 긴 풀을 최선을 다해 처리했다. 일요일이면 루시는 킬로런에 가면서 그들을 태워 그들이

미사에 참석할 수 있도록 성당에 30분 일찍 도착했다, 그들 셋 모두 오래전에는 이 또한 거꾸로였다는 것을 기억했다. 헨리는 담배를 산 뒤에 가게 밖에서 브리짓과 함께 그녀를 기다렸다. 미사에 참석하고 미사가 끝난 뒤 사람들을 만나는 것은 브리짓이 어렸을 때부터 즐겨온 일이었고 지금도 즐기고 있었다. 이제 문간채를 방치하고 있다는 사실은 일요일 외출 시 그 옆을 지날 때도 언급되지 않았다. 부엌에서 나누는 이야기는 주로 헨리가 결혼해서 라하단에 왔을 때 바다를 그리워했고 그가 한동안 정착을 못 하자 브리짓이 자신이 그의 생활 방식을 빼앗았다고 생각해 속상해했다는 것이었다. "하지만 물론 사람은 무엇에든 익숙해지기 마련이지." 헨리는 말했고, 실제로 그는 익숙해졌으며, 새로운 생활은 괜찮았다. 당시에는 행상이 이집트에서 온 작은 깔개, 온갖 크기와 색깔의 단추, 직접 벤 물푸레나무로 만든 구이용 꼬챙이, 백묵 조각과 갈색 잉크병을 들고 떠돌아다녔다. 요즘에는 그런 걸 볼 수 없다. 지난 30년 동안은 본 적이 없는 것 같다. 어떤 사람은 가스등의 점화구에 씌우는 그물을 팔려고 라하단에 왔고 《올드 무어 책력》을 파는 사람도 매년 찾아왔다. 땜장이들이 마당에서 냄비를 수선했고 말은 6킬로미터는 끌고 가야 편자를 신길 수 있었다.

이제 그런 것이 주된 이야깃거리였다. 루시는 귀를 기울이다가 자신이 태어난 날은 아침 내내 안개가 짙었고, 이름이 데이지나 얼리샤가 될 뻔했다는 이야기도 들었다. 그녀가 태어나고 맞이한 첫 크리스마스이브에는 응접실 굴뚝에 불이 났다. 렌보이*들이 성 스테파노의 날을 맞아 어린아이에 관한 어떤 이야기를 지어냈다. 해나가 한번은 집에 가다 바닷가에서 밴시**의 울음을 들었다.

"그냥 바람이야." 헨리가 말했다. "절벽의 우묵한 곳을 타고 내려오면서 신음을 낸 거지."

하지만 브리짓의 말에 따르면 해나는 서 있던 자리에서 1미터도 떨어지지 않은 곳에서 희미한 형체를 보았다.

*

대위의 소망은 이루어졌다. 1953년 3월의 어느 화창한 아침에 루시는 어머니의 무덤을 내려다보았다.

헬로이즈 골트 66세. 아일랜드 라하단 출신.

광택 없는 화강암에서 검은 글자들이 빛났고 루시는 기억 속의 얼굴이 나이 들었을 때의 모습을 그려보려고 애썼다. 벨린초나의 묘지는 작았다. 다른 사람은 없었다. 그녀는 무릎을

---

*성 스테파노의 날인 12월 26일, 아일랜드에서는 밀짚 가면과 옷으로 가장한 사람들이 가짜 렌(굴뚝새)을 장대 끝에 꽂아 들고 노래를 부르며 시가를 행진하는 풍습이 있는데, 이들을 렌보이라고 부른다.
** 아일랜드 전설에서 울음소리로 가족의 죽음을 경고해준다는 여자 요정.

꿇고 기도했다.

그 후 그녀는 철도역 맞은편 카페에서 커피를 주문했다. 모든 것이 낯설었다. 그녀는 전에 아일랜드를 떠나본 적이 없었다. 잉글랜드와 프랑스와 스위스에 걸친 긴 기차 여행은 그녀 앞에, 그녀가 읽던 소설에서만 만나던 이국적인 느낌을 펼쳐 놓았다. 커피를 가져온 웨이터가 하는 언어는 한 번도 입에서 나오는 것을 들어본 적이 없는 것으로, 그 모든 단어가 이해 불가능했다. 산책하던 스위스인들이 무리 지어 들어와 주위의 탁자들을 가득 채우고 지팡이와 잡낭을 빈 의자에 쌓았다. 이 마을 어딘가에 친절한 의사가 있었다.

다시 길을 나선 그녀는 국경을 건너 이탈리아로 갔다. 그날 저녁 그녀는 몬테마르모레오에서 유일한 호텔의 작은 방에 머무르며, 비록 자기 이름의 머리글자를 가죽에 새길 기회는 없었지만 그래도 한때는 특별히 자신만을 위해 마련된 것이라고 믿었던 파란 옷 가방의 짐을 풀었다. 그녀는 뭐가 나올지도 모른 채 음식을 주문했다.

이른 아침 그녀는 치타델라 거리와 제화공의 집을 찾아냈다. 아래층 진열창에 물건이 전시되어 있었다. 거리를 굽어보는 2층 발코니에는 딱 탁자 하나와 의자 두 개가 들어갈 만한 공간이 있었다. 그녀는 이때도 나중에도 제화공을 방해하지 않고 그냥 그가 과거의 그 제화공의 아들일지 아니면 다른 사람이 가게를 샀을지 궁금해하기만 했다.

그녀는 비좁고 혼잡한 거리를 걸어 다녔다. 성 체칠리아를 기리는 성당에는 제단화가 있었다. 공공 조명이 개선되어 보도 가장자리에 파헤쳐진 구멍에 새로운 가로등이 자리를 잡았고 차량은 구멍을 피해 다녔다. 그녀는 처음으로 이탈리아어 단어들을 배웠다. 입구(ingresso), 폐점(chiuso), 전진(avanti). 그녀는 아버지가 얘기하던 식당을 찾아냈다. 뒷길에 있는 아담한 곳이었다. 마을 외곽에서는 문을 닫은 대리석 채석장을 찾아냈다.

그녀의 어머니는 이곳에 속한 사람이었다. 잉글랜드보다, 라하단보다, 어머니는 이 평범한 작은 마을을 자신의 것으로 삼았고 이탈리아를 자기 나라로 삼았다. 루시에게는 여전히 흐릿한 모습과 기억나는 목소리의 먼 메아리뿐이었지만 북적거리는 거리와 대리석 채석장으로 가는 길에서 낯선 사람을 느꼈다. 조금 더 있을게요, 브리짓과 헨리에게 보내는 그림엽서에 그렇게 적으면서 자신도—우연의 어떤 새로운 엉뚱함으로—이곳에 영원히 머물게 되는 것은 아닌가 하는 생각을 했다.

그녀는 성 체칠리아의 이야기를 들었다. 성당의 어떤 여자가 이야기해주었다. 전에도 그곳에서 보았던 자그마하고 말씨가 부드러운 여자로, 텅 빈 신도석 사이에 있다가 그녀에게 다가왔다. 기적적인 것은 제단화의 눈이다, 여자가 영어로 설명했다. 그들은 함께 옅은 파란색 눈과 금발 머리채, 금박으로 마감한 후광, 아주 밝아 거의 색깔이 없는 듯한 드레스, 가볍게 쥐고 있는 리라를 보았다. 어린 시절, 성 체칠리아는 앞으로 나오게 될 세상의 모든 음악을 들었다, 여자는 말했다.

루시는 어머니가―어쩌면 같은 사람으로부터―성 체칠리아가 순교자가 될 운명을 타고났고, 고대의 신들을 조롱하다 죽임을 당했으며, 성 가타리나가 마구馬具 만드는 사람들의 수호성인이 되고 가롤로 보로메오가 풀 쑤는 사람들의 수호성인이 되고 성 엘리사벳이 치통으로 괴로워하는 모든 사람들을 위해 자비를 구하듯이, 죽은 뒤에 음악가들의 수호성인이 된 일을 알게 되었으리라고 짐작했다.

성당의 수리를 위한 헌금을 간청한 뒤에 여자는 자리를 떴다.

*

루시는 내키지 않는 마음으로 몬테마르모레오를 떠났지만 자신이 이곳에 다시 오지 않을 것임을 알았다. 그녀는 어머니와 아버지와는 다른 시간과 환경을 할당받았다. 그렇지 않은 척할 수는 없었다.

그해 겨울이 왔을 때, 긴 여행의 기억이 생생함을 잃기 시작했을 때, 그녀는 레이프에게서 받은 편지들을 쓴 순서에 따라 차근차근 다시 읽었다. 편지는 아직도 그녀에게 사랑을 불러일으켰지만 편지 속 사람들은 이제, 그녀의 어머니와 아버지가 그렇듯, 다른 사람들이었다. 그녀는 자수 서랍에서 완성되지 않은 자수를 꺼내 레이프의 고뇌에 찬 호소들을 싸고 색실로 만든 끈으로 그 꾸러미를 묶었다.

2

어느 날 오후 에니실라에서 루시는 검은 자전거를 찾아다녔다. 어선이 들어오는 등대 근처에서, 또 읍의 가난한 구역에서 그것을 찾아보려 했다. 한 번은 십자가 연맹* 건물 바깥에서, 또 한 번은 맥스위니 가에서 보았다고 생각했지만 가까이 다가가 보고 잘못 봤다는 것을 알았다. 그녀는 빵집에 딸린 카페의 창가에 앉아 있기 시작했다. 하지만 자전거가 지나가면 어떻게 해야 할지, 상점 진열창이나 담에 기대놓은 것을 보아도 어떻게 해야 할지는 몰랐다. 이런 강박은 그녀가 알지 못하는 데서 갑자기 찾아왔으며 자신의 노력이 실패하고 있다는 사실 때문에 점점 더 커지는 것 같았다. 결국 그녀는 수소문했고 그

---

* 영국의 가톨릭 단식 서원 단체.

녀가 찾는 사람은 정신병원에 입원했다는 이야기를 들었다.

그녀는 그 정보를 라하단으로 가져왔지만 관심도, 별 반응
도 이끌어내지 못했다. 어울리는 일이다, 말로 나오지 않은 의
견은 그런 것 같았다. 루시는 자신이 부엌에 없을 때 그곳에서
그런 말이 나올 거라고 상상했다. 어떤 말이 오가든 만족감이
담겨 있을 거라고. 그녀는 다음에 에니실라에 갔을 때 정신병
원으로 차를 몰고 가 높은 철문 옆 길가에 세웠다. 언덕 위의
벽돌 건물은 마치 안에 환자가 없는 것처럼 텅 빈 인상이었지
만 그녀는 그렇지 않다는 것을 알았다. 잠긴 문은 위협적이었
다. 한쪽 기둥에 사슬이 늘어져 있고 반대편의 쇠 까치발에는
종이 매달려 있었다.

그녀는 다시 차를 몰고 떠났다.

*

식탁에서 그녀는 리넨을 또 하나 쫙 펼치고 네 모퉁이를 책
으로 눌렀다. 그리고 조심스럽게 전에 해두었던 수채화 스케
치를 천에 베꼈다. 황토색 땅의 양귀비였다. 그녀는 명주실을
골라 한 줄로 늘어놓았다.

자신이 이 모든 과정을 전에 몇 번이나 했는지 생각해보았
다. 자수가 끝나면 "혹시 갖고 싶으세요?"라고 몇 번이나 말했
는지도. 그녀는 자신이 제공하는 것에 어떤 가치가 있다고 주

제넘게 생각하는 것처럼 보이지 않을, 더 나은 방법을 결코 찾을 수가 없었다. 주는 일은 그녀에게 기쁨이었고 라하단 벽에 이제 걸 자리가 남지 않았다고 말할 때의 과장도 기쁨의 일부였다.

그녀는 색깔을 표시하기 위해 실 한 가닥으로 수를 놓았다. 대여섯 색조가 있는 양귀비는 오렌지색과 빨간색, 뾰족한 잎에는 서로 다른 네 가지 녹색, 가장자리에 회색 주름 장식이 달린 황토색. 완성하려면 몇 달이, 온 겨울이 걸릴 터였다.

*

"골트 양에게 차를 가져다 드려."

카페 카운터 뒤에서 빵집 주인의 부인이 꽃무늬 작업복을 입은 아이에게 명령했다. 그녀가 무사히 돌아왔다, 그녀가 스위스와 이탈리아에서 돌아왔을 때 카페에서는 그런 말이 돌았다. 그녀의 여행 목적은 알려져 있었지만 입에 오르내리지는 않았다.

그녀는 우산을 자기 탁자의 다른 의자 등받이에 걸었다. 그날 오후에는 갑자기 비바람이 불기 시작했다.

"지독한 날씨네요." 카운터 뒤의 여자가 그녀에게 큰 소리로 말했다.

여자의 붉은 머리카락은 잿빛으로 바뀌고 있었고 이제 아

이를 낳을 수 있는 나이가 아니라는 것에 말없이 감사하듯 안
도의 표정이 눈에 확고하게 자리 잡고 있었다. 그녀는 딸 열과
아들 하나를 두었다. 카페에는 절대 얼굴을 내밀지 않는 그녀
의 남편은 이 읍이 먹는 빵의 반, 그리고 케이크와 번과 도넛
을 구웠다.

"케이크 맞죠, 아가씨?" 아이가 물으며 더러운 식탁보의 빵
부스러기를 손으로 털고 코르크 매트가 완전히 흡수하지 못한
우유를 닦아냈다. "여러 가지를 섞어서 가져올까요?"

"고마워."

아이의 얼굴은 파리했고 설탕 그릇과 우유병을 정돈하는 손
은 동상에 걸려 있었다. 다른 손에는 붕대를 감고 있었다.

"비가 엄청나지 않나요, 아가씨?"

"엄청나네. 네가 아일린이니? 네 자매랑 헷갈려. 미안해."

"그러니까 언니하고요?"

"그런 것 같은데."

"언니는 필로미나예요."

"그럼 네가 아일린이고?"

"네, 맞아요. 곧 차 가져올 테니 기다려주세요."

뒤쪽으로 통하는 문 위에서 손끝을 세우고 있는 석고상이
카페를 축복하고 있었다. 루시는 아이가 그 밑을 지나가는 것
을 지켜보다가 나중에 잊을까 걱정이 되어 지갑에서 3페니 동
전을 꺼냈다. 그녀는 동전을 장갑 안에 넣었다. 그렇게 하면

손에 닿는 느낌 때문에 잊지 않을 것임을 알았기 때문이다. 그녀는 커튼에 반쯤 가린 넓은 창유리에 페인트로 쓴 글자들 너머로 비가 내리는 것을 지켜보았다. 거리의 사람들은 레인코트로 머리를 가리고 발걸음을 서두르고 있었다.

"우리를 익사시킬 작정이에요, 매티?" 카운터 뒤의 여자가 막 들어온, 누더기를 입은 남자에게 소리쳤다. 그의 흠뻑 젖은 옷이 바닥에 물을 뚝뚝 떨어뜨리고 있었다. 그는 자주 거리에서 푼돈을 받고 아코디언을 연주했다.

"물론이지, 덕분에 바닥 청소도 되잖아?" 그는 문 근처 자리에 앉아 탁자에 아코디언을 놓았다.

"이런 것들밖에 안 남았어요." 아일린이라는 이름의 소녀가 가져온 케이크를 가리켰다. 각각의 스펀지케이크를 조각으로 잘라낸 뒤, 모조 크림과 라즈베리 잼을 바르고 다시 모양을 만들었다. 접시에는 여섯 개가 있었다. "어쨌든 이게 가장 좋은 거예요, 아가씨."

"좋은데, 아일린."

우묵하게 파인 곳이 많은 쇠 찻주전자가 조심스럽게 코르크 매트 위로 내려왔고 나이프가 장식 없는 하얀 접시 옆에 자리 잡았다.

"브랙*도 한 조각 가져올까요, 아가씨?"

---

*건과를 넣은 케이크나 번.

"아니, 아니야, 충분해, 아일린."

그녀는 진하고 짙은 차를 따르고 우유로 희석했다. 스펀지 케이크 조각의 바닥에서 종이를 벗겨냈다. 다른 사람들이 비를 피해 안으로 들어오고, 유모차가 아코디언 연주자 옆 탁자로 밀려오고, 빨간 우산을 털자 물방울이 튀었다. 우산이 접힐 때 우산살 하나가 어색하게 튀어나왔다. "이게 내내 여기 있었군." 누군가가 말하자 웃음이 터졌다.

자신에게도 아까 아코디언 연주자한테처럼 사람들이 허물없이 말 걸어주기를 그녀가 얼마나 바라는지! 친근한 농담에 참여할 수 있기를 얼마나 바라는지! "신교도 여자가 여전히 거스름돈을 기다리고 있네요." 얼마 전 돔빌네 가게에서 카운터 보는 여자아이들 가운데 하나가 그렇게 말했다. 그것이 그들이 그녀를 생각하는 방식, 그녀의 이름이 생각나지 않거나 이름을 모를 때 묘사하는 방식, 그녀의 악센트, 그녀의 태도와 더불어 그녀의 외모와 복장이 암시하는 것이었다. 신교도 여자는 유물, 남겨진 것, 그런 존재로서 존중은 받지만 그들에게 속하지는 않는 것이었다. 게다가 그녀는 그런 여자들 가운데도 더 유달랐다. 그날 그녀가 돔빌네 가게를 나간 뒤 그녀를 몰랐던 여자아이는 이야기를 들었을 것이다.

그녀는 차를 더 따르고 뜨거운 물을 주문했고 물은 곧 나왔다. 흐릿한 햇빛이 약하게 창을 비추다 사라지더니만 다시 깜빡하며 나타났다. 길 건너 집들의 수성페인트가 반짝거렸다.

분홍색과 녹색으로. 어느 집 지붕의 슬레이트가 빛났다. 그녀는 혼자라는 느낌만큼이나 다르다는 느낌에도 익숙했다. 아마둘은 같은 느낌일 것이고, 어차피 마음 쓰는 것 자체가 우스꽝스러운 일이었다.

그 순간은 지나갔다. 큰 기쁨—거의 환희—이 지금까지 양귀비를 수놓는 몇 달 동안 그녀의 감정이었다. 그녀는 이해하려 하지 않았고 그저 전적으로 자신에게서 나온 의도에 복종하여 끌리는 일을 계속했다. 그녀는 카페에 있는 사람들을 조금 더 지켜보았다. 아코디언 연주자는 돈을 받지 않을 차를 마저 마시고, 아기는 유모차 안에서 자고, 커플은 생선과 감자튀김을 먹고, 두 여자는 열중해서 대화를 나누었다. 그녀는 장갑 안에서 3페니 동전을 발견하고는 찻잔 받침 가장자리 밑에 놓았다. 계산은 카운터에 가서 했다.

밖에 나가 차가 있는 곳까지 걸어갈 때 보도는 이미 드문드문 마르고 있었다. 집시 아이들이 구걸을 했다. 그녀의 뒤쪽 어딘가에서 아코디언 음악이 시작되었다. 하늘에 파란색이 번져갔다.

그녀는 차를 돌릴 만한 곳이 나올 때까지 계속 가다가 갔던 길을 되돌아와 아일랜드 은행과 코클런네 창고들을 지나 읍내를 완전히 통과하여 시골로 들어갔다.

철문에 이르자 저번처럼 길가에 차를 댔다. 완성하느라 겨울 전체를 바친 자수는, 아주 옅어서 거의 흰색에 가까운 물푸레나무 액자에 담겨 있었다. 그녀는 차 뒷좌석으로 손을 뻗어 액자를 들고 종 사슬이 매달린 기둥으로 갔다.

무거운 종은 축에 녹이 슬어 처음에는 소리 없이 흔들렸지만 곧 땡그랑 소리가 언덕에 부딪혀 메아리쳤다. 기다렸지만 아무런 응답이 없었다. 정원사도 일꾼도 오지 않았다. 짧고 가파른 진입로에 아무도 나타나지 않았다. 그녀는 잠시 머물다 차를 몰고 떠났다.

그녀는 남자들이 앞의 교차로로 줄지어 다가오는 것을 보고 차를 세웠다. 열 명 내지 열한 명이었는데 모두 어두운색 옷을 입고 있었다. 관리인 한 명이 앞에서 걷고 또 한 명이 뒤를 맡았다. 그녀는 남자들이 가까이 다가오기를 기다렸다가 차에서 내렸다.

"그 사람은 오늘 여기 없습니다." 줄 앞에 선 관리인은 그녀가 이름을 대자 그렇게 말했다. "하지만 줄 게 있으면 내가 전하지요."

그녀는 액자에 담긴 자수를 주었다. 다른 관리인이 말했다.

"직접 만드신 건가요, 부인?"

그들은 주위에 몰려들어 구경했다. "아름답네요." 액자를 받아 든 관리인이 말했다. "아름답군." 한 사람이 따라 하자 다른 사람이 같은 말을 하고, 또 다른 사람이 말했다.

그녀는 자신의 선물을 받을 사람을 면회하는 것이 가끔은 가능한지 물었다.

*

"그래, 그게 무슨 의미가 있어?" 그해 봄과 여름이 지나고 또 다른 겨울이 자리 잡았을 때 헨리가 중얼거렸다.

브리짓이 찻잔의 물기를 닦아 다른 찻잔 안에 넣었다. 둘 다 옆으로 누워 있었고 그 밑에 받침이 있었다. 그녀의 손가락은 오늘 요구되는 일을 하는 데 느렸고 손마디는 뻣뻣하여 잘 풀리지 않았다.

"아무 의미 없죠." 그녀가 말했다. "하지만 그래도."

"루시는 괜찮은 것 같아?"

무슨 말을 해야 할지 몰랐기 때문에 브리짓은 답을 하지 않았다. 그녀는 찻잔과 받침을 커다란 녹색 찬장으로 들고 가 찻잔은 고리에 걸고 받침은 선반의 이랑처럼 솟은 곳 뒤에 세워 두었다. 견디기 힘들게 만드는 것은 공기 중의 습기였다. 추울 때는 손마디가 이렇게까지 영향을 받지 않았다.

"루시가 피곤해져서 돌아와." 헨리가 말했다.

"아 뭐, 그러겠죠."

그 남자가 집에 다녀간 후로 5년이 지났고, 그 전에 다녀간 후로는 34년이 되었다. 브리짓은 남자가 처음 왔다 간 다음 날 아침에 문간채에서 나와 진입로를 걸어갈 때 헨리가 뭔가가 이상하다고 말했던 것, 그 일주일쯤 전에 개들이 독을 먹었다고 언급했던 것, 조약돌에 피가 묻어서 갖다 버렸던 것을 기억했다. 그 남자가 다시 왔을 때 루시가 차려입고 부엌에 들어와 자기가 차를 가져가겠다고 말했던 것을 기억했다. 그리고 나중에 자신과 헨리와 대위가 한 말, 제정신이 아닌 사람에게는 아마 소란 행위의 책임을 물을 수 없을 거라는 말을 루시는 하지 않았던 것도. 루시를 탓할 수는 없었다. 그 남자를 미워한다고 해서 루시를 탓할 수는 없었다.

"그 이야기를 하는 사람들이 있더라고." 헨리가 말했다. "루시가 거기 간다고."

"있겠죠, 당연히."

사람들이 그 이야기를 하는 것은 이해하지 못해서였다. 이 부엌에서 이해하지 못하는 것과 마찬가지로. 결국 상황이 정리된 것으로 충분하지 않은가. 대위가 동정심으로 인내하고, 부녀가 함께 외출을 하고, 그의 애정과 잘 지내고 싶은 마음이 마침내 받아들여진 것으로? 또 루시의 친구의 사랑에 대한 기억이 그토록 오랜 세월이 흘렀음에도 여전히 그대로인 것으로 충분하지 않은가? "왜 그 오래된 곳에 가고 싶어 하는 거니?" 브리짓은 항변할 말이 준비되어 있었으나, 이미 오래전부터 준비되어 있었으나, 입 밖에 내지는 않았다.

"뱀 사다리 게임*을 한다더라고, 둘이서." 헨리가 말했다.

---

* 뱀과 사다리가 그려진 판 위에서 하는 주사위 게임.

3

어느 날, 그녀가 처음 들르고 나서 얼마 지나지 않았을 때, 관리인이 그에게 말했다. "면도칼을 어떻게 가는지 가르쳐주겠소."

그때 식탁에는 아침 식사 접시들이 놓여 있었다. 나이프와 포크가 그 위를 가로질러 놓여 있었는데 나이프는 모두 줄로 무디게 만들어놓았고 양철 머그잔들에는 차 찌꺼기가 가라앉아 있었다. 그가 당번이라 이제 거기 있는 것들을 모은 다음 모두 쟁반에 쌓아 창구를 통해 건네고 쟁반이 다시 나오기를 기다려야 했다. 그동안 관리인은 다른 것들을 찬장에 넣었다. 소금 후추, 사용하지 않은 포크와 나이프, 설탕 그릇. 매슈 퀵크, 그가 그날 아침 관리인이었다. 그는 코트는 벗고 셔츠 소매에는 밴드를 끼우고 모자는 문 옆의 궤 위에 놓아두었다. 그곳에 다른 사람은 없었다.

"특권이지." 쿼크 씨가 말했다. "면도칼을 쓰는 건."

오직 매슈 쿼크뿐, 다른 사람은 면도칼 근처에 가는 것이 허락되지 않았다. 환자들의 면도를 해주는 사람이 그였다. 유진 코스텔로가 면도칼을 가지고 있다가 다음 날 아침 주검으로 발견된 이후로 쿼크 씨가 환자들 면도를 해주게 되었다. 그때 만들어진 규칙이었다.

"그때는 어땠어?" 창구 건너편에서 어떤 목소리가 외쳤고 두 손이 쟁반을 다시 내보냈다. 쟁반에 쏟아졌던 것은 닦여 있었다. 매킨치의 손이었다. 목소리를 들으면 알 수 있었다.

"내 말 알아듣겠지?" 관리인이 말했다. "내가 무슨 말 하는지 알겠나?" 쿼크 씨는 자신이 한 말을 그대로 내버려두고 더 밀어붙이지 않았다. "아, 알아듣는군, 알아들어." 그는 말하며 물이 담긴 대야에 대고 행주를 짰다. 매슈 쿼크는 슬쩍 보는 것만으로도 상대가 자기 말을 이해하는지 못하는지 알곤 했다. "내가 면도칼을 믿고 맡길 사람은 또 없소." 그가 말했다. 그는 사우스티퍼레리 출신이었는데 사제가 될 준비를 하다가 별것 아닌 뭔가가 어그러졌다. "이제 저 탁자를 쓸어내쇼." 그가 말했다. "긴 건 나한테 맡기고. 그런 다음에 뒤쪽으로 나갈 거요."

창문을 검게 칠해놓은 헛간은 배수로가 가운데를 지나는 큰 마당 건너에 있었다. 헛간에는 자물쇠가 두 개, 하나는 높이 하나는 낮게 달려 있었다. 안에 들어가면 불을 켤 수 있었다.

그들 뒤로 문이 닫히고 빗장이 빠르게 잠겼다. 작업대 위에 매달린 전구가 켜졌다. 관리인은 돌돌 말린 녹색 베이즈 천을 펼치고 면도칼을 꺼낸 다음 숫돌에 기름을 발랐다.

"그 여자가 오다니 대단하지 않소?" 그가 말했다.

첫 번째 면도칼을 바이스에 끼운 다음 녹 한 점을 사포로 비벼서 없앴고 날을 숫돌에 갈고 걸레로 닦은 다음 가죽숫돌을 고리에 걸고 팽팽하게 당겼다.

"곧 감을 잡게 될 거요." 관리인이 말했다. "한데 대단하지 않소?" 그가 말했다.

대답할 필요는 없었다. 대답하지 않을 것임을 매슈 쿼크가 알았으니까. 스위니 씨 대신 온 새 관리인은 처음에는 그것을 몰랐다. 말을 하고 싶어 하지 않는 환자가 있다는 이야기를 브리스코가 해주기 전에는.

"아 대단하지, 대단해." 쿼크 씨가 말했다.

그날 돌아오는 길에 마일리 키오의 바가 있었고, 거기 카운터에 물 한 병이 있었다. "댁이 벗어나려고 하는 것은 거대한 순환이에요." 마일리는 말했는데, 문제는 병의 물 한 모금만 달라고 요청할 수 없다는 거고 마일리는 말할 때까지 기다리고 있을 거라는 점이었다. 하지만 그 누구도 그런 꼴을 한 집과 거기 사는 사람들을 본 뒤에는 물을 요청할 자격이 없을 것이었다. 그 누구도 감히 말할 자격조차 없을 것이었다.

"잘되고 있네." 관리인이 말했다. "아직 사포질을 좀 더 해야 돼."

면도칼이 빛을 받아 반짝이자 그는 그만하라고 말했다. "그 여자와 그럭저럭 친구가 된 거잖소." 그가 말했다. "결국에는 그게 중요한 거 아닌가?"

쿼크 씨가 그에게 사포를 더 건넸다. 그는 다음 면도칼을 베이즈 천에서 꺼내 바이스에 물렸다. 이것이 아까 것보다 녹이 더 슬었다, 쿼크 씨는 말했다. "그건 서둘지 마쇼."

누구도 서둘고 싶지 않을 것이다. 하루하루가 지나가는 게 그렇듯이. 어떤 날이든 그 속의 시간은 서둘지 않고 지나가니까. 그걸 보고 배우면 된다. 서둘 필요 없다.

"좋아, 좋아." 쿼크 씨가 말했다. 그는 휘파람을 불었다. 부드럽고 조용한 휘파람이었다. 그는 〈대니 보이〉를 휘파람으로 불다가 부르기 시작했다. 면도칼은 어디에 보관하든 거무스름해지지만 다시 빛나게 할 수 있다, 쿼크 씨는 말했다. 아주 쉬운 일이다. 일을 다 마치면 공장에서 나온 신품보다 좋을 거다.

한 시간 넘게 작은 헛간에서 작업이 계속되었다. 달력 하나가 걸려 있는데 거기에는 산비탈 사진이 있고 벌목된 나무들이 누워 있었으며 날짜가 적혀 있었다. 매달 초와 중순에 그녀는 늘 왔다. 아침에 일어나면 알게 되었다. 무슨 요일인지는 알지 못하고 다만 그녀가 오는 날인지 아닌지는 알았다. 오늘은 아니었다.

"우리가 일을 잘했군." 관리인이 말했다.

그는 날을 간 첫 번째 면도칼을 베이즈 천으로 쐈고 이어 다음 면도칼도 쐈다. 그런 다음 베이즈 천 둘레에 고무줄을 묶어 고정했다.

"작은 새집 만드는 거 한번 생각해보겠소?" 그가 말했다. "나무줄기 위에 올려놓으면 울새가 안에 둥지를 틀지."

그는 합판 조각에 그려 나무를 어떻게 자르는지 가르쳐주었다. 두 면은 경사지게, 뒤판 조각은 앞판보다 높게 하고, 뚜껑을 열고 들여다볼 곳에 경첩 표시를 하라고 했다. 수치를 빨간 색연필로 합판에 적었다. 뒤판 9×4, 앞판 $6\frac{3}{4} \times 4$. 뚜껑과 바닥은 5×4와 4×4, 옆면은 $8 \times 4 \times 6\frac{3}{4}$. "그 여자를 위해 한번 생각해보겠소?" 쿼크 씨가 말했다.

12시를 알리는 종이 쳤다. "작업장을 닫아야겠군." 쿼크 씨가 말하며 합판을 창턱 밑 선반에 걸쳐놓았다. "이게 생각해볼 만한 거리가 되지 않겠소?" 그는 마당에서 말하고, 통로에서 한 번 더 말했다. "여자가 주사위 놀이에서 이기면 상을 한번 줘야 하지 않겠소?"

강당에 사람들이 삼종기도를 위해 모여 있었다. 쿼크 씨가 오늘 아침 책임자였기 때문에 그가 강단으로 나갔다. 사제의 길을 갔다면 지금쯤 그는 쿼크 신부가 되어 일요일에 미사를 집전했을 것이고 그의 모든 것이 달랐을 것이다.

기도가 끝나자 환자들은 발을 질질 끌며 걸었다. 다시 말소리가 나오고 누군가가 소리를 지르고 이윽고 다른 사람이 소리를 질렀다. 잘 싸서 준비해놓으면 된다. 쿼크 씨가 가르쳐주는 대로 만들면 된다. 그녀는 주사위에서 6이 나와 사다리를 올라가고 그런 다음 4가 나와 홈인할 것이다. 그때 그것을 그녀에게 주고, 그러면 그녀는 그게 뭐냐고 물을 것이다. 그리고 그녀가 대신 대답할 것이다, 늘 그랬듯이.

6부

손목시계 바늘은 5시 20분을 가리키고 이른 아침 빛은 가볍고 투명한 천 같더니 이윽고 강렬해진다. 그녀는 다시 눈을 감는다. 한때는 그렇게 누워 있으면 칠면조들이 마당에서 골골 우는 소리, 헨리가 젖소들을 불러들이는 소리가 제일 먼저 들리곤 했다. 세면대 위의 주전자 주둥이부터 연한 녹색 장식무늬까지 금이 이어지다 사라진다. 금은 늘 거기 있었다. 똑같은 녹색이 세면기를 장식하고 세면대의 한 줄짜리 타일에서도 반복된다. 높은 창 세 개 가운데 하나는 꼭대기가 몇 센티 열려 있다. 폭풍우가 불 때에도 밤공기가 들어오는 것을 그녀가 좋아하기 때문이다. 바깥쪽은 칠이 벗겨지고 나무는 햇볕에 바랬다.

그녀는 머리 위로 잠옷을 벗는다. 나무를 구부려 만든 의자로 걸어가자 마룻널들이 위로하듯 삐거덕거린다. 의자에는 간

밤에 벗어서 개어둔 옷들이 여전히 그대로 있고 스타킹이 늘어져 있으며 구두는 구두 걸이에 단정하게 걸려 있다. 그녀는 물을 부어서 천천히 씻고, 천천히 옷을 입는다. 갈매기 한 마리가 창턱에 내려앉아 구슬 같은 눈으로 뻔뻔스럽게 그녀를 응시하다 갑자기 아래로 내려간다. 키티 테리사는 갈매기가 되고 싶다고 했지만 브리짓은 키티 테리사에게는 그럴 만한 뇌가 없다고 말했다.

그녀는 머리핀을 꽂고, 옷깃을 원하는 모양으로 매만지고, 화장대 거울에 비친 자신을 보고, 옷을 똑바로 당기기 위해 일어서는 동안 계속 거울에 비친 모습에 의지한다. 세면기의 물을 버리고 에나멜 양동이를 들고 방을 가로질러 문으로 간다. 침대 위와 아래에서 시트를 팽팽하게 당기고, 주름을 쓰다듬어 펴고, 담요도 하나하나 매만지고, 베개를 털고, 누비이불을 매트리스 밑으로 접어 넣는다.

기둥의 종 사슬은 처음 당긴 이후, 당길 때마다 함성이 시작되어 먼 곳에서부터 희미하게 그녀에게까지 다가왔다. 이윽고 관리인이 가파른 진입로에 나타났다. 길이 파였기 때문에 발을 조심해서 걸었으며 다가오면 열쇠가 짤랑거리는 소리가 났다. "아 아니요, 호라한 가족은 오지 않습니다." 그는 처음에 그렇게 말했고, 형제들과 누이가 에니실라에서 멀리 떠났는데 어머니 장례식 때 마지막으로 왔다고 덧붙였다. "가족은 창피해할 겁니다." 그는 대문을 잠그고 나서 조수석에 앉으며 말했다. 본관에 도착하면 그는 늘 기다리라고 말했다. 안의 소란이 잠잠해지고 나서야 회색 현관문이 열렸다.

그 시절 그녀는 옷을 좀 차려입었다. 오늘 아침 침실에서 치장을 마무리하다가 그 사실이 떠오른다. 그들이 좋아하기 때문에 그들을 위해 차려입은 거다. 그녀가 홀을 통과하여 지나갈 때면 가끔 그들이 그런 식으로 말했다. 그곳에서 몇 명이 어슬렁거리고 있다가 그녀에게 다가와 두서없이 웅얼거리다 제지를 받았다. 그들은 그런 제지는 상관하지 않았다. 상관하는 사람들은 다른 곳에 있다. 관리인이 층계에서 한 발 앞서가며 말했다. 그는 뒤돌아보며 혹시 그녀가 헛디딜까 걱정되어 돌층계 다섯 단을 가리켰다. 그는 모퉁이를 돌아 나무 층계를 지난 다음 다시 한 번 꺾어서 노란 수성페인트를 칠한 긴 통로로 접어들었다. 그곳의 모든 문은 닫혀 있고 바닥에는 카펫이 없고 벽에는 그림이 없었다. 면회자와 환자를 위해 따로 마련된 방은 가구가 없고, 벽은 똑같은 노란색이며 '영광의 그리스도'* 밑에는 불이 밝혀져 있고, 그녀의 자수는 가장 눈에 잘 띄는 곳에 자리 잡고 있었다. "어라, 어라, 오늘은 면회자가 있네." 그 관리인의 웃음소리는 기억에 남을 만했다. 그는 그날 걸어가며 그들 가운데 몇 명이, 그녀가 환자의 부인이라고, 그

---

* 후광에 싸여 정면을 보고 있는 예수의 왼손에는 성서가 들려 있고, 오른손으로는 축복을 하고 있는 모습의 그림. 성화의 주제이다.

녀가 이름을 모르는 환자의 부인이라고 하더라는 이야기를 해주며 즐거워했다. 그걸 가지고 말싸움이 벌어졌다, 그는 말했다. 나중에는 이 면회 또는 저 면회가 정확히 날을 지킨 것이냐를 놓고 말다툼이 벌어졌다. 그녀는 2주마다 꼬박꼬박 왔지만 몇 번 그녀가 잘못 알았다는, 그녀의 계산이 틀렸다는 이야기가 퍼졌다. "하지만 그러신 적은 없지요." 그 관리인은 말했다. "그 긴 세월 동안." 17년이 되었다, 결국은.

층계 앞을 가로질러 욕실로 가는데 그 관리인의 얼굴이 떠오른다. 어떤 얼굴들은 다른 얼굴들보다 쉽게 떠오른다. 그녀에게 대문 열쇠를 따로 마련해주겠다고 말한 사람이 그였던가? 어느 겨울날, 창살 달린 창의 유리가 다 얼어서 밖을 볼 수 없던 날? 어느 봄날 열쇠가, 특별히 그녀를 위해 만든 열쇠가 준비되었다. 새 열쇠가 늘 잘 돌아가는 것은 아니기 때문에 그들은 자물쇠에 꽂고 시험해보았다. 그 일을, 그녀에게 요령을 가르쳐주는 일을 그들은 무슨 예식처럼 해냈다.

그녀는 에나멜 양동이를 욕조 가장자리에서 기울여 아까 씻을 때 쓴 물을 버린다. 아래층으로 내려가는 길에 방마다 들어가본다. 어제 보았던 것이 보일 뿐이지만 그래도 그러고 싶다. 손이 닿는 곳에 거미가 거미줄에 매달려 있다. 밤새 짜놓은 것이다. 그녀는 거미를 창으로 가져가 창문을 살며시 밀어 올린 다음 거미를 놔주고 남은 거미줄도 걷어낸다. 해마다 이맘때쯤이면 매일 아침 어딘가에 거미줄이 있다.

부엌에서 그녀는 전기스토브 가운데 다른 것들보다 빨리 뜨거워지는 것을 켠다. 코일이 붉어지는 것을 지켜보며 뉴스가 시작되는 소리에 귀 기울인다. 간밤에 어느 농부가 갖고 있던 돈 때문에 살해당했고, 어딘가의 골프 선수가 신기록을 세웠다. 작고 파란 베이클라이트 라디오가 부엌으로 들어온 것은 헨리의 누이가 미국으로 이민 갔을 때였지만 일요일 저녁 조리네인의 퀴즈 쇼 〈질문 시간〉 때만 켰지 다른 때는 켜지 않았다. 1938년쯤이었다.

식료품은 어제 왔고, 양철통 안의 빵은 아직 신선하다. "인터넷을 하지 않으면." 활기찬 목소리가 주의를 준다. "경마장에 없는 겁니다.*" 차를 만들면서 그녀는 그 말이 무슨 뜻인지 궁금해하며 9 대 1 승률의 볼티모어 걸이 들어오던 것을 떠올린다. 리스모어 경마장에서 아버지는 그 말에 돈을 걸었고 그녀는 블랙 인챈터에 걸었다. "경마장에 와본 적 없다더니!" 아버지가 놀라며 외치던 모습이 떠오르고 그 기억의 꼬리를 물고 다른 기억이 나타나는데 그 이유는 그녀도 모른다. 그녀는 레이프가 레이디 모건의 책을 읽은 적이 있는지 궁금하다. 헨리는 레인지 가까이에 앉아 있었다. 뼛속까지 시리다, 그는 말했다. 그녀는 차를 몰고 새로 온 여의사를 부르러 갔고, 사제는 납작한 검은 가방에 모든 물건을 준비해서 나왔

---

* 성공할 가능성이 없다는 뜻.

다. 그 1년 뒤였을 것이다. 브리짓이 어느 날 아침 내려오지 않은 것은.

그녀는 천천히 먹는다. 라디오는 이제 껐다. 다 끝낸 뒤—주전자에 남은 물을 찻잔과 받침과 접시 위에 쏟고 나이프를 깨끗하게 닦은 뒤, 찻잎을 다 비우고 찻주전자를 뒤집어서 식기건조대에 올려놓은 뒤—의자를 들고 마당으로 나간다. 또 하나를 옮기고 이어서 세 번째 의자를 들고 나간다. 걸음걸이는 세월이 갈수록 표시가 나지 않는 절뚝거림에 거의 영향을 받지 않는다. 그녀는 앉아서 기다리다가 햇볕을 받으며 존다.

그가 좋아하던 색깔들이었다. 빨강과 녹색, 노랑과 자주, 그리고 가장 좋아하던 파랑. 그는 끝이 갈라진 혀, 칠흑처럼 검은 눈을 좋아했다. 그들 두 사람의 손에 로넌네 가게에서 사온 널 두 개가 다 닳았다.

"창가에 앉죠, 어때요?" 뻐꾸기 소리가 들리던 날 그녀는 말했고 그들은 언덕의 개쑥갓으로 뒤덮인 풀밭을 내려다보았다. 어떤 나무도 그 녹색 단조로움을 깨지 않았고 짧은 진입로를 둘러싼 어떤 담장이나 난간도 없었다. 높은 벽돌담뿐이었다. "오, 들어봐요!" 뻐꾸기의 노래의 첫 두 음이 시작되자 그녀가 말했다.

그는 주사위를 던졌고 말을 움직였다. 그는 늘 그녀가 이기기를 바랐다. 그렇게 말했던 적은 없었지만 그녀는 알았다. 그녀는 그의 목소리를 그때 한 번, 응접실에서 듣고 다시는 듣지 못했다. 그를 사로잡은 망각이 그의 비밀이었다. 정신병원에서는 비밀이 많다, 젊은 관리인이 말했다. 어디나 정신병원에서는 비밀을 아주 소중하게 지킨다. 다른 게 거의 없기 때문이다. 망각은 환자의 마지막, 유일한 소유물일 때가 많다. 그 젊은 관리인은 약간 기발한 이야기를 하곤 했다.

그들이 내려다보았을 때 다람쥐들이 어수선한 풀을 뒤졌고, 가끔 고개를 갸우뚱하기도 하고 귀를 갑자기 세우기도 했다. 여우 한 마리가 그들 사이를 어슬렁어슬렁 돌아다닌 적도 있지만 너무 영리해서 그들을 적으로 만들지는 않았다. 그녀는 그렇게 말하고 나서 그가 이해하는지 궁금했다.

그 순간 또다시 그녀는 더 깊은 잠 속으로 미끄러진다. 관리인은 이제 시간이 되었다고 말하고 층계에서, 통로에서, 흥분한 얼굴들이 그녀에게서 물러난다. 손들이 뻗어 나오지만 허공에서 허우적거리기만 할 뿐이다.

＊

"어머, 여기 계시네요!" 메리 바살러뮤 수녀가 소리친다.

요즘 그들이 입는 옷은 깨끗하고 단정하다. 두 수녀는 자갈밭을 가로지르는데 각자 뭔가를 가져오고 소식도 가져온다. 수녀원에 일어날 변화, 구내식당 밖에 새로 생긴 로커에 관한 소식들. 다른 소식도 있지만 그녀는 제대로 듣지 못하고 묻지도 않는다. 메리 바살러뮤 수녀가 이미 다음 이야기로 넘어가 이번 주에 들어온 두 수련수녀 이야기를 하고 있기 때문이다. 앤터니 수녀는 오늘 씨 없는 건포도 쇼트브레드를 가져오고, 메리 바살러뮤 수녀는 무슨 허브 차를 가져왔다.

"에니실라요?" 메리 바살러뮤 수녀가 질문을 받자 되묻는 다. "오 이런, 새 소식이 뭐가 있지?"

차가 문제를 일으키고 있다. 라디에이터가 과열된다. 차가 퍼지면 자전거로 와야 할 것이다. 물론 차가 그렇게 될 거라는 말은 아니지만. 웃음이 터진다.

"콘던은 문을 닫았어요." 앤터니 수녀가 말했다. "젊은 핼핀 이 미국에서 돌아왔고요."

"에디 핼핀을 젊다고 할 수는 없지." 메리 바살러뮤 수녀가 작은 소리로 웅얼웅얼 이의를 제기한다. "말도 안 돼."

"떠날 때 젊었단 뜻이에요."

"오, 그때야 젊었고말고."

"레이히 신부님 이야기를 해봐."

"레이히 신부님은 어쩌면 적도로 갈지도 몰라요."

즐거운 일이다. 수녀들 이야기에 귀 기울이는 것은. 보통 화요일에 온다. 그들은 여기에 처음 방문한 후 한 주도 그녀를 잊은 적이 없다.

"두 분은 착하시네요." 그녀가 말한다. 그들과 신앙이 같지 않은 사람, 고독하다는 소문을 들은 사람에게 구태여 마음을 쓰는 것이 착하다. 여기까지 와주는 것이 착하다. "친절해요." 그녀가 말한다.

우리야 소풍이다, 그녀가 전에 그런 말을 했을 때 그들은 그렇게 대답했고, 지난여름 마운트멜러리 피정의 집에서 짜증을 잘 내는 늙은 수녀가 그들이 신교도 여자를 만나러 22킬로미터나 차를 몰고 간다는 말을 듣고 비난하더라는 이야기를 했다. "자기네 편이 해주지 않겠어?" 늙은 수녀는 툴툴거렸는데 그들이 거기에 뭐라고 대꾸했는지는 말해주지 않았다. 그들은 아직까지도 사람들 입에 오르내리는 이야기를 다 듣고 왔다. 어느 날 아침 그냥 차를 몰고 왔다. 에니실라에서는 오래전 그녀가 읍내를 통과하는 그 남자의 장례 행렬 뒤를 따라 걸은 것이 유명했다. 그녀가 그렇게 오랫동안 정신병원을 찾아갔던 것만큼이나 유명했다. 그래서는 안 된다, 그녀 자신의 생각은 그렇다. 사실, 사람들이 서로 찾아가거나 관 뒤를 따라 걷는 이유가 그렇게 중요한가? 그렇게 한다는 것이 중요할 뿐이다.

"백조들은요?"

"지금도 거기에 늘 있어요."

그녀는 보통 백조에 관해 묻고, 잊지 말고 물어보자고 사전에 기억에 새겨둔다. 백조들이 에니실라를 떠난다면 큰 손실일 것이다. 아버지가 그녀에게 마지막으로 한 말은 과수원 꿀벌에 관한 것이었다.

그들의 얼굴이 그녀에게 미소 짓는다. 메리 바살러뮤는 길쭉한 얼굴에, 턱의 큰 점에서 털 한 가닥이 구불거린다. 앤터니 수녀는 해처럼 동그란 얼굴이다. 마당에 그들이 만든 커피 향이 퍼지고 있다. 오헤이건네서 막 갈아 온 거다, 앤터니 수녀가 말하고 메리 바살러뮤 수녀는 개 통로에서 가지고 나온 녹색 베이즈 천이 깔린 카드 테이블을 설치한다. 이미 수명을 넘겼기에 흔들흔들한다.

"스콘을 가져온 줄 알았는데." 앤터니 수녀가 식탁보를 펼칠 때 탁자에 스콘이 없자 메리 바살러뮤 수녀가 말한다.

"아직 통에 있어요." 앤터니 수녀가 말한다. "통 안에 있어야 오래 신선해요."

평수녀 한 명이 구운 마카롱이 있고, 프루트케이크 몇 조각, 꽃무늬 통 안의 스콘이 있다.

"얼마나 좋은지, 가을볕이란!" 메리 바살러뮤 수녀가 말한다.

"네, 아름답네요."

그녀의 고요함이 그들에게는 놀라움이다. 그것 때문에 여기에 오고, 이런 평화가 있다는 데 다시 한 번 놀란다. 그들이 들은 모든 이야기, 그리고 지금도 듣고 있는 이야기는 그것을 기록하지 않는다. 오래전 우연이 아주 잔인했을 때 재난이 하나의 삶의 형태를 만들었다. 재난이 지금 입에 오르내리는 이야기의 형태를 만들고, 재난이 그런 이야기가 존재하는 이유다. 게다가 그들이 아는 것은 그런 불행에서 거둔 부드러운 열매가 아닌가? 그들은 그렇게 생각하고 싶다. 그녀는 그들이 그렇게 생각한다는 것을 이미 느꼈다.

그들의 놀라움은 그들의 행동과 그들의 선물에, 또 그들이 그녀를 바라보는 눈길에 담겨 있다. 그들은 직접 보지 못했지만 다른 사람들은 보았다. 구원을 가져오기 위한 나들이를. 그들은 그저 궁금할 뿐이다. 왜 그런 나들이를 했는지, 왜 그렇게 충실하게 그렇게 오랫동안 했는지. 왜 과거가 하찮아졌을까? 모두 사라졌어야 하는 상황에서 자비가 대체 어디서 왔을까? 그들은 자비를 찬양하고 장례식에 나타난 인물에게 소리 없는 갈채를 보내지만 소문은 그 이상은 전혀 말해주지 않는다.

그녀는 그들 없이도 얼마든지 살 수 있다. 그들은 자주 말한다. 그녀는 혼자 있는 생활을 예술로 만들었기 때문에. 부엌에는 더러운 것이 전혀 없다. 그녀는 그들이 그런 생각을 하는 것을 보았다. 그녀는 젊었을 때보다 훨씬 세심하게 옷을 입는다. 가끔 미용사가 에니실라에서 와서 차분한 노년에 접어든 그녀를 돌봐준다.

"이탈리아 것이라면 나는 다 사랑해요." 대화가 잠시 끊기자 메리 바살러뮤 수녀가 말한다.

이탈리아 이야기는 자주 나온다. 몬테마르모레오라고 부르는 읍으로 갔던 여행. 그들은 그 좁고 혼잡한 거리, 대리석 채석장까지 걸어간 것, 가는 길에 먹은 검고 시큼한 체리를 알고 있다. 성 체칠리아를 모신다는 것도 알고 있는데, 그녀는 이

성녀를 그들에게 소개했고 그들은 기꺼이 받아들였다.

"가엾은 아이." 메리 바살러뮤 수녀가 동정한다. "가엾은 어린 체칠리아, 자주 그런 생각이 들어요."

잠시 그들은 그 모든 것, 행동, 벌, 삶에 관해 이야기한다. 커피를 더 따르고 그녀가 좋아하는 만큼 우유를 탄다. 그녀는 무엇이 그들을 그렇게 놀라게 하는지 설명할 수 없다. 방파제에 구식 자전거를 기대놓은 것이 눈에 띄었을 때, 거기서 눈길을 돌리자 한 형체가 가만히 서 있는 것이 보였을 때, 우연이 다시 상황을 지배했다고 말할 수도 있을 것이다. 그때 그녀가 그곳을 지나간 것은 우연이었다. 그녀의 아버지가 밑을 내려다 보았을 때 오라일리네 개가 조약돌 해변에 묻다가 싫증 난 옷을 본 것이 우연이었듯이.

그러나 수녀들은 우연을 믿지 않는다. 신비가 그들의 본령이다. 숲에서 신비를 벗겨내면 서 있는 목재만 남는다. 바다에서 신비를 벗겨내면 짠물만 남는다. 그녀는 응접실 서가에 있는 책을 처음 읽던 무렵 어딘가에서 그런 말을 발견했다. 오랜 세월이 지난 뒤 그녀는 그 말이 떠올랐을 때 수녀들에게 전해주었다. "어머, 깔끔하게도 표현했네요!" 앤터니 수녀가 감탄하여 외쳤고 메리 바살러뮤 수녀는 저자가 찰스 키컴이나 프라우트 신부냐고 물었다. 하지만 그녀는 아니라고 말했다. 어떤 외국 사람, 그녀는 생각했다.

"무슨 일이 일어날 것 같으냐 하면." 그녀는 간밤에 떠오른

374

생각을 예측처럼 전해준다. "이 집이 호텔로 바뀔 거예요." 그녀는 잠을 이루지 못하고 누워 있었고, 그런 변화가 뇌리에 계속 남았다. 칵테일 바, 시끄러운 식당, 방문에 붙은 번호. 그녀는 상관하지 않는다. 중요하지 않다. 사람들이 각지에서 온다. 전에 본 적이 없는 규모의 여행객들이다. 지금의 아일랜드가 그렇다. 킬로런의 젊은 어부들이 웨이터 옷을 입고 있고 차들이 다가와서 멈춘다. 에니실라에서는 사람들이 거리를 걸으며 전화기로 수다를 떤다.

"아 안 돼요, 안 돼." 그녀가 다시 호텔 이야기를 하자 메리 바살러뮤 수녀는 그렇게 말하고 앤터니 수녀도 고개를 젓는다.

그들은 이미 변화가 와 있는데도 그 모든 변화에 관해 생각하고 싶지 않다. 그들은 이미 있었던 일, 그들이 받아들일 수 있는 일의 안전함을 좋아한다. 수녀들도 쫓겨날 것이다. 그녀에게 유일한 가족이 그랬듯이. 클래시모어의 모렐 부부, 아글리시의 구버네이가※, 링빌의 프라이어가, 스위프트가, 보이스가가 그랬듯이. 그럴 수밖에 없었다. 중요하지 않다. 하지만 또 그럴 수밖에 없을지도 모른다고 말하는 것은 손님들에게 상처가 될 것 같아 그녀는 그 말을 입 밖에 내지 않는다. 침묵으로 하는 작은 거짓말이다.

그들은 묻고 그녀는 그들에게 말한다. 패디 런던, 손가락으로 의사소통을 했던 어부, 바닷자갈 위에서 기다리고 서 있는 2륜마차, 불 켜진 석유램프에 관해서. 모두 사라졌다. 그런 느낌이지만 완전히 사라진 것은 아니다.

"이만 가는 게 좋겠어요." 앤터니 수녀가 아침을 마무리하고 대화는 다시 지상으로 내려온다.

*

오라일리네 소 떼가 이제 모든 밭의 풀을 뜯는다. 덩치 큰 갈색 점박이들. 그녀는 절벽 끄트머리에서 굽어보지만 쉬운 길을 걸어 바닷가로 내려가지는 않는다. 이제는 쉽지 않기 때문이다. 잠자리가 풀에서 날개를 퍼덕이며 올라와 오후의 고요 속으로 날아간다.

그녀는 일주일 가운데 이날을 가장 좋아한다. 친구들이 가고 나면 한동안 외롭기는 하지만. 겨울이면 그들은 그녀를 위해 응접실 난로에 불을 피우고 그곳에서 커피를 마신다. 앤터니 수녀는 농장에서 수녀원으로 왔고, 메리 바살러뮤 수녀는 보호시설에서 왔다. 가끔 그들은 그 이야기를 하고, 어린 시절 알던 동네를 떠올리고, 그녀가 들어봤을 수도 있는 사람들을 회상한다.

낮의 열기는 식었다. 늦은 오후에는 햇빛을 받은 아지랑이가 있고, 바다는 그녀가 언젠가 한 번 본 것처럼 잔잔하고, 파도는 아주 부드럽게 찰싹여 언제까지나 그 소리에 귀 기울일 수 있을 것만 같다. 그녀는 서두르지 않는다. 서둘 필요가 없다. 신비인 편이 낫고, 여전히 입에 오르내리는 이야기 속에 있는 편이 낫다. 비록 브리짓과 헨리는 그것 때문에 화를 냈지만. 자비의 은혜, 수녀들은 그렇게 말했다. 음악이 연주되고 자신을 죽일 살인자들이 집 안에 들어와 있는 동안에도 용서는 성 체칠리아의 봉헌송이었다. 그들은 이탈리아의 그 성당을 찾아갈 것이다. 언젠가는, 그들은 말했다.

그녀는 그 모든 것을 웃어넘긴다. 일어난 일은 그냥 일어난 것이다. 사양채는 그녀가 삐죽삐죽한 높은 대문으로부터 차를 몰고 떠나는 5월이면 언제나 희었고, 푸크시아는 그레이하운드가 늘 담 위에 올라가 있는 단층집에서 가을이면 선명했다. 그녀의 방문은 그 환자의 삶의 기쁨이었다, 늙은 관리인은 오랜 세월이 흐른 뒤 그곳을 철거하기 전에 그렇게 말했다. 어둠 속에서 깜빡이는 빛이었다, 그는 말했다. 비록 그 환자는 그녀가 누구인지 절대 몰랐지만.

그녀는 어렸을 때 죽었어야 했다. 그녀는 그것을 알지만 수녀들에게 말한 적이 없었고, 몇 년처럼 느껴지던 며칠 동안 무너진 돌 사이에 누워 있던 자신의 이야기에도 포함한 적이 없었다. 그 이야기를 했다면 그들의 기분이 가라앉았을 것이다. 그녀의 기분은 고양되겠지만. 아무것도 없는 것이 아니라 지금 있는 것이 있기 때문에.

그녀는 밀물이 들어오는 것을 지켜본다. 물이 바뀌는 것을 지켜보다 돌아간다. 들판과 과수원을 지나. 수녀들이 떨어진 사과를 주웠지만 아직도 몇 개가 여기저기 남아 있다. 벌은 안전하게 그곳에서 인동덩굴을 살피고 있다. 벌통은 삭아서 사라져버렸다. 한때 집게로 집어 빨래를 말리던 빨랫줄도 아직 있지만 이끼와 습기 때문에 잿빛이다.

징검다리까지 내려가는 가파르고 좁은 길에서 쓰는 지팡이는 몇 주 전에 둔 곳, 아치형 입구 옆 담벼락에 그대로 기대어 있다. 오늘은 그 어려운 나들이를 감당할 수 있을 것 같은 느낌이다. 그런다고 뭐가 달라지지는 않겠지만. 그녀가 전에 새겨놓은 이름 머리글자 위로 나무껍질이 자라고, 개울은 늘 그랬던 대로 굽이치지만 그녀가 돌아다니기 전에 그랬던 것보다 둑의 흙을 더 많이 훔쳐가지는 않는다. 그녀의 나들이는 오후를 다 잡아먹고, 그녀가 눈치채지 못하는 새에 저녁이 찾아온다.

집에서 그녀는 달걀을 삶고, 토스트를 만들고, 부엌일을 마무리한 뒤에 또다시 방과 방을 돌아다닌다. 총채벌레들이 그녀의 자수 액자 유리 밑으로 기어 들어가 자리를 잡아서 작은 사체들이 바위 웅덩이와 꽃을 장식하고 있다. 아래층 욕실의 욕조에는 줄무늬, 변색된 녹색과 갈색 줄무늬가 생겼다. 반쯤 내려진 블라인드에는 길게 갈라진 곳이 있다. 전구는 갓 없이 매달려 있다.

그녀는 응접실을 서성이며 손끝으로 여기저기 어루만진다. 캐비닛 문의 유리, 탁자 상판의 모서리, 누군지 모르지만 목자 같은 느낌을 주는 골트 집안 남자의 초상화 밑 책상. 다시 어머니의 손수건에서 향기가 나고, 다시 아버지가 그녀를 레이디라고 부른다.

그녀는 창가 의자에 자리 잡고 앉아 수국의 어둑한 푸른빛을 물끄러미 내다본다. 진입로는 어슬어슬해져 나무들의 윤곽이 하늘을 배경으로 또렷하다. 매일 저녁 이 시간이면 그러듯 떼까마귀들이 내려와 풀밭을 헤저으며, 하루가 희미해지는 것을 지켜보는 동안 그녀의 벗이 되어준다.

윌리엄 트레버는 명성에도 불구하고 우리나라에 소개된 지는 오래되지 않았는데, 옮긴이도 소개를 약간 거들어 작년에 단편집을 번역한 적이 있다. 읽어보고 호감을 표시하는 독자들이 꽤 있어 앞으로 꾸준히 그의 작품들이 번역될 것 같다는 반가운 마음이 들면서, 비록 나이는 많고(1928년생이다) 이미 더할 나위 없이 확고한 자리를 굳힌 작가임에도, 마치 대성할 느낌을 주는 신인을 바라보는 듯한 묘한 느낌을 받기도 했다. 그러나 그렇게 소개되자마자 작가는 우리와의 짧은 인연을 정리하듯 이 세상을 떠나버렸다. 작년 11월의 일이다. 향년 88세였으니 수를 누리지 못했다는 말은 하기 힘드나, 우리에게 소개된 과정만 보자면 왠지 요절한 듯 아쉬운 느낌이 드는 것도 어쩔 수 없다. 물론 그는 평생 성실하게 작가로 산 사람답게 많은 작품을 남기고 갔으며, 읽어본 사람들은 공감하겠지만, 그 작품들은 아마 작가보다 긴 수명을 누릴 것이다.

그 작품들 가운데 이번에 소개하는 《루시 골트 이야기》는 트레버가 2002년에 발표한 장편으로, 그해 부커상과 휫브레드상 최종 후보에 올랐다. 무대는 트레버의 고향이기도 한 아일랜드의 코크이며, 때는 아일랜드공화국군과 영국군이 싸우면서 계엄령이 선포되고 신교도 지주들이 가톨릭 민중의 공격을 받아 하나둘 고향을 등지던 1921년이다. 1921년은 아일랜드 자유국이 성립된 해이기도 한데, 여기에 이르기까지 아일랜드의 역사, 아일랜드와 잉글랜드의 관계는 길고 복잡하지만, 간단히 정리하면 그 뿌리에는 종교와 토지 두 가지 문제가 있다. 원래 아일랜드에는 가톨릭이 지배적이었으나, 오랜 기간 종주국에 가까웠던 영국이 신교로 전환하면서 아일랜드의 구교도 박해가 시작되었다. 청교도 혁명 때는 아일랜드인의 토지를 몰수하여 잉글랜드인에게 주어버렸다. 즉 가톨릭 소작농 대 신교도 지주라는 기본 관계가 성립된 것이다. 따라서 1801년 잉글랜드의 아일랜드 합병 이후 본격적으로 전개된 아일랜드 독립운동은 반지주, 반신교도 운동을 포괄하게 된다. 200년간 이어지던 독립운동은 1916년 4월 부활절 봉기에서 절정에 이르러, 이것이 1919년 독립전쟁으로 이어지며, 결국 1921년 12월 6일에 아일랜드는 자치를 인정받게 된다.

물론 그것으로 아일랜드의 독립운동이 끝난 것은 결코 아니고 내전을 비롯한 더 복잡한 상황이 전개되지만, 우리의 소설은 앞서도 말했듯이 아일랜드공화국군과 영국군이 전쟁을 벌이고 신교도 지주들이 고향을 등지던 1921년에 시작된다. 당시 여덟 살이던 주인공 루시 골트의 아버지는 신교도 지주였고(트레버도 신교도 집안 출신인데, 아버지는 지주가 아니라 은행 관리자였다) 어머니는 영국인이었기에 그들의 집 라하단도 당연히 가톨릭 소작농들의 공격 목표가 된다. 마침내 가톨릭 청년 세 명이 어느 날 밤 방화를 하러 오고 루시의 아버지는 그들에게 위협 사격을 하다가 한 명에게 상처를 입히는데, 이 사건이 루시 골트 가족, 그리고 부상을 당한 방화범의 비극적 운명의 씨앗이 된다. 트레버는 이 길지 않은 장편에서 그 비극의 씨앗이 자라나는 과정을 거의 80년 동안 추적한다.

한 평자는 이 작품이 나온 직후 "현재 글을 쓰는 사람 가운데 운명과 시간이 한 개인의 삶에 조용히 작용하는 방식을 윌리엄 트레버보다 잘 이해하는 사람은 없다"고 말했는데, 옮긴이도 단편집을 소개하면서 그와 비슷한 이야기를 한 적이 있고, 아마 그의 작품을 읽은 독자들 또한 무엇보다도 그 점에 강한 인상을 받았을 것이다. 그러나 우리는 방금 인용한 문장에서 '조용히'라는 말에 주목할 필요가 있다. 이 작품은 아일랜드 역사의 격동기에 극적인 상황에서 벌어진 극적인 사건에서 출발하고 있는데 '조용히'라니! 하지만 바로 이 점이 트레

버를 이해하는 열쇠일지도 모른다는 것이 옮긴이가 단편집을
소개하면서도 했던 말이다. 아무리 극적 우연과 운명이라도
그의 손을 거치고 나면 조용해진다! 가만히 생각해보면 그것
은 어떤 면에서는 그가 사건 자체에 주목하는 것이 아니라, 사
건이 '작용하는 방식'에 주목하기 때문인 듯하다. 따라서 바로
위의 문단 마지막에 옮긴이가 한 말은, 이 소설은 극적 우연이
사람들의 인생에 조용히 작용하는 과정을 거의 80년 동안 추
적한다, 로 바꿔야 할지도 모르겠다.

물론 트레버를 이미 맛본 사람들이라면, 옮긴이의 이야기를
듣지 않더라도, 그에게서 멜로드라마를 기대하지는 않았을 것
이다. 이 작품에서도 독자에게 감상에 젖을 여지를 주지 않는
트레버의 객관적이고 냉정한 판단과 문체는 어김없이 위력을
발휘하는데, 이런 문체 또한 그가 다루는 주제, 즉 '조용한 과
정'과 씨름하는 과정에서 생긴 것이라고 말할 수도 있다. 그러
나 이 작품에서는 그의 문체가 싸우는 대상이 멜로드라마 외
에 또 하나가 있는 듯하다. 그것은 루시가 희생과 구원의 화신
이 되는 성녀전이다. 트레버는 루시의 이야기가 동네 사람들
입에 오르내리고, 심지어 그곳을 찾는 사람들에게까지 전해지
는 과정에 여러 번 주목한다. 그녀의 어머니가 이탈리아에서
만났던 성 체칠리아를 비롯한 여러 성자의 이야기처럼 그녀의
이야기 또한 민담으로, 전설로, 신화로 바뀌어가는 과정을 의
식하는 것이다. 그것 역시 하나의 이야기, 게다가 어떤 면에서

는 사람들이 간절하게 듣고 싶고, 믿고 싶어 하는 이야기라고
할 때, 트레버의 루시 이야기는 과연 무엇일까? 트레버의 루시
소설은 그러면 무엇일까? 트레버의 글은 이 질문에 답을 하
는 힘겨운 과제도 물러서지 않고 수행하고 있는 듯한데, 어쩌
면 그것이 이 작품이 시종 조금도 풀어지지 않고 팽팽하게 긴
장감을 유지하는 비결이고, 독자들도 그렇게 긴장된 상태에서
트레버와 함께 답을 찾아가게 되는 이유인지도 모르겠다.

정영목

옮긴이 정영목

서울대 영문학과를 졸업하고 동대학원을 졸업했다. 현재 전문번역가로 활동하며 이화여대 통역번역대학원 교수로 재직 중이다. 옮긴 책으로 《비 온 뒤》《눈먼 자들의 도시》《제5도살장》《에브리맨》《울분》《네메시스》《달려라, 토끼》《책도둑》《로드》등이 있다. 제3회 유영번역상과 제53회 한국출판문화상(번역 부문)을 수상했다.

루시 골트 이야기

초판 1쇄 인쇄 2017년 9월 7일
초판 1쇄 발행 2017년 9월 14일

지은이 윌리엄 트레버
옮긴이 정영목
펴낸이 이상훈
편집인 김수영
기획편집 김수현 임선영
마케팅 조재성 천용호 정영은 박신영
경영지원 이해돈 정혜진 장혜정 이송이

펴낸곳 한겨레출판(주) www.hanibook.co.kr
주소 서울시 마포구 효창목길 6(공덕동) 한겨레신문사 4층
전화 02-6383-1602~3
팩스 02-6383-1610
메일 literature@hanibook.co.kr

ISBN 979-11-6040-095-3 03840